Doris Knecht Gruber geht

Roman

Rowohlt Taschenbuch Verlag

Veröffentlicht im Rowohlt Taschenbuch Verlag,
Reinbek bei Hamburg, September 2012
Copyright © 2011 by
Rowohlt · Berlin Verlag GmbH, Berlin
Umschlaggestaltung any.way, Walter Hellmann,
nach einem Entwurf von
ANZINGER | WÜSCHNER | RASP, München
(Abbildung: plainpicture / Kniel Synnatzschke)
Satz Stempel Garamond PostScript (InDesign) bei
hanseatenSatz-bremen, Bremen
Druck und Bindung CPI – Clausen & Bosse, Leck
Printed in Germany
ISBN 978 3 499 25576 2

Gruber geht

Gruber geht aus dem Zimmer, geht aus der Wohnung, geht aus dem Haus. Es ist sechs Uhr früh; ein Taxi wartet schon am Rand des Gehsteigs, der Fahrer steigt aus und öffnet Gruber den Kofferraum. Guten Morgen. Guten Morgen. Gruber setzt sich nach hinten, legt Umhängetasche und Trenchcoat neben sich, dabei knistert das Kuvert boshaft in seiner Manteltasche. Ein grelles Unbehagen rast durch Gruber und legt einen Augenblick lang sein Bewusstsein lahm. Nein, gar nicht daran denken, nicht (der Schmerz schläft noch, seit drei Tagen schon, okay, einfach schlafen lassen) daran denken. Gruber ignoriert das ungute Gefühl und steckt die Kopfhörer an sein iPhone, geredet wird jetzt nicht. Nur nicht reden um diese Zeit. Überhaupt nicht reden mit Taxifahrern, nie mit Taxifahrern reden. Der iPod spielt Dylans «Tell Tale Signs», die Bootlegs, das Beste, wie Gruber findet, das Dylan in den letzten Jahren veröffentlicht hat. Gruber hört seine Musik passend zur Tageszeit und passend zur Aussicht. Dylan passt immer. Es ist noch dunkel, die Straßen sind leer, die Stadt hat ihre Betriebstemperatur noch nicht erreicht. Nach fünfzehn Minuten fährt das Taxi an der Ölraffinerie vorbei, ein Moment, den Gruber auch beim tausendsten Mal nicht verpassen möchte. Dylan singt über das Mädchen vom «Red River Shore», und wie er sie heiraten will, und wie sie ihm ihren besten Rat gibt: dass er heimgehen und ein einfaches Leben leben soll. Gruber starrt auf die vorbeiziehenden Lichter der Raffinerie, Hunderte, Tausende von nackten Glühbirnen an Containern und auf Türmchen und Masten, glühendkalte industrielle Schönheit. Ein einfaches Leben. Hm. Gruber denkt an das Kuvert, an den Scheißtag, der vor ihm liegt, er denkt an den Abend, er denkt an Denise, vielleicht wird er heute mit Denise schlafen. Er denkt an Denise, Dööönis, wie sie unter ihm liegt und ihm nicht in die Augen schaut. Er war allerdings, na ja, letztes Mal danach irgendwie unlocker ihr gegenüber, brüsk, und hat dann zwei oder drei ihrer Mails nicht beantwortet. Vielleicht wird er heute doch nicht mit ihr schlafen. Nicht: Deniiise. Dööönis.

Dann sind sie am Flughafen. Gruber zahlt, steigt vorsichtig aus (nicht den Schmerz wecken), hebt, diese stinkfaulen Wiener Taxler, seinen Koffer selbst aus dem Kofferraum und zieht ihn über die Straße zum Terminal A. Sein Trolley wiegt, er weiß das, er hat das zuhause überprüft, zwei Mal hat er es überprüft, genau 7,7 Kilo, das geht als Handgepäck durch. Gruber hat keine Zeit fürs Warten an Gepäckbändern: Von einem Bein aufs andere treten. Auf die Uhr schauen. Sich eine gute Position sichern. Das Leben vorbeiziehen sehen. Auf die Uhr schauen. Auf die Uhr schauen. Auf die Uhr schauen. Er ist froh, dass er niemanden hier kennt; es gibt wahrscheinlich nichts Entsetzlicheres als Smalltalk frühmorgens am Gate. Im Trolley befinden sich zwei gute Hemden, ein Slimane-Anzug, ein Unterhemd, zwei Boxershorts, zwei Paar Socken, ein Kabel für sein Notebook, ein Akku für sein iPhone und sein gesamter Hygienebedarf in 75-ml-Plastikflaschen, Shampoo, Conditioner, Duschgel, Rasierwasser. Danke 9/11. Er braucht seinen Trolley nicht aufzugeben, die Formalitäten sind schnell erledigt, unter anderem weil Gruber sich an sein Prinzip für solche Situationen hält, wenngleich dieses im diametralen Widerspruch zu seiner Persönlichkeit steht: Immer freundlich zu Dienstleistern sein. Natürlich nur aus Gründen des Vorteils. Das ist, Gruber hat es ausprobiert, zeitsparend und damit nutzbringend. Immer freundlich zu sein, immer zuvorkommend. Jedenfalls solange es keinen konkreten Anlass zu entschiedener Unfreundlichkeit gibt. Hier und jetzt gibt es ihn nicht. Hier und jetzt hat er es, wie meistens um diese Zeit, mit einer unausgeschlafenen jungen Frau in schlecht sitzender, billiger Uniform zu tun, die es gewohnt ist, von unausgeschlafenen Passagieren überheblich und grob behandelt zu werden. Diese hier hat zu schwarze Haare, zu stark gezupfte Augenbrauen, zu klumpige Wimperntusche und zu viel solariumfarbenes Make-up im Gesicht. Sie reagiert auf Grubers muntere Freundlichkeit extrem positiv. Nein, euphorisch. Grubers Trolley könnte auch zwölf Kilo wiegen, kein Problem.

Im Flieger sitzt Gruber allein in der linken Dreierreihe, auf der anderen Seite sitzt eine Frau allein in der rechten Dreierreihe. Die Frau wirft begehrliche Blicke auf seine Zeitungen, und Gruber reicht ihr, nachdem sie etwas von verschlafen und vergessen und viel zu früh stammelte, was er ausgelesen hat, *Kurier*, *Standard*, *Krone*, *FAZ*, *Financial Times*, sie lächelt ihn jedes Mal müde, aber dankbar an. Er kennt ihr Gesicht von irgendwo her, sie hat wuschelige, leuchtend dunkelblonde Haare, Ringe unter den Augen, einen breiten, vollen Mund, woher kennt er ihr Gesicht? Gruber denkt darüber nach, sie sieht interessant aus, aber sie ist nicht schön genug, dass er sich länger mit der Frage beschäftigen will, wo er sie schon einmal gesehen hat. Egal. Wenn's wichtig wäre, wüsste er es. Sex hatte er nie mit ihr, Gruber ist sich (der Schmerz, er ist noch da, und er wacht jetzt auf) relativ sicher. Nicht hundertprozentig, aber fast. Als der Flieger seine Flughöhe erreicht hat, steckt sich Gruber wieder die Stöpsel in die Ohren, hört noch zwei, drei Mal «Red River Shore» und scrollt dann (der Schmerz regt und räkelt sich unter Grubers Bauchdecke, aber er schwächelt, vielleicht verschwindet er wieder, wenn Gruber ihn ignoriert) vor auf elf, die Orgel. Die Orgel ist bitte ein Wahnsinn. Er würde gerne der Herzog eine SMS wegen dieser Orgel schicken, aber erstens ist er in der Luft, zweitens würde die Herzog den Titel zu persönlich nehmen, man kann der Herzog keinen Song empfehlen, der «Dreamin of You» heißt, ohne dass sie das als Signal auffasst, sich Gruber wieder einmal ein bisschen an den Hals zu werfen. Die Herzog hat (Gruber nimmt jetzt doch lieber eine 400er Seractil und spült sie mit einem Schluck Wasser hinunter) die merkwürdige Angewohnheit, sich temporär in Gruber zu verlieben, wenn Gruber sie mit irgendwas rührt, und die Orgel wäre definitiv geeignet, die Herzog zu rühren. Diese Möglichkeit trachtet Gruber zwar nicht grundsätzlich zu vermeiden, aber doch für kargere Zeiten zu reservieren.

Die Dylan-Manie, die passt nicht zu Gruber. Gruber sieht nicht aus wie der typische Dylan-Fan und er benimmt sich nicht wie der typische Dylan-Fan. Gruber weiß es, und er redet deshalb eher gar nicht darüber. Seine Kollegen und Geschäftspartner gehen heimlich in Puffs oder in Swingerclubs oder masturbieren bei Testfahrten in Autos, die sie sich nicht leisten können. Gruber hört heimlich Dylan. Philipp weiß es, und Kathi natürlich, und er spricht mit dem Bachmeier darüber und mit der Herzog, die eine der wenigen Frauen ist, mit der Gruber überhaupt spricht, also im Sinne von: reden, nicht aufreißen. Was vielleicht damit zu tun hat, dass die Herzog eine der wenigen Frauen ist, die überhaupt über Musik reden. Bloß kommt es Gruber mitunter vor, als wolle sie Dylan vor einem wie ihm beschützen, vollkommen bescheuert, sie nervt, sie macht ihm das kaputt in ihrer überkritischen Art, denn Gruber findet keineswegs, dass man leben und denken und daherkommen muss wie Dylan, um Dylans Musik mögen zu dürfen, also überhaupt nicht. Kompletter Blödsinn, bitte. Die Herzog findet das schon, obwohl ihr selbst dafür jegliche Basis fehlt, absolut jede; weder lebt noch denkt und zum Glück sieht sie auch nicht aus wie Dylan. Die Herzog lebt unter einer Klimt-Zeichnung, sie hängt über ihrem Sofa und hing einst im Vorraum der Gästetoilette ihrer Eltern, und der Klimt ist eins der wertloseren Dinge in ihrem Dasein, jetzt mal abgesehen vom ideellen Wert. Der Kühlschrank der Herzog ist vermutlich teurer als die Klimt-Zeichnung. So gesehen ist es ein permanenter Fehler, die Herzog nicht anzubaggern, eigentlich sollte er die Herzog bei der nächsten sich bietenden Gelegenheit aufs Standesamt schleppen, lebensversicherungstechnisch. Aber auf keinen Fall besteht auch nur der Furz eines Anlasses, sich von der Herzog wegen Dylan Vorhaltungen machen zu lassen.

In Zürich kommt Gruber am nervigen Gate E an, von dem man mit der einzigen Schweizer U-Bahn zur Ankunftshalle fahren muss. Dort zieht er sich mit den wieder einmal wohlüberlegt – Gruber fühlt eine tiefe, warme Selbstzufriedenheit in sich aufsteigen – mitgenommenen Franken-Münzen ein Ticket, setzt sich in den Zug und schreibt, während er durch die Zürcher Vorstadt fährt, sofort vom iPhone eine SMS an Carmen: «zürich. diese scheißstadt schon wieder. eben hat mich einer wegen dem iPod angepflaumt. so typisch.» Das ist gelogen. Es ist meistens gelogen, was Gruber Carmen aus Zürich oder München oder Mailand oder Manchester oder Darmstadt oder Sofia oder Graz oder Frankfurt am Main simst, aber er hat da diese schöne Tradition mit ihr. Warum jetzt damit aufhören. Carmen mag mittelgroße Städte, Gruber hasst mittelgroße Städte, was insofern peinigend ist, als Carmen ständig in Metropolen zu tun hat und Gruber permanent in mittelgroßen Städten. Carmen simst, wie immer, zurück, dass er ein Idiot ist, dass er endlich die Feldberger anrufen soll, die geht mit ihm in ein wirklich gutes Restaurant zum Essen oder in ein lässiges Lokal etwas trinken oder bekocht ihn und stellt ihm lässige, interessante Leute vor, auf jeden Fall findet er mit der Feldberger zuverlässig einen Platz in Zürich, an dem Zürich wie eine Stadt aussieht und nicht wie ein Millionendorf, herzliche Grüße aus Bejing. Wie immer ignoriert Gruber das, denn darum geht es nicht. Darum geht es doch nicht! Es geht darum, dass man mittelgroße Städte aus Prinzip hassen muss, aus Prinzip, weil einen mittelgroße Städte unablässig spüren lassen, dass man nicht in einer großen, einer echten Stadt und folglich ein kompletter Versager ist. Dass man es nicht geschafft hat, dass DU es nicht geschafft hast. An jeder herausgeputzten Ecke lassen sie einen das spüren. Vor jedem scheiß Provinz-Designerladen spürst du es, in jedem zweitklassigen Spießerrestaurant, das einen auf kosmopolitisch macht. Scheiß Zürich. Carmen ist die einzige Person auf der Welt, die in so einer Stadt Freunde findet. Gruber hat in so einer Stadt nichts als Feinde. Geschäftspartner. Taxifahrer. Hotelportiers, Designerladenverkäuferinnen. Huren, Chefs des Maisons, alle feindlich. Er wird Carmen heute Abend aus der Kronenhalle eine Mail schicken, die pfeifen wird, weil es dort wieder recht scheiße sein wird. Scheiße wie immer, in herrlichem Ambiente, aber ungeheuer scheiße.

Gruber stellt «Dreamin of You» auf repeat und überlegt, ob er Denise anrufen soll. Vielleicht würde es sie ja versöhnen, von ihm aus dem Schlaf gerissen zu werden. Da muss es einer doch ernst meinen, wenn er dich schon vor neun Uhr früh sprechen will. Oder wenn er übersieht, wie früh es noch ist, weil er dich so vermisst. Das wäre doch einmal ein schönes Signal. Das müsste eine wie die doch gut finden. Andererseits wird Gruber durch diesen Gedankengang selber wieder bewusst, wie früh es noch ist, und dass er so früh überhaupt nicht spricht, so früh spricht er aus Prinzip mit niemandem, außer es dient dem Geschäft. Selbst wenn das jetzt seine Chancen auf einen netten Fick erheblich schmälert: nein. Außerdem kann er Denise diesmal nicht mit zu diesem Essen in die Kronenhalle nehmen, er muss mit diesen Trotteln hin, da kann sie nicht dazu, trotz ihres Arsches. Er müsste ihr (Gruber legt seine Hand auf seinen Bauch, drückt vorsichtig, fester, gut, da ist nichts mehr) auf eine nette, charmante Weise klarmachen, dass sie erst später erwünscht ist, dann aber außerordentlich, und dass es viel netter für sie wäre, wenn sie auf das mittelmäßige, ja miese Essen in der Kronenhalle verzichtet und stattdessen ins Kino geht oder mit einer Freundin was trinkt und ihn erst später in der Bar trifft, die Freundin kann sie ja mitbringen. So müsste das sein, Gruber weiß allerdings genau, dass ihm die charakterlichen Voraussetzungen, die ihm erfolgreiches Schönreden von sichtlich ungünstigen Situationen ermöglichen würden, nicht gegeben sind. Er würde es versauen, so oder so, also kann er es genauso gut später versauen, wenn er fitter ist und das erste Scheißmeeting hinter sich gebracht hat. Überhaupt Dööönis, so toll bist du auch wieder nicht. Guter Arsch, aber sonst, Dööönis, musst du gar nicht glauben, dass du so toll bist.

Am Bahnhof steigt Gruber aus, geht in die lichte Halle, zieht sich ein paar hundert Franken aus dem Automaten, kauft sich die *Neue Zürcher Zeitung*, den *Blick* und *GQ*, scharfe Kaugummis und Zigaretten und zündet sich noch am Kiosk eine an. Gruber raucht nicht. Gruber raucht nur dann und wann einmal eine nach Steuererklärungen, nach Umzügen, nach dem Sex, nach dem Essen, nach Flügen, nach schwierigen Besprechungen, wenn es sehr kalt ist, wenn es sehr heiß ist, wenn ungeöffnete Briefe in seiner Manteltasche knistern. Er raucht nur, wenn es die Situation erfordert, es geht dabei ausschließlich um die Situation, nicht um die Zigarette, nicht um etwas wie Sucht. Die Zigarette ist der Situation geschuldet, man muss Situationen ernst nehmen, muss sie mit Respekt behandeln, sonst wenden sie sich gegen dich. Man muss rauchen, wenn es die Situation erfordert; und das ist jetzt der Fall, er beruhigt die Situation und die Situation weiß es zu würdigen, er spürt es schon, die Situation meint es jetzt gut mit ihm, irgendetwas wird heute gelingen. Gruber reißt sich den Rauch in die Lunge, bis er am Taxistand ist, und tritt die Zigarette dann aus. Zum Hotel Greulich. Bei der Bäckeranlage, ja, genau. Das Taxi ist so überheizt, wie es schon das Zugabteil war, er wird sich erkälten bei diesen ständigen brutalen Temperaturwechseln, das ist schon mal sicher. Gruber steckt sich wieder die Musik in die Ohren, schon gar nicht will er mit einem Schweizer Taxifahrer reden. Man versteht sowieso nichts, es ist eine unerträgliche Qual.

Das Greulich hat er sich idiotischerweise von Carmen einreden lassen. Das ist ganz schlecht, ganz schlecht, weil er, wäre er nicht im Greulich, sondern im Seehotel oder im Theatro, Carmen eine Mail über die Zumutung von Zürcher Hotels wie dem Seehotel oder dem Theatro schicken könnte, die so schön tun und doch nur hübsch eingewickelten Mindeststandard verkaufen, und Carmen würde ihm antworten, warum er nicht endlich einmal im Greulich übernachtet, wie sie es ihm immer sagt. Geh ins Greulich! Das wird ihm nicht mehr passieren, dass er auf einen Rat von Carmen hört, es schneidet ihm seine Kontaktmöglichkeiten zu ihr ab. Das Greulich ist angenehm. Schön, aber nicht aufgeplustert, modern, aber nicht totdesignt. Das Zimmer ist, Gott sei's gepriesen, moderat beheizt. Im Hof gibt es einen kleinen Birkenwald mit Tischchen und Stühlchen, die Idylle ist derart überinszeniert, dass es schon wieder lässig ist. Man frühstückt überwiegend in der Gesellschaft von Künstlern, Schriftstellern oder Architekten, was Gruber wurscht sein sollte. Völlig einerlei sollte Gruber das sein. Gruber ist bitte keiner, der irgendein Interesse daran pflegt, wer um ihn herum sein Leben wie und zu welchem Zweck in den Sand setzt, und es gibt wahrscheinlich nichts Schlimmeres als angestrengten Smalltalk an Hotelfrühstücksbuffets. Dass er sich von Carmen dabei ertappen hat lassen, dass er sich in der Gesellschaft von Künstlervolk wohler fühlt als in Gesellschaft von mittelbilligen Business-Anzügen, wurmt ihn zusätzlich. Er ist ein Mover und Shaker, verdammt noch mal, das heißt, ihn können ALLE mal. Komplett alle. Sie wird das büßen. Büßen, büßen, büßen. Gruber lässt sich seinen Schlüssel geben, Zimmer Nummer 18, wie immer, unterschreibt den Zettel und winkt ab, als ihm Gepäcktransport angeboten wird. Er rollt seinen Trolley am Restaurant vorbei nach draußen in den Hof, über einen dunklen Bretterboden um den Birkenwald herum und zu seinem Zimmer, schließt auf, setzt sich aufs Bett, holt sein iPhone raus. «ist dir eigentlich klar, dass ich gegen birken allergisch bin? dieses scheißgreulich.» Carmen antwortet, während Gruber sein Hemd wechselt, mit sechs Worten. «honey. es ist märz. keine pollen.» Aber Gruber setzt noch eins drauf, «anyway. fack zürich», und darauf antwortet Carmen nicht mehr.

Der ist irgendwie crazy. Der hat sie irgendwie nicht alle. Man sieht ihm das nicht gleich an, ich meine, er schaut ja nicht schlecht aus. John schaut ganz gut aus, so groß halt, bisschen schlaksig, gute Haare. Weiß, wie man redet, wie man sich anzieht. Gute Schuhe, saubere Fingernägel, das ist heutzutage ja nicht selbstverständlich! Und er hat auch Manieren, jedenfalls solange er sie unbedingt braucht. Danach merkst du ziemlich bald, dass er einen an der Waffel hat. Ich meine, lustig an der Waffel. Ein Wiener halt, irre charmant, aber im Prinzip unzurechnungsfähig. Ich hatte schon einmal einen Wiener, die sind offenbar alle so. So geschmeidig, so elastisch irgendwie, diese unglaubliche Fähigkeit, sich um sein Gegenüber herumzuwickeln. Jetzt nicht wörtlich. Eben nicht so plump wie einer aus dem Aargau oder so. Du hast das Gefühl, die interessieren sich wirklich für dich, und sind auch noch witzig. Und großzügig ist John auch, auf eine vollkommen selbstverständliche Weise, ich meine, geizige Männer, das geht bei mir ja gar nicht. Ich hab John in der Kantine kennengelernt, das ist ja schon abartig genug, ich meine, einen Schweizer würdest du nie einfach so in der Kantine kennenlernen. Zeig mir einen Schweizer, den man in der Kantine kennenlernen kann. Einen Schweizer kannst du umrennen, einmal auf ihn drauf steigen, zweimal deinen Absatz auf seinem Gesicht umdrehen, er entschuldigt sich und kriecht zur Kassa, ohne dich auch nur zur Kenntnis genommen zu haben. Aber der ist eben kein Schweizer. Macht einen natürlich auch misstrauisch: Das hätte sonst eine sein können, die ihm das Wasser vom Tablett rempelt, Susan Boyle, Sarah Palin, Alice

Schwarzer, was weiß ich, John würde vermutlich naturbedingt sofort die Charmemaschine anwerfen, der flirtet sicherheitshalber jede an, die ihn anrempelt. Der hat das in den Genen, nehme ich mal an. Automatisch schauen, was geht, und dann erst schauen, was das für eine ist, bei der was ginge. Man kann dann ja immer noch höflich abwinken.

Aber dann hatte ich den an der Backe. Fand ich ja zuerst gar nicht super. Eigentlich irrsinnig unsuper. Darf ich mich zu Ihnen setzen, darf ich Sie einladen, den ganzen Scheiß, meine Güte. Nein. Nein, hab ich gesagt! War dem aber egal, und nach zwei Minuten war es mir auch egal, also eigentlich war's mir da schon recht, der kann was, das habe ich gleich gemerkt. Der hatte wohl irgendeinen Terminmarathon in unserem Konzern, irgendwelche Verhandlungen, Vertragsdetails abklären, was weiß ich, am nächsten Tag auch, aber für den Abend hat er mich zum Essen eingeladen, und da hat er mich schon genug interessiert, dass ich zugesagt habe. Charme, das hat der. Wir haben uns in der Kronenhalle getroffen, und zuerst hat er nur geschimpft: Das Essen, der Service, der Wein, die Preise, er war ziemlich laut und ungut, er ging mir extrem auf den Geist. Vielleicht war er nur nervös, und ich wollte, ehrlich gesagt, schon verschwinden. Ich habe echt überlegt, ob ich aufs WC gehen, mir hinten heimlich den Mantel geben lassen und durch die Bar abhauen soll. Kein Scheiß, ich habe wirklich ernsthaft darüber nachgedacht. Als er ein bisschen etwas getrunken hatte, wurde es besser, und da wurde er dann wirklich witzig und aufmerksam und wir haben ziemlich entspannt geplaudert. Wie er erzählt hat, was er macht, das hatte irgendwie Feuer. Und, blödes Wort, aber es passt, Leidenschaft. Und immer in diesem Wienerisch, das war irgendwie süß. Und er kann zuhören, zeig mir einen Mann, der zuhören kann.

Und er ist nicht verheiratet und hat keine Freundin! Also, wenn's wahr ist, aber ich glaub schon. Ich meine, der ist so launisch, den hältst du in Wirklichkeit höchstens zehn Stunden am Stück aus und dann auch nur, wenn er sechs davon schläft. Und dann auch nicht, weil er schnarcht wie eine Sau. Wir sind dann noch ins Mascotte, da war er schon ziemlich zutraulich, aber nicht auf dumm, sondern okay irgendwie, und wie wir um eins oder so raus sind, hat er mich auf der Straße geküsst, und zwar ganz gut, und da habe ich gedacht, okay, auch schon egal. Wir haben uns ein Taxi genommen und sind zu mir. Da wurd's dann eher komisch, weil er dann bei mir plötzlich total anders war. Total zögerlich auf einmal. Ich habe ihn auf dem Sofa platziert und eine Flasche Wein aufgemacht. Und komischerweise wollte er dann auf einmal wieder reden. Und nichts als Unsinn. Er hat immer so blöd gesagt: Döööönisdöööönisdöööönis, schöne Wohnung, Döööönis, schönes Sofa, Döööönis, was machst du so, Döööönis, und Dööönis, hast du was von Bob Dylan hier?, Döööönis, nur so Scheiß, das ging mir schwer auf den Keks. Ich meine, Bob Dylan, der hat sie doch nicht alle. Und ich wollte auch schon lang nicht mehr reden, haha, aber ich mußte mich ihm praktisch auf den Schoß werfen, damit er mit dem Quatschen aufhört und etwas weitergeht, bevor es mir endgültig zu dumm wurde. Und ich war SO kurz davor. Aber dann hat er sowieso ... und es war ziemlich. Na ja. Seltsam. Schon okay, aber schon sehr seltsam. Zwischendurch war er extrem süß und super, aber dann hat er mich wieder so angefasst, so, so kalt und distanziert, und als sei er wütend. Komisch war das. Danach konnte er nicht schnell genug wegkommen, das fand ich ziemlich ungut. Er hat gesagt, er muss früh auf am nächsten Tag, Termine, Termine, das übliche Plingplong. Ermüdend. Als er draußen war, bin ich im Bett gelegen und hab mir gedacht: Trottel. Und: dumme Kuh. Das war jetzt aber nötig, was.

Immerhin hat er dann, ich nehme an vom Taxi aus, noch eine ganz nette SMS geschickt, und am nächsten Tag sogar angerufen und gesagt, er ist auf dem Weg zum Flughafen, und ob es okay ist, dass er sich wieder meldet, wenn er in Zürich ist. Ich sagte klar, obwohl ich mir nicht sicher war. Ich hab ihn danach noch zweimal getroffen, und es war immer ähnlich. Es war immer ein Teil super, und ein Teil total bescheuert, zum Davonrennen, und der Sex ist … also er kann wirklich noch was lernen beim Sex. Das zweite Mal habe ich bei ihm im Hotel übernachtet, und das war eigentlich in Ordnung. Da wollte er, dass ich bleibe, er wollte sogar, dass ich in seinem Arm einschlafe. Aber in der Früh war er wieder so irrsinnig unangenehm, brüsk, abweisend und direkt gemein, sodass ich dann nicht mehr mit ihm gefrühstückt habe. Wollte er wahrscheinlich auch erreichen. Und deswegen hab ich ihm danach eine wütende Mail geschickt. Darauf hat er nicht einmal geantwortet, der kann mich jetzt mal, aber echt.

Der Tag war Mist. Tonnenweise aus dem Fenster geschmissene Energie. Völlig für den Hugo. Gruber weiß schon, dass aus dem Geschäft nichts werden wird, so viel hat Gruber schon gelernt, im Urin hat er es, dass aus diesem Deal hier nichts wird. Trotzdem muss er mit den Leuten, die ihm morgen vor dem Abflug oder übermorgen per Mail mitteilen werden, dass aus der Sache leider nichts wird, heute noch essen gehen. Und so tun, als gäbe es das Geschäft noch, so tun, als glaube er, das Geschäft würde stattfinden, wäre noch zu retten, als wären nur noch ein paar Details zu klären. Es ist eine einzige beschissene Selbsterniedrigung. Diese brechlangweiligen Pisser.

Gruber sitzt in Unterhosen auf dem Bett im Hotel, sein Anzug hängt an einem Bügel. Er nimmt den Brief aus seinem Mantel und steckt ihn ins Zippfach seiner Tasche, trinkt einen Wodka-Tonic, den er sich von der Bar hat bringen lassen, checkt seine E-Mails, linkt sich ins Facebook ein, checkt sein Profil und was in der Zwischenzeit passiert ist. Nur Unsinn, wie meistens, er weiß gar nicht, was er in diesem blöden Facebook überhaupt macht: Phil Grill gibt bekannt, dass er für das Amt des US-Präsidenten zu kandidieren beabsichtigt, der Stallinger hat in der Früh irrtümlich die Unterhose seines achtjährigen Sohnes angezogen und kann jetzt im Meeting nur wimmern, Philipp hat den «Welcher-achtziger-Jahre-Song-bist-du»-Test gemacht und ist mit dem Ergebnis, Whams «Wake me up before you go go», extrem unzufrieden, Jenny hat ihn für 650 Dollar als pet gekauft und in «fucking asshole» umbenannt, es gibt eine vollkommen sinnfreie Debatte über Honzos Haarschnitt, das Fräulein Blauensteiner wünscht sich, dass es endlich Frühling werde und hat schon mal ein paar Fotos von sich mit sehr wenig Textil hochgeladen, der Bachmeier fragt, ob Gruber die neue Dylan schon gehört hat. Fünf seiner Freunde haben ihr Profil-Bild geändert. Er hat acht neue Freundschaftsanträge, sechs von den Leuten sind ihm unbekannt. Er lehnt alle Männer ab und akzeptiert alle Frauen, man nimmt, was man kriegen kann, in diesen mageren Zeiten. Gruber schreibt «sitzt nackt in Paris und trinkt Champagner» in die Statuszeile und versucht, Jenny anzuchatten, aber sie ist schon wieder offline. Ein paar seiner Freunde, darunter Philipp, sind online, aber Gruber hat keine Lust, mit einem von ihnen zu quatschen, worüber auch, was hat man sich schon zu sagen. Gruber loggt sich wieder aus, masturbiert, während er sich Denise vorstellt und dann Jenny und diese Sache, die sie mit ihm gemacht hat, dann geht er duschen. Er beschließt, mit der Tram zur Kronenhalle zu fahren, ein Taxi kriegt man in diesem Drecknest sowieso nicht.

Er steigt eine Station früher aus der Straßenbahn und läuft zu Fuß über die Brücke. Nur, falls die Herren Stinkfad und Sackblöd bei seiner Ankunft gerade aus dem Taxi steigen, dann könnte er nämlich sagen, er hat noch einen kleinen Spaziergang vom Hotel her gemacht. Er ist nämlich ein Naturbursch, voll im Saft, damit das klar ist, mit Spitzenkondition, er geht oft zwischendurch einmal ein paar Kilometer, macht dich locker, lüftet dich schön aus, speziell an einem so klaren Märzabend ... Das Geschäft wird es nicht retten, aber die Wichsköpfe fühlen sich vielleicht noch beschissener als sie sich hoffentlich eh schon fühlen.

«Ja.»

«Deine Mutter!»

«Ja, Mama. Ich weiß, Mama. Morgen.»

Irgendwas stimmt nicht. Gruber kann sein rechtes Auge spüren. Und es geht nicht auf. Das Auge pocht. Das Auge pocht irre. Nein, eigentlich pocht der ganze Kopf.

«Guten Morgen, mein Schatz. Wo bist du?»

«In Mailand, Mutter.»

Gruber spürt auch seine Unterlippe. Sie spannt und schmerzt und fühlt sich gleichzeitig taub an. Irgendetwas stimmt absolut nicht.

«Wie geht es dir?»

«Gut, Mutter.» Gruber fühlt sich insgesamt taub an, schwammförmig. Spongejohn.

«Hast du den Anwalt angerufen? Das Grundstück.»

Das Grundstück, genau. Hat er nicht. Das Grundstück ist ihm egal. Vor allem ist ihm das Grundstück jetzt in diesem Moment egal. Gruber möchte wissen, warum sein Auge pocht. Warum es sich so geschwollen anfühlt. Gruber möchte unbedingt wissen, wie ein Auge aussieht, das derart pocht. Er braucht jetzt Ruhe, um sich an den Grund zu erinnern, warum sein Auge so aussieht und sein Kopf sich so anfühlt, und dann braucht er Ruhe, um diese Erinnerung zu verdrängen und sich darum zu kümmern, dass sein Auge besser aussieht. Und dann braucht er eine Zigarette, unbedingt.

«Mutter, ich kann jetzt nicht. Ich bin auf dem Weg zu einem Meeting.»

«Bist du nicht, Johannes. Ich höre doch, dass du noch im Bett liegst.»

«Ich sitze im Taxi.»

«Tust du nicht. Was ist mit deiner Lippe los? Du sprichst so undeutlich.»

«Gar nichts, Mama, alles okay, es geht mir gut, alles okay.»

Alles okay. Gruber muss an das ungeöffnete Kuvert denken.

«Du klingst aber nicht so.»

«Ich bin nur müde. Und, na gut, ein bisschen verkatert. Ich ruf dich später zurück. Ich muss jetzt duschen. Wie spät ist es überhaupt?»

«Halb acht, Johannes. Die beste Zeit, um den Anwalt zu erreichen. Danach ist er wieder beim Gericht. Du hast seine Handynummer. Du hast doch noch seine Handynummer?»

«Hab ich. Irgendwo. Mutter, ich rufe dich zurück.»

«Und ruf bitte Katharina an.»

«Warum soll ich Kathi anrufen?»

«Achter März. Sie hat Geburtstag, wenn du dich erinnerst. Oder schreib ihr wenigstens eine SMS.»

«Mach ich, versprochen, ich muss jetzt aufhören.»

«Du klingst nicht gut. Fliegst du heute …?»

«Bitte, Mutter, ich muss, ich leg jetzt auf, ich melde mich später, ich schwöre es. Hab dich lieb.»

Gruber drückt auf die rote Taste und lässt das Telefon aus der Hand aufs Bett rutschen. Er bleibt auf dem Rücken liegen und betastet vorsichtig sein Gesicht. Nicht gut. Fühlt sich nicht gut an. Tut weh. Tut sauweh. Sein rechtes Auge ist eindeutig geschwollen, seine Lippe ist blutig und schorfig und definitiv dicker als normal. Außerdem hat Gruber, das stellt er nun fest, sein Hemd noch an, und soweit er es überblicken kann, hat es nicht mehr die Originalfarbe. Das Hemd sollte fliederfarben sein, ein sehr zartes, dennoch männliches, zweifelsfrei unschwules Flieder. Ist es nicht mehr. Gruber tastet nach den Seractil neben sich, die er sich abends gewohnheitsmäßig zurechtlegt, und schiebt sich vorsichtig ein Stück zum Kopfende des Bettes hinauf. Au. AU, verdammt! Er greift nach der Wasserflasche und schraubt sie auf, ohne hinzusehen. Während er sich die Tablette zwischen die wunden Lippen schiebt und vorsichtig die Flasche ansetzt, wird Gruber klar, dass das nun der Punkt wäre, an dem er darüber nachdenken sollte, was gestern war. Dass er sich nun Stück für Stück die letzte Nacht vergegenwärtigen sollte, angefangen mit, gut, angefangen an dem Moment, an dem er sanft, aber entschieden aus der Kronenhalle entfernt wurde, geleitet von zwei kräftigen, wahrscheinlich italienischstämmigen Kellnern, hinter denen die Maître de Service herwatschelte, die Alte mit der Brille, die er in traurig tadelndem Tonfall vor sich hinschweizern hörte, während er weitergeschimpft hatte, während er es diesen verklemmten Schweizern relativ deutlich gesagt hatte. Während ihn die verklemmten Schweizer von ihren Tischen anstarrten, mit ihren Angeber-Breitlings und Glashüttes und Patek Philippes und ihren Goldketten und ihren geschissenen Scheißmaßschuhen.

Während die Kerle, mit denen er heute Vormittag eigentlich noch ein Meeting hätte, noch ein Meeting gehabt hätte, mit ernsten Mienen tuschelten. Denen er. Gütiger. Scheiße. Nicht, dass es Falsche erwischt hätte, es ist nie falsch, Schweizer zu beleidigen, schon gar nicht solche Schweizer Pisser. Hirnamputierte Spießer. Trotzdem. Mist. Er will jetzt nicht daran denken, er will an etwas anderes denken, an etwas Angenehmes, aber das wird durch die rasenden Schmerzen nicht direkt begünstigt. Wie lange kann das verficktnochmal dauern, bis diese Pillen endlich wirken? Wie lange dauert das jetzt schon? Wie lange dauert das noch?

Und hat er noch Zigaretten? Etwas Schönes denken. Kathi, Kathi hat heute Geburtstag, er wird sie anrufen und ihr ein Geschenk versprechen und ihr etwas Nettes sagen und nicht, wie er sich gestern, wo noch mal, im Mascotte, richtig, im Mascotte, völlig deprimiert und angesoffen und zugekokst an eine sowieso viel zu blonde Tusse herangemacht hat, an die am dümmsten aussehende Fotze mit dem breitesten, gewaltbereitesten, dumpfsten Muskeltrottel direkt neben sich. Tötung auf Verlangen, würde Kathi sagen, Tötung auf Verlangen, definitiv. Und lachen würde sie. Und er hat versucht, Denise anzurufen, er hat etwa, hm, zwanzig Mal versucht, Denise anzurufen, und zwei Mal hat sie auch abgehoben. Einmal hat sie gesagt, sie kommt nicht, dann hat sie gesagt, er soll nicht mehr anrufen, er hat ihr dann achtzehn Nachrichten hinterlassen, der Zärtlichkeitsquotient dabei, nun ja, rapide abfallend. Irgendwann hat er nur noch aus Prinzip angerufen, aus dem Gruberschen Aufgeben-gibt's-nicht-Prinzip, dann am Ende aus Hass, einfach nur noch, um sie zu quälen, um ihr wirklich lästig zu sein und die Nacht zu verderben, weil sie es nicht besser verdient hat. Und um sie dazu zu bringen, über ihn nachzudenken, ihn schließlich auch zu hassen und vielleicht ein bisschen Angst vor ihm zu kriegen. Die dumme Fut. Wenn Denise abgehoben hätte, wäre er der bescheuerten Fickblonden nie auf die Pelle gerückt. Knallrosa Lipgloss, heilige Scheiße. Er muss wirklich dicht gewesen sein. Er will jetzt nicht noch länger über die dumme Blonde und ihren hirnamputierten Zuhälter mit der kecken Unterschichtstolle, Modell Mecklenburg-Vorpommern, nachdenken, denn sonst könnte ihm früher oder später noch im Detail wieder einfallen, wie er die Schwanzlutscher von diesem Konzern, nun ja, beschimpft hat. Er will daran jetzt nicht denken. Er will, dass die Seractil wirken und er will eine Zigarette, und dann will er sich eventuell sein Gesicht im Spiegel ansehen und dann etwas dagegen tun, dass es so aussieht, und dann. Und dann. Dann ruft er möglicherweise Kathi an. Oder schickt ihr eine SMS. Oder sowas.

Letztes Jahr im Juli waren wir alle gemeinsam in Kroatien. Die Mutter ist siebzig geworden, sie hat es sich gewünscht. Sie hat die Termine koordiniert und das Haus gemietet. Es war schwer, Johnny dazu zu bewegen, sich Urlaub zu nehmen, und er kam dann auch nur für zwei Tage nach. Hat aber eh gereicht. Hat allen total gereicht, nur die Kinder fanden ihn lustig. Das Haus war schön, ein großes altes Haus am Meer mit schön abgetretenen, dick lackierten Dielenböden, großen Zimmern mit alten Holzbetten, einer überdachten Terrasse aus Stein, rundherum Rosen, Lilien, Olivenbäume. Eine Treppe aus flachen Steinen führte zum Wasser. Das Meer war unvorstellbar türkis. Die perfekte Idylle. Und Johnny steht jeder Art von Idylle, sagen wir, reserviert gegenüber. Nein, ablehnend, ganz besonders wenn er merkt, dass sie inszeniert ist. Und natürlich war sie das; Mutter wollte *schön* siebzig werden, nicht irgendwie. *Schön.* Es sollte alles richtig schön sein. Das packt Johnny nicht. Dagegen rebelliert er wie ein Vierzehnjähriger. Dass so etwas funktioniert, daran glaubt Johnny nicht, da muss, meint er, irgendwo ein Zünder eingebaut sein, und früher oder später geht es hoch. Ex- oder implodiert. Johnny steht daneben, beobachtet und wartet. Man kann sehen, jeder kann sehen, wie er darauf wartet, bebend, händereibend. Er weiß, dass es passieren wird. Er merkt nicht, dass er selber der Sprengmeister ist und dass die Idylle wahrscheinlich bestens weiter funktionieren würde, wenn er nicht da wäre und zündeln würde. Wenn er es nicht in die Luft sprengen würde. Das Wesen der Idylle liegt ja nicht in ihrer Perfektion an sich, sondern darin, dass alle mitmachen. Und dass alle die faulen Stellen übersehen, jedenfalls eine Zeit lang. Und so eine Idylle auf Zeit, die ein gemeinsamer Urlaub nun mal ist, verlangt ja genau das. Wir andern sind mittlerweile einigermaßen erprobt darin, wie man Ausgleich schafft, wir sind uns selbst und den Umgang mit Kindern und unsere zeitweise Überforderung mit den Kindern schon gewohnt. Es gibt da große Toleranzen. Johnny hat keine Toleranzen, gar keine. Johnny will nichts ausgleichen. Johnny will die Katastrophe. Er will den Crash sehen, er will seine Bestätigung, dass es nicht funktioniert. Tom sagt, Johnny ist einfach ein Arschloch, und wahrscheinlich hat er recht. Johnny zeigt so lange auf die Risse und Absplitterung der Idylle, bis es den anderen schließlich auch nicht mehr gelingt, sie zu übersehen. Johnny sorgt dafür, dass es bricht, er ist die Sollbruchstelle jeder Idylle, und das ist er mit großem, fast moralischem Eifer. Wir wissen, wenn wir ihn mitnehmen und dabeihaben, dann werden wir brechen und danach wird es nicht mehr ganz wie vorher sein. Wenn Johnny etwas kaputt gemacht hat, bleibt uns für immer das Bewusstsein, dass es einmal anders, besser, vollständiger war. Aber er gehört nun mal zur Familie, da kannst du nichts machen.

Ein makelloser, sonniger Tag am Strand reihte sich an den anderen. Es war schön. Die Kinder waren glücklich. Das Meer war warm für die Jahreszeit, sie pflügten durchs Wasser und riefen «Relax, relax!» und «easy!». Mutter war auch glücklich, sie hatte bei einem ihrer Frühmorgenspaziergänge einen Fischer angesprochen, und der blieb nun jeden Tag mit seinem Kombi vor dem Haus stehen und wir kauften frischen Fisch aus dem Kofferraum. Alle hatten eine gute Zeit, selbst Tom, der so Großfamiliensachen sonst eher verzichtbar findet. Vormittags lagen wir am Strand, mittags trieben wir die Kinder aus dem Wasser und hinauf zum Haus und aßen, was Mutter gekocht hatte, Wachtelbohnensalat, Tomatensalat, Polpo-Salat, Bruscetta, Tsatsiki, Tabuleh, angebratenen Aal, Sardellen in Zitronensoße und tranken Wein dazu. Die Kinder bekamen Nudeln und Palatschinken. Dann legten wir den Kleinen schlafen, die Größeren spielten Nintendo oder schauten Filme, und Tom und ich gingen ins Bett. Es war schön. Dann kam Johnny, und es war ein bisschen wie in diesem Andersen-Märchen von der Schneekönigin. Wir hatten auf einmal Eisklumpen in unseren Augen und unseren Herzen. Wir konnten nicht mehr richtig sehen und nicht mehr richtig fühlen. Oder eben: Wir konnten plötzlich richtig sehen. Wir sahen das Schlechte. Das Aufreibende. Das Nervige. Die Risse. Johnny brauchte nur noch so ein bisschen daran zu wackeln. Danach ließ sich die Idylle nicht mehr richtig zusammensetzen. Teile fehlten. Jemand hatte sie verloren. Jemand hatte sie versteckt. Jemand hatte sie verschluckt.

Johnny kam in einem nagelneuen Auto. In einem roten, offenen Porsche. Mit lautem Gehupe und einer Ray-Ban-Pilot auf der Nase, die Brusthaare schauten ihm aus dem Poloshirt. Tom grinste von hier bis dort, als der Porsche vor dem Haus parkte, es war klar, das konnte nur Johnny sein, so konnte nur Johnny ankommen, und nur so konnte Johnny ankommen, es war so ein Klischee. Er stieg aus und zog eine dicke Vuitton-Tasche vom Beifahrersitz – echt, eine klassische Ficken-und-Shoppen-in-Paris-Tasche mit fetten Logos – ich konnte Tom gar nicht ansehen. Er kam die Stiege herauf, umarmte Mutter, busselte mich, haute Ben und Tom auf die Schultern, wuschelte die Kleinen. «Schön hier. Sehr idyllisch. Sehr echt. So authentisch … Und diese Monoblock-Sessel, ganz reizend.»

Andere bringen den Kindern einfache kleine Geschenke

mit, er gibt ihnen Geldscheine. Zu große Geldscheine. Finden die natürlich super, die rasen zu den Pipifax-Ständen auf dem Dorfplatz und kaufen den ganzen Mist made in China, den wir ihnen bis dahin Tag für Tag eisern verweigert hatten, Schlüsselanhänger, Schirmkappen, Plastikmonster, die sich noch am gleichen Tag selbst zerstören. Da grinste Tom schon nicht mehr so breit. Er versucht die Kinder – also wir beide versuchen es – zu einer gewissen Demut zu erziehen, sie Respekt vor Sachen zu lehren, wir wollen, dass ihnen klar ist, wo die Dinge und das Essen herkommen, dass das eine globale Auswirkung hat, was wir kaufen und was wir essen. Johnny pfeift auf das. Hat er ja auch irgendwie recht. Es sind Kinder, sie können nichts dafür. Trotzdem.

«Hübsches Zimmer. Nicht so schmerzhaft hell. Und nicht so beängstigend geräumig.»

Ich hörte ihn von unten in der Küche, wo ich Antipasti auf eine Platte häufelte und spürte, wie Mutter sich von ihren Enden her aufrollte. Ich konnte hören, wie sie rot wurde, wie schlechtes Gewissen sich durch ihre Blutbahn pumpte. Selbstverständlich hatte sie versucht, ihm eines der schöneren Zimmer freizuhalten, war dann aber selber unsicher geworden, ob er sein Versprechen halten, ob er wirklich kommen würde, und hatte sich von uns die schöneren, helleren, größeren Zimmer abhandeln lassen. Siehst du ihn irgendwo? Wir sind da. Johnny ist nicht da.

«Ich war mir ja gar nicht sicher, ob du überhaupt kommen würdest»

«Mama. Wie könnte ich auch nur daran denken, nicht zu kommen?»

Natürlich hatte er daran gedacht, er war ungeheuer nahe daran gewesen, nicht zu kommen. Ich selbst hatte mehrere durchwegs nervenzerfetzende Telefongespräche mit ihm geführt, die alle damit begannen, dass er zehn Gründe auf- zählte, die ihn leider daran hinderten zu kommen und die sehr viel später damit endeten, dass er versprach, doch zu kommen. Meistens musste ich ihn mit der Trennungskeule k. o. prügeln, damit, dass Vater sie an ihrem fünfzigsten Geburtstag verlassen hat, falls er sich noch erinnert. Er erin- nert sich. Wir alle erinnern uns. Keiner wird es je vergessen. Danach schwor er jeweils, es ernsthaft zu versuchen. Immer- hin, jetzt war er da.

Ben habe ich nicht überreden müssen. Er hatte seinen Sohn mit, Lukas, er ist sechs, nur ein paar Wochen älter als Eugen. Ben ist, na ja, okay, aber er hat ein Problem, weil er immerzu zeigen muss, wie toll Lukas ist und wie besonders. Alle anderen Kinder kriegen das Gleiche, Lukas kriegt etwas extra. Extra Pokemon-Karten, extra Playmobilritter, extra irgendwas, das die anderen nicht bekommen. Mir kommt das ja vor, als würde Ben seinen Sohn für irgendwie minder- bemittelt halten. Als müsste er etwas ausgleichen gegenüber den anderen Kindern, unseren zum Beispiel, indem er ihm zwei Fahrräder kauft, vier Fußbälle, acht Bionicles, weil er sonst mit den anderen Kindern nicht mithalten kann. Aber vielleicht denkt Ben wirklich, sein Sohn meint, Ben liebt ihn nicht mehr, wenn er das Zeug nicht kriegt. Oder Ben denkt, Lukas liebt ihn dafür mehr. Oder er nervt ihn dann weni- ger, aber das Gegenteil ist der Fall. Sogar Johnny, der ist ja absolut kein Kinderversteher, kapiert das, da passiert das genaue Gegenteil. Der Lukas hat keinen Millimeter Frustra- tionstoleranz, der zuckt wegen jedem Fliegenfurz aus. Wirft mit Sachen um sich, haut Türen hinter sich zu, brüllt Kraft- ausdrücke, was Ben mit hochrotem Kopf so lange wie mög- lich ignoriert, bis es nicht mehr geht und er dann explodiert und anfängt zu brüllen, dass er das Kind hasst, das Scheißkind, und dass Lukas den ganzen restlichen Sommer bei seiner Mutter bleiben kann, er will ihn bestimmt nicht mehr sehen. Der Kleine weiß natürlich nicht, wie ihm geschieht. Er ist sechs und sieht sich Filme für Sechzehnjährige an, und in der Nacht fürchtet er sich und schläft, kein Wunder, bei Ben oder bei seiner Mutter im Bett. Und das war ja am Ende wohl der Grund, warum Ben nicht mehr bei der Mutter schläft. Sie haben sich vor ein paar Monaten getrennt, nachdem Ben immer öfter zu Frauen ins Bett stieg, die kein Kind zwischen sich und seinen Schwanz schoben. Er hat wohl seit einiger Zeit eine neue Freundin, aber zu einer Familienfeier bringt er die natürlich noch nicht mit.

Jedenfalls jongliere ich gerade mit vier Töpfen am Herd, da kommt der Lukas und will einen Schokoriegel. Und als ich ihm sag, dass das Essen in zwei Minuten fertig ist und er den Schokoriegel zum Nachtisch essen kann, kommt Ben, holt einen Riegel aus dem Schrank, reißt ihn auf und gibt ihm den Kleinen. So wie: Auf diese Frau brauchst du gar nicht hören, tu einfach so, als wär sie gar nicht da. Komplett illoyal. Ich meine, als er mich wegen der Trennung von Katja wochenlang am Telefon anheulte, und dann auf seinem Sofa und auf unserem Sofa und unseren Wein aussoff, sagte er immer wieder: Du bist nicht nur meine Schwester, du bist auch meine beste Freundin. Aber in dem Moment sah ich, was ihm diese Freundschaft wert ist. Weniger als die Angst vor dem Geraunze eines Sechsjährigen. Weniger als ein Schokoriegel.

Ich war wütend. Ich rastete ein bisschen aus. Johnny lief mittenrein, hatte keine Ahnung, was los war, grinste mir aber breit ins Gesicht und fragte, ob ich mir wohl schon einen Kleinen genehmigt hätte. Ausgerechnet er! Und was soll das überhaupt sein, ein *Kleiner*. Wo lebt der jetzt eigentlich, wo sie sich *Kleine* genehmigen? Ein Kleiner was? Was soll das heißen, *genehmigen*? Und wenn schon. Ich kümmere mich um die Kinder. Wer gewickelt werden muss, wird gewickelt. Alle sind eingecremt. Niemand hat Hunger. Mein Mann bekommt Sex. Es ist Geld im Haus; mein Geld. Ich kann trinken, wann ich will.

Und Johnny im Übrigen auch. Mehr als das. Am Abend, als die Kinder schliefen, saßen wir auf der Terrasse, Windlichter, Wein, Meeresrauschen, Zikadenzirpen, es war genau so vorschriftsmäßig kitschig, wie es sich Mutter gewünscht hatte. Nur dass Johnny ein Glas Wein nach dem anderen hinunterkippte, noch eins und noch eins und dann noch eins. Zwischendurch ging er zweimal auf sein Zimmer, er zwinkerte mir zu, als er aufstand, aber ich hab's ignoriert. Ich nehm das Zeug schon lang nicht mehr. Ich sah, wie Mutter immer besorgter zu ihm hinüberblickte und ein paar Mal auch zu mir. Er redete und redete, niemand sonst redete mehr, nur noch er, unglaublichen Blödsinn. Wie toll er ist in seinem Job, und dass alle anderen Arschlöcher sind und ihm nicht das Wasser reichen können, und was er für ein Mover und Shaker ist, und wie die alle auf der Landstraße dahingrundeln, er aber auf der Autobahn, Überholspur. Und wie er einen nach dem anderen hinter sich lässt, die kleinen Versager, und wie ihre Frauen und Freundinnen ihn anbaggern, und die Firma wird er früher oder später übernehmen oder mit einer eigenen in den Ruin treiben. Unfassbarer Stuss, ziemlich Borderline. Ich versuchte ihn von der Schiene herunterzubringen, über das Dylan-Konzert zu reden, zu dem wir im Jahr davor gefahren sind, aber es hatte keinen Sinn. Also hörten wir ihm zu, weil wir eh nicht zu Wort kamen. Und weil wir merkten, dass er sonst nichts hatte. Nichts zu erzählen, kein Leben, er hatte nichts als diese Heldengeschichten. Er ging uns auf die Nerven und er tat uns leid. Also mir und Mutter tat er leid. Ben war es, glaube ich, egal, der grinste nur blöd, und Tom verachtete ihn, Tom hasste ihn und wurde schließlich so aggressiv, dass sie zu streiten anfingen und sich zu beschimpfen. Arroganter Yuppie, sagte Tom, Scheißspießer, schrie Johnny, alle seid ihr Scheißspießer in eurer kleinen Rent-a-Biedermeier-Idylle hier – ein, wie ich fand, für einen derart Zugedröhnten überraschend luzider Treffer. Als Mutter schließlich dazwischenging, stand Johnny wortlos auf, stolperte die Steinstiege hinunter und verschwand im Dunkeln. Wir blieben sitzen und starrten in die Nacht, in die Richtung, wo das Meer rauschte. Mutter war blass und wirkte deprimiert. Später hörten wir ihn zurückkommen, alle hörten ihn, er polterte, er flüsterte, er kicherte und er war nicht allein, und wer immer sie war, sie schrie dann so laut, dass keiner mehr ein Auge zutat. Tom und ich schliefen danach im Urlaub nicht mehr miteinander, und Mutter sah nicht mehr glücklich aus, auch nicht, als Johnny wieder abgereist war.

Kathi ist, soweit Gruber das beurteilen kann, glücklich verheiratet. Halt mit einem Spießer. Jedenfalls hält Gruber ihn für einen Spießer, nein, der Spießer ist, so Gruber, objektiv ein Spießer. Ein Bobo-Spießer. Sie haben drei Kinder, um die sich der Spießer mit erstaunlichem Zeitaufwand mitkümmert, ein Mädchen, einen Buben, noch einen Buben, das Ganze ist eine Art Playmobil-Nachbau von Grubers Herkunftsfamilie. Gruber findet das ein bisschen spooky. Er begegnet dem kleinsten Kind, wie heißt es noch mal, mit einer gewissen solidarischen Zärtlichkeit, ach ja, Pius, also, soweit Gruber zu Zärtlichkeiten im Zusammenhang mit Kindern überhaupt in der Lage ist. Dummer Name, Pius. Allerdings haben Kathi und der Spießer ihr drittes Kind gewollt und geplant. Anders als seine Eltern ihn, jedenfalls vermutet Gruber das, angesichts eines älteren Bruders namens Benjamin. Der Spießer ist Architekt, er hat ein eigenes Büro in einem Souterrain mit Studenten als Mitarbeitern. Gruber hat noch nie irgendetwas gesehen, was der Spießer gebaut hätte, er will auch nichts sehen. Was wird das schon sein: Kindergärten vermutlich, Bioläden und Low-Budget-Dachbodenausbauten, nichts, was Gruber je in seinem Leben brauchen oder auch nur betreten wird. Wochenends bastelt er vermutlich an dem Sommerhaus herum, das er geerbt hat. Verdienen tut er jedenfalls nichts, das Lulu, soweit Gruber weiß, bringt Kathi das Geld nach Hause, und wenn es sich nicht ausgeht, springt wohl Mutter ein und sorgt dafür, dass das Leben so einfach ist, wie Leute wie sie und Kathi es sich ausmalen. Obst muss dekorativ in einer schönen, schweren Schüssel liegen. Soßen müssen sämig sein. Die Farbe blau macht traurig, außer am Meer und man hat Urlaub. Ein Auto braucht einen großen Kofferraum. Weiß lackiert schaut alles besser aus. Bunte Kissen bringen Freude ins Leben. Man sollte Kinder haben. Man muss sich nur an die Gebrauchsanleitung halten, dann ist das Leben leicht.

Er wird sie jetzt gleich anrufen, denkt Gruber, während er von seinem Hotelbett aus den Fernseher dirigiert, wie alt wird sie? Ach ja, vierzig. Typisch, dass sie nicht einmal eine Party macht. Oder sie macht eine und hat ihn nicht eingeladen, weil sie weiß, dass er eh nicht kommt. Kleine Brüder sind verwöhnt, unzuverlässig und nicht satisfaktionsfähig, das steht vermutlich auch in der Gebrauchsanweisung. (Sie haben auch Schmerzen, die in ihrem Inneren pochen, wo sind die Pillen, da sind die Pillen, und es sind noch genug davon da.) Im Fernseher erwischt Gruber eine «Scrubs»-Folge und legt das Telefon wieder weg. Später. Später geht auch noch.

In der Früh hatte Gruber bei der Hotelrezeption angerufen, und kein Problem, das Zimmer ließ sich verlängern. Das geschah, nachdem er endlich aufgestanden war, um sein Auge im Spiegel zu betrachten und sich dann einzugestehen, dass ein in kaltes Wasser getauchtes Handtuch zwar das Pochen ein bisschen zu lindern, an der Gesamtsituation aber wenig zu ändern vermochte. Danach läutet sein Telefon, es dudelte und piepte und ruckelte über das Leintuch. Gruber sah ihm dabei zu und überlegte, ob er es abschalten sollte, aber er hatte sein Telefon seit Jahren nicht mehr abgeschaltet, außer in Flugzeugen, und da hatte er sich jedes Mal gleich wie nicht mehr in der Welt gefühlt, wie gar nicht da. Er stellte das Telefon auf lautlos und legte ein Kissen darauf. Er hatte sein blutstarres Hemd ausgezogen und in den Koffer gestopft, und er hatte den Brief, während er automatisch seinen Bauch betastete (nichts, im Moment) aus der Tasche gefingert, und jetzt lag er neben ihm im Bett, noch immer ungeöffnet, ein weißes, zerknittertes, fensterloses Kuvert. Krankenhäuser schreiben ja eigentlich keine Briefe mehr. Die rufen an und mailen, die schreiben nur noch an Leute, die auf Anrufe und Mails nicht reagieren, so wie Gruber, der die Anrufe weggedrückt und die Mails ungelesen gelöscht hatte, was gar nicht leicht gewesen war. Irgendwann kam der Brief, den er zerreißen und wegschmeißen hätte können, aber er tat es nicht. Er trug ihn ungeöffnet mit sich herum und beherbergte ihn (wie den Schmerz). Und jetzt liegt er auf dem Hotelbett, halbzerknüllt, mit Grubers Namen im Adressfeld. Der Name eines Toten, so wie Gruber es sieht.

Dass Gruber überhaupt zum Arzt gegangen war, grenzte praktisch schon an ein Wunder. Gruber geht normalerweise nicht zum Arzt. Ärzte sind, sagt Gruber gern und oft zu Kollegen und Freunden, Bekannten und auch Fremden, Ärzte sind etwas für Luschen. Für Hypochonder. Und für Leute, die gern krank sind. Und für Leute, die gern Hilfe in Anspruch nehmen. Für alte Leute. Und für Leute, die nach Gründen für Selbstmitleid suchen. Und für unattraktive Leute, die sonst keine Beachtung finden. Für Leute, die sonst kein Leben haben, und für solche, die sich gern von anderen bemitleiden lassen. Für schwache Leute. Feige Leute. Kinder. Grubers Aversion gegen Ärzte hatte vielleicht, wenngleich nicht zwingend, etwas damit zu tun, dass seine Mutter, die Ärztin, schon nicht mehr praktizierte, als sie Kinder waren, und außer ihrer Familie und ein paar Freundinnen niemanden mehr hatte, an dem sie ihre Profession ausüben konnte. Später arbeitete sie wieder, und immer noch, weit über ihr Pensionsalter hinaus, in der Flüchtlingsbetreuung.

Aber damals, als Grubers Vater der Meinung war, eine Ehefrau sei in der Küche und im Kinderzimmer besser aufgehoben, vor allem, weil der Vater selbst nicht die geringste Lust zeigte, sich dort aufzuhalten, damals hatte sie praktisch nur die Gesundheit ihrer Kinder gehabt, über die sie wachen konnte. Und das tat sie mit Leidenschaft, vor allem, mutmaßt Gruber, damit sie sich damals selber einreden konnte, ihr jahrelanges Studium habe einen Sinn gehabt, irgendeinen Sinn.

Sobald Gruber sich der ärztlichen Überfürsorglichkeit seiner Mutter durch Volljährigkeit und Wohnungswechsel entwinden hatte können, trachtete er danach, den Kontakt mit Ärzten wenn möglich zu vermeiden. Und hatte sich, wenn seine Vorsorgemaßnahmen aus fast täglichem Fitnessstudio sowie Vitaminen, Vitaminen und Vitaminen einmal ihre Wirkung verfehlten, auf Selbstmedikation verlegt, je nachdem, was die Situation erforderte: Haschisch, Schmerzmittel, Speed, Koks, manchmal Heroin, als Rauchware. Früher, vor Jahren, waren ihm Kathi und ihre wechselnden sowie, vor Tom, überwiegend multitoxischen Gesponse dabei gute Komplizen gewesen. Er ging nur einigermaßen regelmäßig zum Zahnarzt, aber das auch erst infolge einer Notsituation. Über Jahre hatte Gruber ständig und ohne danach gefragt worden zu sein gegenüber Kollegen und Freunden geäußert, Zahnärzte seien ein sich selbst erhaltendes System, Zahnärzte lebten ausschließlich von der Angst und auch von der Eitelkeit ihrer Patienten, aber vor allem von der Angst, und zwar von jener, die sie ihren Patienten vorsätzlich und in vollumfänglich egoistischer Absicht machten: Einer in Wirklichkeit irrationalen, unsinnigen Angst, wie Gruber nicht müde wurde zu betonen – da bitte, meine Zähne, zahnarztfrei, strahlend weiß und ma-kellos! –, auch seiner Mutter gegenüber, die darüber den Kopf schüttelte und irgendwann nichts mehr sagte und nicht mehr fragte.

Dann eiterte Gruber ein unterer Backenzahn heraus und ein Schneidezahn faulte ihm von hinten durch. Es wurden in kurzer Zeit vier Implantate, eine Brücke und drei Wurzelbehandlungen notwendig: Wobei eine, von einem erwartungsgemäß völlig unfähigen Zahnarzt durchgeführt, misslang und ein halbes Jahr voller teils schlimmer Schmerzen nach sich zog. Denn dieser Verbrecher von Dentist hatte, wie nach schmerzzerfressenen sechs Monaten ein anderer Dentist auf einem Röntgenbild entdeckte, ein Stück Wurzelbehandlungsdraht über Grubers Zahnwurzel abgerissen und einfach darin stecken lassen. Wo es immer noch steckte, nachdem die Versuche zweier weiterer Zahnärzte, das Metallstück zu entfernen, gescheitert waren. Man könne, hatte einer von ihnen gemeint, eigentlich nur noch von der anderen Seite, also von außen durch den Knochen in die Zahnwurzel bohren und versuchen, den Draht herauszufitzeln. Aber Gruber solle doch lieber abwarten, ob der Schmerz nicht vielleicht auch so nachlasse.

Das tat Gruber, und der Schmerz ließ nach, wenngleich erst nach weiteren zwei Monaten, in einer Nacht, in der Schmerzexplosionen seinen ganzen Kopf erschütterten: Das war nicht mehr der pochende Schmerz in seinem linken unteren Backenzahn, auf den er sich konzentrieren konnte, und der, zwanzig oder fünfundzwanzig Minuten nach Einnahme einer 400er Seractil langsam verblasste, das war ein anderer, ein unvergleichlich grausamerer Schmerz. Dieser Schmerz breitete sich über seine Gesichtsknochen in sein gesamtes Gehirn bis in seinen Hinterkopf aus, er konnte nicht mehr denken vor lauter Schmerz, und die Seractil, die ihn im Verbund mit einem Joint dann und wann über die Monate gebracht hatten, halfen nicht mehr, auch nicht vier oder fünf davon. Irgendwann in dieser Nacht, die Gruber weitgehend mit der Stirn auf seinem Parkettboden verbracht hatte, stöhnend, wimmernd, und, ja, laut weinend, irgendwann gegen drei Uhr früh hörte der Schmerz einfach auf und kam nicht wieder. Als hätte er sich selbst weggebrannt. Als sei er implodiert. Danach ging Gruber eine lockere, aber konstante Beziehung mit einem Zahnarzt ein, und zwar zu jenem, der ihm zum Abwarten geraten hatte.

Andere Ärzte beglückte Gruber mit seiner Aufwartung auch weiterhin nur, wenn alle anderen Möglichkeiten ausgeschöpft waren, wenn ein medizinisches Problem unübersehbar, unüberfühlbar wurde. Eben dies war vor vier Wochen geschehen. Gruber hatte japsend und verkrampft in seinem Fitnessstudio neben dem Stairmaster gekauert, von dem ihn ein plötzlich losbrandender, höllischer Schmerz in seinen Innereien heruntergefegt hatte. Ja, Gruber hatte sich angestrengt, er hatte sich sogar ein bisschen überanstrengt, aber eigentlich nicht mehr als sonst. Er hatte geschwitzt und gekeucht, und da war der Schmerz in seinen Bauch gefahren. Und hatte dort zu rasen begonnen. So ein Schmerz war Gruber bisher unbekannt. Er hatte in dem Moment gewusst, mit dem stimmt etwas nicht, das ist kein gewöhnlicher Schmerz. Er hatte eine andere Farbe, einen anderen Ton als die üblichen Schmerzen wie zum Beispiel dieser Gastritis-Schmerz, dem Gruber schon öfter begegnet war, und den ein mattes Orange auszeichnet, mit einem Stich ins Gelbe. Aber das hier war ein leuchtend roter Exklusiv-Schmerz mit einem dunklen Schatten, der bedeutete etwas. Ein paar Leute hatten aufgehört zu trainieren und waren mit besorgten, verunsicherten Blicken um Gruber herumgestanden. Gruber hatte am Boden gekniet und die Hände an den Bauch gepresst, wie ein angestochenes Gewaltopfer in einem Film. Er hatte Amy Winehouse diesen nicht mehr erträglichen «Rehab»-Song singen hören und gespürt, wie Leute ihn vorsichtig antippten und fragten, ob alles okay sei. Blöde, saublöde Frage, wenn alles okay wäre, dann hätte er sich hier kaum so würdelos auf dem stinkenden Linoleum gewälzt. Der Geschäftsführer des Studios war angerannt gekommen, hatte ihn an die Schulter gefasst und hektisch angeboten, die Rettung zu rufen, vermutlich, weil er den fragwürdigen Aufmerksamkeitseffekt, den ein in seinem Fitnessstudio verblichenes Mitglied erzielen würde, schnellstmöglich abwenden wollte. Aber Gruber hatte abgewinkt, als der Schmerz langsam, ganz langsam abebbte. Geht schon wieder, danke. Ist gar nichts. Hab vermutlich was Schlechtes gegessen. Zumindest war es dann so weit wieder besser, dass Gruber sich hatte aufhieven, beschwichtigend in die Runde nicken, sich ankleiden und in die Tiefgarage zu seinem Auto schleppen können. Zuhause hatte er sich dann auf den Rücken gelegt, einen Joint geraucht und gewartet. Aber er war nicht mehr verschwunden, dieser Schmerz, nicht ganz zumindest. Auch wenn Gruber ihn nicht spürte, und er spürte ihn meistens nicht, war ihm klar: Er ist da. Er wartet. Das war kein Hab-nur-kurz-vorbeigeschaut-bin-schon-wieder-weg-Schmerz. Was immer es war, es trieb selbst einen wie Gruber zum Arzt.

Gruber schaltet, er kann selbst kaum glauben, dass er das tut, aber er schaltet tatsächlich den Fernseher aus. Es passiert einfach, wie ohne seinen Willen. Es ist genug jetzt. Er hat gefühlte zweiundzwanzig Folgen «Scrubs» gesehen, circa zwölf hirnamputierte Richterdarsteller, etwa sieben total aus dem Leben gegriffene Hartz-IV-Soaps mit den eintausend grauenerregendsten Tätowierungen Deutschlands sowie sechs Bezahlpornos, einen davon ohne Ton und stattdessen mit Dylan-Soundtrack, was er aber eigentlich nicht empfehlen kann. Er hat sich zwei Flaschen Whisky kommen lassen, drei Flaschen italienischen Weißwein und vier Flaschen Bordeaux, von denen zwei noch da sind. Er hat drei Lines aufgelegt und gezogen. Er hat nicht viel gegessen. (Er hat den Schmerz fünfmal sich regen gefühlt und fünfmal mit fünf Pillen und drei Joints wieder ins Koma befördert.) Er hat sich zweimal ins Klo und einmal ins Waschbecken übergeben. Er hat vier-, nein, dreimal masturbiert. Er hat nullmal das Telefon abgehoben, null Menschen angerufen, null Nachrichten abgehört und null SMS gelesen oder beantwortet, auch nicht die von Philipp, Carmen und seiner Mutter. Er hat einen Brief immer wieder angestarrt und null Briefe aufgemacht. Er hat dreizehn Stunden am Stück geschlafen. Er ist wach jetzt. Und es ist genug.

Gruber bleibt ein paar Minuten einfach liegen, den Kopf gegen die Wand gelehnt. Er starrt den nun schwarzen Bildschirm an, die offene Schrankwand in seinem Zimmer, das Handy, das sich jetzt schon länger nicht bewegt hat, und die Decke über sich. Es ist still, dann fährt unten ein Auto auf den Parkplatz und eine Tür schlägt zu. Noch eine. Gruber greift nach seinem Schwanz und hält ihn ein bisschen in der Hand, zieht die Hand dann wieder hoch und lässt sie auf seinem Bauch liegen. Alles ruhig da drin. Schließlich, nach zwei oder drei weiteren reglosen Minuten, schwingt er seine Beine aus dem Bett. Er setzt sich auf und bleibt so sitzen. Und betrachtet noch einmal die Schrankwand, seinen Anzug und sein Hemd darin, und seinen Koffer darunter. Dann steht er auf, duscht sich sorgfältig und zieht sich langsam an.

Gruber geht jetzt hinaus.

Das Auge sieht viel besser aus. Na ja, jedenfalls nicht mehr ganz so schlimm, Gruber mustert sein Gesicht in den verspiegelten Blenden an den Kaffeehauswänden und setzt sich trotzdem so, dass er die Spiegel im Rücken hat. Ganz gruberunüblich, normalerweise sieht sich Gruber ganz gerne selbst, wenn es die Situation erlaubt, ohne den Verdacht von Eitelkeit auf ihn zu lenken. Der lastet sowieso schon schwer genug auf Gruber, aber er legt nun einmal Wert auf gute Kleidung und er hat nun einmal gern gute Haare, und er ist nun mal, im Gegensatz zu anderen Männern seines Alters, mit kräftigem Haarwuchs gesegnet, danke, Schicksal. Im Moment ist er, Haare hin oder her, leider nicht sehr attraktiv, das muss sich Gruber ehrlicherweise eingestehen. Dafür ist die Kellnerin hübsch, blond und auf eine gute Art rund, aber natürlich versteht er sie nicht und sie versteht ihn nicht, als er eine Melange bestellt, ach Gott, ja, einen Cappuccino bitte. Und zwei Croissants, jaja, Gipfeli, genau. Er hätte insgeheim lieber einen Caffè Latte, aber da steht sein Stolz vor. Caffè Latte ist was für Mädchen, wie der, der da zum Beweis auf dem Nebentisch steht. Ein großes Glas mit hellgraubrauner Flüssigkeit unter Schaum, dahinter das vorschriftsmäßig dazugehörige Mädchen. Es schaut, als Grubers Blick ihr Gesicht erwandert hat, von seiner Zeitung auf und grinst ihn an: Es ist kein Mädchen, es ist eine Frau, und er kennt die Frau, es ist, es ist, es ist, Moment, ach ja, es ist die Frau aus dem Flugzeug, die Frau mit dem großen Mund, die Frau ohne Zeitungen, und sie hat ihn offenbar längst bemerkt. Und wiedererkannt, trotz seiner verunstalteten Visage. Und vermutlich seine eitle Selbstbeschau beobachtet.

Gruber fühlt sich ertappt und ist sich schwer unsicher, ob er nicht gerade rot anläuft. Er lächelt verlegen, denn er vermutet, dass er das tut.

Sie sagt «Hallo» und «Tut das weh?»

«Weniger als gestern», sagt Gruber. «Und sehr viel weniger als vorgestern.»

Die Frau deutet auf ein paar großformatige Tageszeitungen in Drahtbügeln, die neben ihr auf der Bank liegen.

«Diesmal kann ich Ihnen was anbieten. Brauchen Sie eine?»

«Ist die *FAZ* dabei?», fragt Gruber, und die Frau nickt und beugt sich zur Seite, raschelt ein wenig herum und reicht ihm dann die *FAZ*.

«Danke», sagt er, «John Gruber übrigens.»

«Sarah Vogel, sehr erfreut», sagt die Frau. «Wie ist das passiert, das mit dem Auge?»

Gruber schaut sie an. Sie hat diesen großen, rotgemalten Mund. Und diese Haare wie trockenes Heu. Und diese Schatten unter den Augen. Sie sieht so aus, als könnte sie einiges vertragen. «Ich hab eine junge Maid im Mascotte angebaggert. Es hing aber ein Gorilla an ihr dran. Ein relativ reizbarer Gorilla.» Die Frau, Sarah, grinst. Die Kellnerin bringt den Cappuccino und die Croissants. Gruber beißt sofort in eines hinein, nein, er reißt es, er ist halb verhungert. «Entschuldigung.»

Die Frau grinst. Das Grinsen gefällt Gruber. Plus sie heißt wie Dylans erste Frau. Vielleicht ist das ein gutes Zeichen. Vielleicht ist die Nachricht in dem zerknitterten Brief in seinem Hotelzimmer doch nicht schlecht, wenn diese Frau wie Dylans erste Frau heißt. «Und die Tussi hat mir nicht einmal gefallen», sagt Gruber mit halbvollem Mund, «sie sah echt ungut aus. Wie hundert Jahre Solarium.» Er schluckt den

Rest des Croissants, es ist schon der zweite, hinunter. «Und sie war brunzdumm.»

Ja, schau, sie lacht. Gruber ist also doch noch in der Lage, Frauen richtig einzuschätzen, also jedenfalls manche. Die hier hat, wie Gruber gleich dachte, Humor und kann mit sowas wie Wiener Schmäh umgehen, was in dieser Zwingli-Gegend so häufig vorkommt wie eine Marienerscheinung. Nein, Marienerscheinungen gibt es hier wesentlich mehr als Menschen, die einen Schmäh kapieren.

«Klingt nach Tötung auf Verlangen», sagt die Frau jetzt, und Gruber kann es schwer glauben, dass sie das wirklich sagt.

«Kennen Sie meine Schwester?»

«Nein», sagt die Frau, «kaum. Warum?»

«Weil die genau sowas auch sagen würde.» Ihr Grinsen jetzt gefällt ihm gut. Und sie hat einen netten bayrischen Akzent.

«Warum müssen Sie in dem scheiß Zürich sein? Oder leben Sie hier?»

«Nein», sagt Sarah, «Arbeit.» Sie trägt ein ziemlich luftiges graues Top mit so Rüschenzeugs dran. Und Jeans. Und, soweit er das erkennen kann, Stiefel, etwas Braunes, Hohes jedenfalls.

«Was für Arbeit?»

«DJ-Arbeit. Ich habe vorgestern auf einer Architekten-Party aufgelegt. Und heute lege ich im Mascotte auf. Kennen Sie ja. Sind Sie heute Abend noch da? Sie könnten kommen. So ab elf, zwölf. Ich habe ein paar Platten dabei, zu denen man sich fantastisch prügeln kann.» Gruber fängt an, dieses Grinsen wirklich zu mögen. Sehr zu mögen. Er spürt, dass er süchtig werden könnte danach. Und dieses kehlige, gluckernde Lachen jetzt wieder, das gefällt ihm auch, außerdem übertönt es auf ungeheuer vorteilhafte Weise diese kriminelle Classic-Meets-Pop-Scheiße, mit der dieser Laden hier beschallt wird.

«Oh, ausgezeichnet», sagt Gruber, und dass er darüber nachdenkt. Aber er hat schon darüber nachgedacht. Tatsächlich hat er schon über einiges mehr nachgedacht.

«Es ist fast fünf», sagt er, während er auf die Uhr schaut, «ich finde, ein Glas Wein wäre jetzt allmählich angemessen. Darf ich Sie auf ein Glas Wein einladen?»

Sie beugt sich vor und linst auf ihr iPhone, das vor ihr auf dem Tisch liegt.

«Vierzehn Uhr vierunddreißig», sagt sie. Dieses Grinsen. Kolossal.

«Ich sagte ja, *fast* fünf. Oder vielleicht lieber Bier. Den Wein hier kann man ja nicht saufen. In dieser ganzen furchtbaren Stadt kann man keinen Wein trinken. Dieser grauenhafte, picksüße Chardonnay überall.»

Sie grinst schon wieder. Gut, sehr gut. «Ein kleines Bier vielleicht. Ein ganz kleines.»

«Oder warten Sie.» Gruber hat heute keine Lust auf halbe Sachen. Möglicherweise hat er nie wieder Lust auf halbe Sachen, vielleicht ist die Zeit der halben Sachen für immer vorbei. «Wir könnten woanders hingehen.» Die Frau schaut ihn ein wenig überrumpelt an. Aber nicht zurückweisend. Sie denkt nach. Gruber denkt auch nach, nämlich über etwas Gemütliches, Schummriges, weniger Kaffeehausiges, und ohne solche Scheißmusik. «Wir könnten zum Beispiel in die Kronenhalle-Bar hinüberschauen», sagt Gruber, «obwohl.» Er erinnert sich da an etwas.

«Obwohl was?», sagt Sarah mit komischem Blick. Vorsichtig wirkt sie jetzt, auf Rückzug wenn nötig, mit schlagartigem Sicherheitsabstand. Gruber will nicht, dass sie so schaut. Und dass sie vielleicht denkt, er wolle nun doch nicht mit ihr ... also was auch immer, er kann jetzt im Moment nicht so genau sagen, was genau er mit ihr will. Aber er will.

«Obwohl ich aus der Kronenhalle, glaub ich, letztens hinausbegleitet wurde. Wie soll ich sagen, sehr nachdrücklich hinausbegleitet wurde. Sehr gegen meinen Willen.»

Die Nachmittagssonne wirft durchs schmale Fenster einen Streifen auf seinen Tisch.

«Oh», sagt Sarah und schaut jetzt anders, viel besser. «Aus dem Restaurant?»

«Aus dem Restaurant, ja.»

«Was haben Sie angestellt?»

«Sie werden das jetzt platt finden, aber ... lange Geschichte.»

«Und war das vor oder nach der Schlägerei?»

«Kurz davor», sagt Gruber.

«Na, dann erkennen die Sie jetzt mit dem blauen Auge eh nicht mehr. Und außerdem arbeiten in der Bar andere Leute als im Restaurant. Glaub ich jedenfalls.» Aha. Sie will. Gut.

Gruber winkt der Kellnerin und bittet um die Rechnung. Sarah gräbt in ihrer Tasche. «Ich mach das», sagt Gruber.

«Ich hatte aber ein Frühstück», meint Sarah und grinst schon wieder, «und dreimal frischgepressten Orangensaft, und Zigaretten auch noch.»

«Ich. Mach. Das.», sagt Gruber.

Die Kronenhalle-Bar ist nicht leer. Rechts neben der Tür sitzen zwei Anzüge und unterbrechen ihr Gespräch, als Gruber sich etwas zu genau im Lokal umsieht. Als er die Bar beäugt, ob da wer ist, der am Mittwoch schon da war und ihn erkennen könnte. Aber im Moment ist so jemand nicht zu sehen. Gruber zeigt auf den Tisch links neben der Tür,

Sarah nickt und schiebt sich hinter das Marmortischchen auf die Bank. Sie ist groß, das hat er auf dem Weg vom Limmatquai her festgestellt: Wenn sie mit ihm spricht, ist sie fast auf Augenhöhe. Sie ist vielleicht, hm, vierunddreißig oder fünfunddreißig oder so, bei Frauen, die in der Nacht arbeiten, kann man das ja nicht genau sagen. Sie war in großen Schritten gelaufen, trotz der Absätze. Keine Tripplerin. Jetzt zieht sie an ihrem Shirt und wirft ein Bein über das andere, kann so aber nicht richtig sitzen, der Tisch ist zu niedrig, also zwängt sie die verknoteten Beine neben den Tisch und sitzt nun ein bisschen verdreht da. Gruber sieht ihr dabei zu. Gefällt ihm. Gruber gefällt auch, dass sie ein wenig nervös wirkt. Sie könnte einen Haarschnitt vertragen, denkt Gruber, und dass das im Moment aber eine untergeordnete Rolle spielt. Ein Kellner erscheint; ein junger Schlaks, kommt ihm nicht bekannt vor.

Sie trinken Bier und Weißwein und Wasser und essen Nüsse, die der Kellner jetzt schon zum dritten Mal hingestellt hat. Der an Grubers Visage offenbar nichts auszusetzen findet, was Gruber jetzt doch erleichtert. Er hatte sie zwar gewarnt, sie wusste von der unschönen Möglichkeit und hatte ja doch vorgeschlagen, das Risiko einzugehen, aber es hätte wohl trotzdem keine besonders zielführenden Vibes erzeugt, wenn man sie des Lokals verwiesen hätte. Vor allem, weil Gruber, so gut kennt er sich mittlerweile, sich das kaum widerstandslos gefallen hätte lassen. Ist er eine Lusche? Ist er nicht, nein; aber jetzt ist er doch erleichtert, dass er das nicht beweisen muss. Manche Frauen reagieren ja auf derlei eher unrund und Gruber will auf keinen Fall eine unrunde Sarah, er will eine runde, wohlgesonnene, für vielerlei offene Sarah, denn Gruber will, wie er mittlerweile mit Sicherheit weiß, mit ihr ins Bett, und im Moment sieht das alles ganz gut aus. Vielleicht, weil sie noch nichts davon weiß. Obwohl. Die, denkt Gruber, als er ihr beim Reden zusieht und einen Schluck von seinem Bier nimmt, die weiß das.

Sarah redet. Sie fragt. Sie erzählt von sich. Dass sie in Berlin lebt, hat er schon auf dem Weg in die Bar herausgefunden. Er dachte München, wegen diesem bayrischen Akzent. Diesen Akzent hat sie, wie Gruber jetzt erfährt, aus einem Dorf in der Nähe des Starnberger Sees, in dem sie aufgewachsen ist, aber sie lebt schon lange in Berlin. Sie war für einen Auflegjob in Wien gewesen, war wohl öfter, wenn auch nicht mehr ganz so oft wie früher, für Jobs in Wien, und genau, genaugenau!, daher hatte Gruber im Flieger wohl auch ihr Gesicht gekannt. Weil sie einmal, Überraschung eins, auf einer Party seiner Firma aufgelegt hatte, auf einer Weihnachtsfeier oder so, vorletztes Jahr, als noch genug Geld dagewesen war, um DJs aus Berlin einzufliegen, zum Angeben und Corporate-Identity-Stiften. Gruber hatte damals eventuell versucht, sie anzugraben, er war sich nicht sicher, aber da sie sich an ihn nicht erinnern konnte, hatte er wahrscheinlich nicht. Denise zum Beispiel konnte sich erinnern, das traute sich Gruber wetten. Denise würde sich immer an so was erinnern. Jedenfalls war letztes Jahr die Weihnachtsfeier-Musik schon vom Band gekommen, heuer würde es vermutlich nicht einmal mehr Musik geben, nur noch verlogene Wir-müssen-jetzt-zusammenhalten-Ansprachen von verlogenen Arschlöchern, und Würstel mit Senf statt kreativem Fingerfood auf Meeresfrüchtetrüffelbasis. Was Gruber aber wurscht sein konnte, denn so wie es aussah, war er wohl eh nicht mehr so sehr lange bei der Firma. Egal. Er hatte gut angelegt. Und er hatte einiges in der Hinterhand. Egal, er würde da nicht ohne Gewinn rausmarschieren. Oder vielleicht würde er auch gar nicht rausmarschieren, sondern, wenn er seine Argumente auf den Tisch gelegt haben würde, ein langes Sabbatical antreten. Oder sowas. War aber egal jetzt.

Überraschung zwei erwischt Gruber wie ein warmer Luftzug, denn als er sie fragt, wo sie denn wohnt, wenn sie in Zürich arbeitet, sagt sie: «Im Greulich. Kennst du das Greulich? Sehr nett dort.»

Logisch, DJs gehören ja auch zur Kreativwirtschaft. Und die wohnen alle im Greulich. Und, o ja, Gruber kennt das Greulich jetzt, er kennt es jetzt sehr gut, jedenfalls das Zimmer achtzehn. Das hat er schließlich gerade eben zum ersten Mal seit mehr als zwei Tagen verlassen.

Und zwei oder drei Stunden später betritt er es auch schon wieder; besser, er stolpert, strauchelt, fällt hinein, denn er hat, während er die Tür ohne hinzusehen mit einer Hand aufsperrt, Sarahs Zunge im Mund, was seine kaputte Lippe nicht nur geil findet, und seine andere Hand unter diesem grauen Rüschending. Ihre Zähne klackern aufeinander, als er auf sein Bett und auf Sarah fällt und fühlt, dass sie schon wieder grinst. Er zieht ihr das Ding über den Kopf, ein Ärmel bleibt an ihrem Handgelenk hängen, sie zupft ihn über die Hand und knöpft, während Gruber (alles still in seinem Bauch) mit beiden Händen unter ihren BH und hinter ihren Rücken fährt, sein Hemd auf, wobei das Hemd einen Knopf einbüßt. Gruber überschlägt kurz, dass dies sein letztes intaktes Hemd auf der Reise war, aber sein Schwanz sagt: Scheiß drauf. Sarah nestelt an seinem Gürtel, kriegt ihn nicht auf, aber er hat ihre Jeans schon offen, zieht sie ihr samt Unterhose mit beiden Händen über den Arsch, aber sie bleibt an ihren Stiefeln hängen. «Weiberschuhe», sagt Sarah ein bisschen verlegen, «komplizierte Sache». Sie beugt sich vor, zieht irgendwelche versteckten Zipps auf und kickt die Stiefel durchs Zimmer. Sie ist nackt jetzt, sie streckt sich aufs Bett und sieht schön aus, lang und weiß und glatt, mit ein paar Dellen da und dort. Eine verblassende Tätowierung an der Hüfte, eine lange Narbe an einem Bein. Ihr Dreieck ist ein rasierter Streifen aus rötlichem Haar. Gruber kniet sich vor das Bett. Sarah sieht ihn an, während er langsam ihre Beine auseinanderdrückt und mit seinen Händen an den Innenseiten ihrer Schenkel hochfährt.

«**Ich hab die Vogel gevögelt**», sagt Gruber später. Er schwitzt wie eine Sau.

«Das hab ich ja noch nie gehört», sagt Sarah und Gruber braucht sie gar nicht anzusehen um zu wissen, dass sie grinst. Gruber hat von seiner Post-Prügel-Klausur noch zwei Flaschen Rotwein übrig, er entkorkt eine und füllt zwei Gläser. Licht fällt durch die geschlossenen Vorhänge auf das Leintuch, das Sarah sich über den nackten, feuchten Körper gezogen hat. Ihre Wangen sind gerötet, ihre Lippe blutet an einer Stelle, praktisch solidarisch zu seiner, ihr Haar, ein totales Durcheinander, leuchtet. Das Merkwürdige ist, dass sie nicht aussieht wie eine Frau, mit der er gerade zum ersten Mal geschlafen hat. Die er eben vor ein paar Stunden erst kennengelernt hat. Sie sieht aus, als würden sie sich schon lange kennen, vertraut. Gruber ist sich nicht sicher, ob das ein gutes Zeichen ist. Sollte nicht beim ersten Mal alles neu und merkwürdig und ungewöhnlich sein? Sollte er nicht viel nervöser sein? Und sollte er nicht wollen, wie sonst, dass sie jetzt dann aber mal die Fliege macht? Es passt überhaupt nicht zu ihm, aber er will jetzt nicht, dass sie die Fliege macht, er will es überhaupt nicht.

«Wann musst du auflegen?», fragt Gruber.

«Ab halb elf», sagt Sarah, «wie spät ist es?»

«Kurz vor sieben», sagt Gruber. «Hast du Hunger? Sollen wir etwas essen gehen?»

«Gerade eben nicht», sagt Sarah, «aber dürfte ich eventuell bitte rauchen?»

«Du darfst, wenn du mir auch eine gibst.» Sarah stellt ihr Glas ab. Sie stellt es direkt auf das weiße Kuvert, das ihr nicht auffällt, weil sie suchend durchs Zimmer schaut. «Wo ist meine Tasche?» Gruber hievt sie ihr von der anderen Seite des Bettes herüber, es ist eine große Tasche. Frauen haben immer zu große oder zu kleine Taschen, Gruber weiß nicht, was er schlimmer findet. Die hier ist riesig. Sarah kramt darin und fischt eine Packung blaue Gauloises heraus und kramt weiter und stößt – «tadaa!» – triumphierend ein Feuerzeug in die Luft. Sie steckt Gruber eine Zigarette in den Mund und gibt ihm Feuer. Und sich. Und nimmt sich wieder das Glas. Und bemerkt das Kuvert. Und greift danach. Und hält es hoch. «Sorry, ich hab einen Rotweinrand darauf gemacht. Was ist das?» Gruber zieht an seiner Zigarette und starrt wortlos geradeaus, Sarah wird rot, legt den Brief hastig zurück. «Entschuldigung, geht mich überhaupt nichts an, so gut kennen wir uns nicht, tut mir leid.»

«Schon gut», sagt Gruber, «ein Brief vom Krankenhaus.»

Sarah raucht und sagt nichts.

«Du darfst fragen», sagt Gruber.

«Darf ich oder soll ich?», fragt Sarah.

«Meinetwegen. Du sollst», sagt Gruber.

«Also, was steht in dem Brief?», fragt Sarah.

«Ich weiß es nicht», sagt Gruber, «ich habe ihn ja noch nicht aufgemacht.»

«Wie lange schon nicht?», fragt Sarah.

«Na ja, so ungefähr zwei, drei Wochen nicht», sagt Gruber. Sarah nimmt den Brief wieder und hält ihn mit beiden Händen vor sich. «So sieht er auch aus. Willst du ihn weiterhin nicht aufmachen?»

«Ich weiß nicht», sagt Gruber. «Ich sollte wohl irgendwann. Oder du machst ihn für mich auf. Ja, genau, du. Mach ihn auf.»

Sarah schaut Gruber an. Gruber schaut Sarah an. Er legt

alle Entschlossenheit in seinen Blick, die er gerade noch erübrigen kann.

«Was könnte denn drin stehen?», fragt Sarah, «du musst doch eine Ahnung haben.»

«Hab ich nicht», lügt Gruber, «ich habe überhaupt keine Ahnung.» Seine Hand liegt auf seinem Bauch. Nichts. Schon seit gestern nichts. Vielleicht ist es weg. Vielleicht war es nur ein Irrtum.

«Wenn er vom Krankenhaus ist, bin ich dafür vielleicht sogar die Richtige», sagt Sarah. «Ich habe immerhin fünf Semester Medizin studiert.»

«Im Ernst?»

«Im Ernst.» Und sie klingt auch ernst, als sie auf seine nächste Frage antwortet, denn wer fünf Semester Medizin studiert hat, weiß, dass es keine netten Briefe vom Krankenhaus gibt. «Ich habe aufgehört, weil das mit dem Auflegen so gut hingehauen hat. Zack, auf einmal war ich DJ. Und kriegte richtig Kohle dafür. Was man mit vierundzwanzig tendenziell besser findet als Tag und Nacht büffeln und Schaumgummibrot mit Ketchup von Aldi. Bist du sicher, dass ich den aufmachen soll? Ganz sicher?»

«Ja», sagt Gruber, «ich bin sicher. Mach auf.»

Gruber legt sich zurück auf sein Kissen und starrt seinen schlaffen Schwanz an. Sarah dreht das Kuvert um und schlitzt es mit dem Nagel ihres kleinen Fingers auf. Sie zieht den Brief heraus, faltet ihn auf und liest. Sie sieht nicht froh aus, als sie liest. Sie grinst kein bisschen. Sie legt den Brief auf ihren Bauch und dreht ihr Gesicht zu Gruber. Dann schaut sie wieder auf den Brief. Ernst. Sie sieht sehr ernst aus. «John. Da steht, du hast einen Tumor im Bauch. Sie befürchten, er ist bösartig. Du hast vielleicht Krebs.»

Gruber bewegt sich nicht, blinzelt nicht, nichts. Sein

Schwanz ist ein kurzer, dicker, rosiger Wurm in einem haari-
gen Tal. Gruber denkt: Aha. Und: Ja scheiße. Und: Hab ich
eh gewusst. Und: Scheiße also.

Sie hält den Brief wieder hoch.

«Da steht auch, du sollst so schnell wie möglich für weitere Untersuchungen vorbeikommen. Du sollst keine Zeit
verlieren. Damit du gleich mit der Behandlung beginnen
kannst, falls sich der Verdacht bestätigt.»

«Ja», sagt Gruber und nimmt ihr den Brief weg: «Ja.
Danke. Hm. Danke.»

Ins Mascotte ist er dann aber nicht gekommen. Ja, natürlich habe ich auf ihn gewartet, ich wollte ihn sehen, und ich wollte dass das, was und wie es am Schluss war, wieder ausgeglichen und aufgehoben und kompensiert wird. Das Auflegen war superanstrengend, der Club war voll und ein paar Kerle waren ziemlich lästig. Ich hatte gedacht, die Schweizer wären höflich und zurückhaltend, aber gib denen ein paar Schnäpse und sie drehen schlimmer auf als die Engländer. Einmal musste sogar der Geschäftsführer eingreifen, weil einer richtig ungut geworden ist. Und John kam nicht. Ich legte bis fünf auf und ich hoffte bis fünf, und drei- oder viermal habe ich gedacht, das isser jetzt, aber er war's nicht und er kam nicht. Als ich wieder im Hotel zurück war, sah ich Licht in seinem Zimmer, aber ich habe nicht angeklopft. Unmöglich, nach dem, was zuletzt war. Ich habe im Bett noch ein Bier getrunken, ich konnte überhaupt nicht einschlafen, ich war total aufgewühlt, und nach der Auflegerei ist es immer schwer, wieder runter zu kommen, da ist man immer so aufgepusht. Dann habe ich bis Mittag geschlafen – ich hatte den Rückflug extra für den Nachmittag gebucht – und als ich in die Lobby ging, um zu sehen, ob es noch Frühstück gibt, gab mir der Kerl an der Rezeption einen Zettel. Eine Nachricht von John. Er war weg, zurück nach Wien geflogen. Er schrieb, es sei schön mit mir gewesen, dazu seine Handynummer. Nichts über die Sache. Und nichts in der Art, dass er hofft, wir sehen uns wieder oder dass ich mich melden soll oder so, obwohl seine Nummer ja vielleicht genau das bedeutet, oder was sonst? Und darunter: XX, John. Nicht, XXX, nur XX. Hm. Weiß nicht, ob ich mich melde. Ich meine, der hat jetzt andere Sorgen. Und außerdem war es am Ende dann schon sehr merkwürdig.

Weil, der erste Sex war toll, überraschend gut für ein erstes Mal, aber dann hab ich Idiotin diesen Brief gefunden und aufgemacht, mit dieser Krebs-Nachricht, was ich dir erzählt habe. Und beim zweiten Mal war er … Er war ziemlich grob und … hm …, und weißt du, das passt nicht zu mir, aber ich fand es okay. Ich neige nicht zum Masochismus, aber ich habe mich irgendwie schuldig gefühlt, weil ich ihm ja die Nachricht überbracht hab. Ich habe ihm diesen schrecklichen Brief vorgelesen. Ich habe ihm gesagt, dass er vielleicht sterben wird. Und danach lagen wir erst einfach mal da und tranken und rauchten, er hat nichts mehr gesagt, ich habe nichts mehr gesagt, ich meine, was hätte ich sagen sollen? Dass schon alles irgendwie gut wird? Dass er das schon schaffen wird? Dann lieber gar nichts. Das Schweigen war furchtbar. Da habe ich ihm einen geblasen, und zuerst lag er einfach nur so da und starrte in die Luft, aber sein Schwanz hat ziemlich schnell reagiert. Und auf einmal hat er mich gepackt und auf den Bauch gedreht und sich auf meine Beine gesetzt und ich hörte ihn mit dem Gummi herumnesteln. Dann hat er mich … äh …, nein, das erzähle ich jetzt nicht. Aber normalerweise macht das beim ersten Mal keiner mit mir, keiner. Absolutes NoGo beim ersten Mal. Und beim zweiten und beim dritten Mal eigentlich auch, dafür möchte ich einen schon besser kennen.

Aber andererseits ist einem einer, dem man möglicherweise gerade das Todesurteil verkündet hat, auch nicht mehr ganz fremd. Und er tat mir scheißleid. Was er vermutlich gemerkt hat. Und ich wusste irgendwie auch, dass er das jetzt macht, damit ich eben kein Scheißmitleid mit ihm habe, der wollte mir wahrscheinlich beweisen, dass er noch lebt, und zwar vollumfänglich von oben bis unten, und dass er handlungsfähig ist und seinen Willen hat, einen sehr starken, unbeugsamen Willen, so irgendwie. Dass der Tumor ihn nicht unter Kontrolle hat, dass er noch viel Kraft hat, oder was weiß ich. Danach lag ich so eingerollt in seinem Arm und fühlte mich klein und erledigt und aufgerieben. Aber irgendwie fand ich es selbst, na ja, eigentlich auch geil. Ich glaube, er hat das gebraucht. Und ich hätte ja nein sagen können, habe aber nicht. Ich habe ihn machen lassen. Und es war auch schon deshalb okay, weil ich ja wusste, dass er auch anders kann, netter, wie davor. Aber ich weiß jetzt eben auch, wie er noch kann, und sowas sollte man auf keinen Fall vergessen, so viel weiß ich jetzt doch schon über das Leben, dass ein Kerl, der einmal rücksichtslos ist, immer wieder rücksichtslos sein kann. Siehe Jürgen, aber der war ja eigentlich nur rücksichtslos, ausschließlich.

Aber John, der kann eben nicht bloß rücksichtslos. Davor, das war toller, geiler, gelassener Sex, weißt du, elegant fast. Der kann sich lange und ausführlich mit einer Frau beschäftigen, ohne dafür sofort eine Belohnung zu verlangen. Und der kann es, der weiß, wie es geht. Und er hat ein paar Sachen gemacht, die mir extrem gut gefallen haben, also, ich muss das jetzt nicht erklären, aber es war schön und geil und, wie soll ich sagen, irgendwie identitätsstiftend. Ich glaube, ihm hat es auch gefallen, es hat irgendwie gezündet zwischen uns. Es war erstaunlich guter, irgendwie vertrauter Sex, vor allem fürs erste Mal. Und ziemlich überraschend für einen, der so eitel wirkt. Weil so eitle, narzisstische Männer sind ja bekanntlich normalerweise keine guten Liebhaber, die denken nur an sich, sehen auch nur sich und überlegen bloß, wie sie wohl aussehen, beim Vögeln, ob sie auch gut aussehen und an den richtigen Stellen attraktiv schwitzen, völlig egozentrisch, solche Kerle. Normal schauen dir solche beim Vögeln nur in die Augen, um zu kontrollieren, ob ihre Haare beim Ficken auch gut aussehen und nicht unschön durcheinandergewuschelt sind. Bei John ist das erstaunlicherweise nicht so, obwohl der auf seine Haare eindeutig auch viel Wert legt. Und definitiv ins Fitnessstudio geht, ich würde sagen: Krafttraining, drei- bis viermal die Woche. Hat tüchtig was in den Oberarmen, und ich hab das ja gern, wenn ein Kerl zupacken kann. Und einen ziemlich hübschen Sixpack. Also der schaut auf sich; der will was hermachen. Aber trotzdem hat der mich, glaub ich, gesehen. Und ich hab ihn auch gesehen. Und es hat mir ziemlich gut gefallen, was ich gesehen habe. Zu gut fast, trotz dem, wie er dann später war. Oder vielleicht auch deswegen. Und er kann auch noch küssen. Das Küssen mit dem … Richtig gut, das passte gleich mit dem. Wenn das schon nicht gepasst hätte, wäre gar nichts, wäre das alles nicht passiert, du merkst ja beim Küssen schon, wie einer ist. Wenn das Küssen nicht passt, gleich tschüss. Mit John hat das gepasst, gleich zusammengepasst, sein Küssen und mein Küssen. Hu. Ja. Himmel. Der gefällt mir. Ach, er hat mir gleich gefallen, sonst wäre ich nicht sofort mit ihm in die Kronenhalle-Bar. Und drei Stunden später ins Bett.

Aber dass er mir so gut gefällt, das ist sicher ein Fehler. Denn wahrscheinlich hält der mich jetzt für eine Art Todesengel. Der Tag, an dem er mit mir geschlafen hat, bleibt für den für immer auch der Tag, an dem er dem Tod ins Auge geschaut hat, an dem er erfuhr, dass er todkrank ist. Also, wahrscheinlich. Und ich habe es ihm auch noch überbracht, von mir hat er die Botschaft, dass er vielleicht bald sterben wird. Ich hätte diesen Scheißbrief nie aufmachen sollen, aber was lässt er den auch so rumliegen? Das ist jetzt bei ihm vermutlich untrennbar verknüpft: Ich und der Tod. Ich und die Krankheit, zumindest. Ich und der Krebs. Wenn sowas an einem Tag zusammenfällt, schlimmer noch, von einer Person kommt, das kann ein Kerl nicht auseinanderdividieren. Das pappt zusammen, das kriegt der nicht so schnell auseinandergebacken, keine Chance. Könnte ich vermutlich auch nicht; aber ein Kerl noch viel weniger. Das kann der nie mehr entkoppeln. Sex und Tod. Sex mit mir und Tod.

Andererseits, er hat es doch eh irgendwie gewusst. Er wusste, dass da in dem Brief nichts Gutes drin steht. Er hat zwar gesagt, er weiß nicht, was da drinsteht, keine Ahnung, aber das stimmt sicher nicht. Das ist ja gar nicht möglich. Der wusste schon, dass er krank ist und dass – das klingt jetzt pathetisch, aber es ist so – dass der Tod in ihm lauert, dass er längst hätte handeln müssen.

Schon diese Schlägerei zwei Tage zuvor. Ich bin ja keine Psychologin, aber eigentlich sieht der gar nicht aus wie einer, der sich gern haut, oder gern hauen lässt. Da legen eitle Männer normalerweise wenig Wert drauf, dass man ihnen die Visage umbaut, und sein Auge hat noch nach zwei Tagen echt übel ausgesehen. Ich hab ihn gefragt, so haben wir uns im Café überhaupt kennengelernt, woher er denn das blaue Auge hat, und er hat mir erzählt, er hätte im Mascotte eine Tusse angegraben, noch dazu eine, die er eigentlich scheiße fand, und ihr Macker hat ihm dann die Fresse poliert. Ich meine, warum macht einer sowas? Das ist ja selbstmörderisch. Wollte der sich spüren, oder was? Wollte der sich selbst ablenken von seinem richtigen Problem? Ich glaube, der wusste im Prinzip schon lange, bevor ich den Brief aufgemacht habe, was Sache ist. Der hat das nur verdrängt. Der wollte das nicht sehen, wollte sich nicht sehen als einer, der krank ist.

Aber … das klingt jetzt blöd, und ich hab's ja nicht sehr mit diesem esoterischen Vorbestimmungspipapo … aber ein bisschen denk ich doch: Vielleicht haben wir uns ja genau deshalb getroffen. Damit ich mit dem Finger darauf zeige. Vielleicht sollte ich die sein, die ihn mit der Wahrheit konfrontiert. Vielleicht hat er genau auf mich und auf diesen Tag und diese Stunde gewartet. Vielleicht hätte er den Brief niemals aufgemacht, wenn ich nicht da gewesen wäre. Vielleicht hätte er den Brief im Suff weggeschmissen und wäre dann zwei Monate später tot. Vielleicht habe ich ihm ja das Leben gerettet. Und ich finde es, weil mir der gefällt und weil ich das Gefühl habe, dass da etwas schwingt zwischen uns, halt gerade extrem beschissen, extrem unfair, dass ich den ausgerechnet in so einem Moment kennenlerne, und unter den Umständen. Und jetzt denk ich mir, sogar wenn der wieder gesund wird, dann will er doch ganz gewiss nicht ständig an diesen furchtbaren Tag erinnert werden, als ihm die Krankheit definitiv klar wurde, also an den schrecklichen Tag mit mir. Den Tag, an dem diese Frau mit dem Finger auf seine Sterblichkeit gezeigt hat … Das kennt man ja aus der Psychologie, dass Menschen oft genau die Menschen scheuen, die ihnen in der größten Not geholfen haben. Weil sie an diese Not nicht erinnert werden wollen, weil sie die Momente der Niederlage verdrängen wollen, verdrängen sie auch diejenigen, die davon wussten und die sie gesehen haben, in diesem schwachen, unglücklichen Moment. Das wollte er wohl verhindern, als er mich zum zweiten Mal gevögelt hat, dass ich ihn als schwach und unglücklich in Erinnerung behalte. Oder besser, er sich selbst. Lieber entschlossen und zupackend. Lieber brutal als luschig, so irgendwie. Aber dem bin ich jetzt wahrscheinlich erst einmal ganz, ganz negativ in Erinnerung. Und dass er vielleicht wegen meines beherzten, vielleicht vorbestimmten kleinen Eingreifens wieder gesund wird und am Leben bleibt, falls er am Leben bleibt, das sieht er vermutlich nicht. Ist ja auch logisch. Der hat jetzt andere Probleme als irgendeine Tusse, mit der er gevögelt hat.

Danach ging dann irgendwie nichts mehr mit ihm. Er war wie abgeschaltet. Er lag einfach da und starrte vor sich hin und ich hab gespürt, der muss jetzt allein sein. Der ist jetzt allein. Dem kann man jetzt nicht helfen. Er sagte überhaupt nichts mehr und sah mich nicht an. Ich habe mein Gewand zusammengesucht und mich angezogen und mein Zeug eingepackt und meine Jacke genommen. Ich habe ihm noch einen Flyer vom Mascotte auf den Nachttisch gelegt, neben den Brief, aber ich glaube, er hat es gar nicht bemerkt. Ich bin zu ihm hin und hab ihm einen Kuss gegeben, auf den Mund, er hat kaum reagiert. Ich sagte tschüss, und er sah mich kurz an und sagte, ciao, danke, ciao, see you, irgendsowas, und dann ging ich. Vielleicht hätte ich bei ihm bleiben sollen. Aber ich glaube nicht.

Für den Flug zurück nach Wien hat Gruber, wie immer, einen Gangplatz gebucht. Nur, falls er mal aufs Klo muss. Er muss nie während eines Fluges aufs Klo, aber falls er einmal aufs Klo müsste, möchte er das gerne können, ohne vorher irgendeinen wildfremden Mitreisenden anschleimen und mit einem falschen, bedauernden Grinsen dazu bewegen zu müssen, sich abzuschnallen und umständlich aus dem Sitz zu hieven und, bei Grubers Rückkehr, das Prozedere noch mal durchzuführen, wodurch Gruber für den Rest des Fluges in der Schuld seines Sitznachbars stehen würde. Was diesen ja eventuell dazu verleiten könnte, Sprechkontakt zu Gruber aufzunehmen. Darauf kann Gruber unglaublich gut verzichten, danke, recht herzlichen Dank, weshalb der Gangplatz fix auf seiner Frequentflyer-Card gespeichert ist. Gang, immer.

Eine Reihe vor Gruber und schräg über dem Gang sitzt ein Mann, Mitte vierzig oder so, mit einem Kind. Sein Sohn wahrscheinlich. Der Sohn ist vielleicht, Gruber kann ihn nur von der Seite sehen, zwölf, dreizehn, vierzehn. Oder erst elf, Gruber kennt sich da nicht so aus. Der Junge drückt konzentriert auf einem Nintendo herum, der Vater liest Zeitung, und als der Kaffee und das Sandwich serviert werden, unterhalten sie sich kurz. Über nichts Besonderes, gar nicht auffällig, Gruber kann nicht hören, was sie reden. Sie reden einfach miteinander, und aus irgendeinem Grund muss Gruber ständig hinüberlinsen. Kinder sind Gruber ja grundsätzlich eher egal, er hat zu Kindern keine Beziehung, jetzt mal abgesehen zu denen von Kathi, ein bisschen zumindest, die sind ganz nett, die drei, Pius, der Kleine, und Eugen, der Größere, und das Mädchen heißt, heißt, wartmal, ach egal. Zu dem Kind seines Bruders, Ben, hat er eigentlich schon keine Beziehung mehr. Und er hat noch nie, noch niemals den Wunsch nach einem eigenen Kind verspürt, im Gegenteil. Die Beziehung zu Lydia war ja eigentlich genau daran kaputt-gegangen, dass Lydia nach vier Jahren lebensfrohem und durchaus ausgefülltem Double-Income-No-Kids-Dasein mit lustig Halligalli auf einmal unbedingt ein Kind gewollt hatte, ständig von Kindern anfing und von ihrer biolo-gischen Uhr, und wie sehr ein Kind ihr Leben bereichern würde, ein Kind!, ein Kind!, und schließlich ging sie Gru-ber wegen dem Kind sehr viel mehr auf die Nerven, als er sie liebte. Es gab viel Streit über Grubers fehlendes Com-mitment. Und über Grubers Bindungsängste. Und über seine Weigerung, sich einzulassen und Verantwortung zu übernehmen. Schließlich fasste Lydia den Entschluss: Wenn Gruber kein Kind mit ihr wolle, dann werde sie sich eben einen anderen suchen. Da wünschte Gruber ihr viel Glück auf dem weiteren Lebensweg und unternahm nichts, um sie aufzuhalten. Sie zog aus, und es war eine Zeitlang ein wenig einsam und unbequem ohne sie, Gruber fühlte sich etwas verloren und konnte nichts mehr finden in der Wohnung, aber er versuchte nicht, sie zurückzuholen. Er hörte von gemeinsamen Freunden, überwiegend weiblichen, immer wieder, wie sehr Lydia unter der Trennung leide, und auch darunter, dass er nichts unternahm, um es noch mal zu ver-suchen, und das tat ihm auch irgendwie leid, aber tja. Dann hieß es endlich, dass Lydia nun einen neuen Freund habe, und als sie schwanger wurde, rief sie ihn sogar selbst an, um die freudige Nachricht persönlich zu überbringen und ihm, im Gleißen ihres gewaltigen Glücks, großmütig zu vergeben, was Gruber gleichgültiger nicht hätte sein können. Mittlerweile hat sie, das hatte Gruber erfahren, schon zwei Kinder mit diesem irrsinnig schwul wirkenden Banker, dem Gruber im Zuge einer unangenehmen Zufallsbegegnung in einem Einrichtungshaus einmal vorgestellt worden war – Lächeln, Lächeln, Shakehands, Lächeln, gut, danke und euch?, Lächeln, tschüss, zum Kotzen – und dem Gruber bis heute für die freundliche Übernahme Lydias und ihres Kinderwunsches unsäglich dankbar ist.

Und jetzt sieht Gruber diesen Vater und seinen Sohn und sieht, wie sie reden, wie der Vater sich zum Sohn beugt und lächelt, und der Sohn lächelt, bevor er sich wieder auf seinen Nintendo konzentriert, zurück, und auf einmal denkt Gruber, dass er vielleicht nie mit jemandem so reden wird. Also, mit einem Sohn. Dass er vielleicht nie mit einem Sohn sprechen wird. Und dass ihn vielleicht nie sein Sohn anlächeln wird. Weil er vielleicht keine Chance mehr hat, einen Sohn zu bekommen und aufwachsen zu sehen, weil ihm diese Chance, egal ob er sie nützen wollen würde oder nicht, vielleicht einfach genommen ist. Es ist nicht mehr eine Frage von Grubers Willen, es ist jetzt möglicherweise eine Frage von Grubers Endlichkeit, dass er keinen Sohn, kein Kind haben wird, und da spürt Gruber wieder einen Schmerz in seinen Eingeweiden, aber es ist ein neuer Schmerz.

Dieses Lindgrün gibt es wahrscheinlich nur in Krankenhäusern. Dieses kaum sichtbare, gerade noch spürbar grüne Lindgrün, das kommt draußen in der Welt vermutlich gar nicht vor. Dieses Grün ist ausschließlich für das Innere medizinischer Anstalten vorgesehen. Gruber stößt sich an einem der Gummiräder, die in Schenkelhöhe waagrecht aus dem mit lindgrünen Leintüchern bedeckten Bett wachsen, in das sich Gruber gleich legen wird. Um die Bedeutung dieser Gummiräder zu kapieren, musste Gruber erst beobachten, wie eine Schwester eines dieser Betten in einen Lift manövrierte. Im Zimmer gibt es ein Tischchen, zwei Stühle, drei Betten und eine unglaubliche Aussicht: Wien liegt Gruber zu Füßen wie eine erschöpfte Geliebte. Zwischen den Kirchtürmen steigt ein heißes Frühlingsflimmern auf, das Gruber im klimatisierten Zimmer nur sehen, aber nicht fühlen kann. Das Bett in der Mitte und das am Fenster sind noch frei, in dem an der Tür liegt ein älterer Mann mit grauem Gesicht, seine Frau sitzt auf einem der Stühle am Bett. Gruber grüßt, in ihren Gesichtern und Blicken ist langes, stabiles Unglück tief und unwiderruflich eingegraben.

Gruber schlüpft aus seiner Jacke, hängt sie über einen der Stühle, fischt die eingerollte Zeitung und das iPhone aus den Taschen, schnürt seine Schuhe auf, legt sich auf das Bett am Fenster, den Kopf auf die Hände, und sieht hinaus in den Himmel. Schön, der Blick. Wäre schöner, wenn er nur auf Besuch hier wäre, oder als Begleitung. Kathi hatte mitkommen wollen, aber sie würde nur furchtbar nerven, und was konnte sie schon tun, Gruber hatte den Vorschlag sehr entschieden abgelehnt. Er liegt hier, wenn er hier schon liegen muss, lieber allein. Die drei, vier Stunden lang, je nachdem, mit welcher Geschwindigkeit die Flüssigkeit durch sein System gepumpt wird, also je nachdem, welche Ärztin gerade für ihn zuständig ist: Die mit der French Manicure, die er beim ersten Mal schon hatte, die gerne flirtet und die er durchaus auch privat einmal treffen würde, oder die Kärntnerin, die letztes Mal gleich drei Mal daneben gestochen hat und mehr freundlich schaut als freundlich redet. Es gibt hier zwar niemand Unfreundlichen, aber es gibt Freundliche und Freundlichere. Die mit der French Manicure, Dr. Dings, warte mal, Moment, Dr. Nowak, genau, die ist definitiv freundlicher, und halleluja, gerade als Gruber sich auf dem Bett zurechtgeruckelt und die Zeitung ausgebreitet hat, betritt sie das Zimmer. Forscher Schritt. Großes, offenes Lächeln. Viele weiße Zähne. Strenge Kurzhaarfrisur, aber nicht ungeil. Sie trägt die Kartonschüssel vor sich her, mit den Spritzen darauf und dem Zugang, der ausschaut wie ein Schmetterling. In der anderen Hand hält sie drei Plastikbeutel mit klaren Flüssigkeiten. «Wo ist der junge Mann?» Es ist ein Spiel, sie spielt es mit jedem Patienten, Gruber hat es gehört, wenn sie eines der Nebenzimmer betrat. Sie hat einen leichten Akzent. Tschechin. Oder Slowakin.

«Hier. Schönen, guten Tag, Frau Doktor Nowak.» Da schau, sie ist beeindruckt. Gruber grinst und setzt sich auf. Sie ist ziemlich sicher jünger als er, er schätzt sie auf Anfang dreißig, höchstens dreiunddreißig. Sie hängt die Beutel in das Gestell, den Baum, wie man das hier nennt, und beugt sich über Gruber. «Geht es Ihnen gut?» No answer requested. «Wo sollen wir?» Grubers hellblau karierte Ärmel sind des warmen Tages wegen aufgekrempelt, sie betrachtet seinen linken Arm. «Oje. Hier sicher nicht.» Der linke Arm leidet noch immer unter den Folgen der Behandlung durch die Kärntner Ärztin, vom Handgelenk zum Ellbogen zieht sich eine Schwellung, die in den drei Wochen seit Grubers letztem Besuch hier von Blau nach Grau und von Grau nach Grün wechselte und sich jetzt in ein blasses, marmoriertes Pissgelb verwandelt, das Gruber noch immer daran hindert, kurze Ärmel zu tragen, weil ihn dann alle für einen Junkie halten würden. Wenn Gruber denn etwas Derartiges wie kurze Ärmel überhaupt je tragen würde, was, außer auf dem Land oder am Strand, sowieso nicht in Frage kommt. Na gut, abgesehen von Polos. Aber nie T-Shirts. Und niemals ein Kurzarm-Hemd, Gruber stellt es jedes Mal die Haare auf, wenn er so einen Bürospießer im Kurzärmligen sieht, im schlimmsten Fall auch noch mit Krawatte. Unterirdisch. Stil ist, so Gruber zu jedem, den es interessiert, keine Frage der Außentemperatur.

Die Ärztin zieht ihm die Gummischnur über den rechten Arm. Zurrt sie fest. Klopft auf seine Venen. «Da. Ist doch eh schen.» Gruber schaut in die andere Richtung, er hat das Stechen nicht gern, noch immer nicht, jetzt erst recht nicht. Hätte Gruber das Stechen je gern gehabt oder auch nur ertragen, dann hätte er früher nicht die Wirkung des Heroins durch Inhalationstechniken minimiert. Permanent hat man ihm erzählt, wie viel großartiger die Wirkung sei, wenn das Zeug durch die Vene ins Gehirn pfeife und wie sich schlagartig jede Spannung im Körper löse und durch eine ultimative Wärme, ja, durch eine merkwürdige rein physische Form von Glück ersetzt werde. Kathi, die furchtlose, pragmatische Kathi, die sich so was traut, hat es ihm immer wieder erzählt, und Gruber sah ihr zu, wie sie in die Kissen sank mit verschwimmendem Blick und einem blöden Grinsen. Aber er konnte nicht. Er konnte einfach nicht. Er verbrannte das Heroin in einem Stück Alufolie und sog den

Rauch ein, während er traurig dabei zusah, wie sich ganze Schwaden des sündteuren Qualms in Luft auflösten. Vielleicht wäre jetzt der Moment, mit dem Fixen zu beginnen. Ja. Jetzt, wo eh schon gestochen wird. Macht ihn zwar nicht gesünder, hat aber vermutlich eine lustigere Wirkung als das Zeug, das sie hier in ihn einfüllen.

Au. Sagt Gruber nicht, er ist ja kein Mädchen. «Na bitte», sagt die Ärztin und lockert das Gummiband an seinem Oberarm, «kommt schon». Ja, er spürt es. Sie sticht das Schmetterlingsding in seinen Arm, pflückt sich die gefüllten Injektionsspritzen aus dem Karton und drückt eine nach der anderen hinein: erst ein Antibrechzeug, dann Cortison gegen eventuelle Entzündungen, dann das Wundermittel. Es gibt, er hat das schon von Patienten im Nachbarbett gehört, immer dieses spezielle Wundermittel gegen genau diese spezielle Krebsart. Das ganz neue Ding, das haben sie immer und für jeden. Gerade erst mithilfe der Gentechnik entwickelt, mit ganz neuer Wirkweise, frisch erprobt.

«So». Die Ärztin schließt die Kanüle des Beutels an, geht, ohne die Gummiräder auch nur zu berühren, einmal um Grubers Bett und drückt an so einem Bankomatding herum. «Wie hoch stellen Sie es ein?», fragt Gruber. Die Ärztin grinst Gruber gutmütig an. «300 Milliliter.» «400!», sagt Gruber. «Okay, 350.» Es ist ein Spiel, immerhin aber ein Spiel, das es Gruber, wenn er gewinnt, ermöglicht, eine halbe Stunde früher von hier zu verschwinden. Aufzustehen, sich benommen die Schuhe zuzubinden, sich die Haare in Form zu streichen, sich mit einem aufmunternden Blick von dem grauen Mann und der traurigen Frau zu verabschieden und dann ein wenig dizzy durch die Gänge zu laufen, vorbei an den Kapellen und Gebetsräumen für jede einzelne Konfession, an deren Ende auf dem Gang man kürzlich ein Starbucks eingerichtet hat, ein konfessionsübergreifendes. Nein, stimmt nicht, für die gläubigen Raucher gibt es weiter vorne eine eigene Ess- und Trinkkathedrale. Gruber war einmal da und fand, das sei vermutlich nur in Wien möglich, dass man im Krankenhauscafé rauchen darf, vor allem, wenn man, wie mehrere der Gäste, an einem Tropf hängt und ein im Nacken geknöpftes Krankenhausnachthemd trägt (das Gruber stets in Angst versetzt, ein Luftzug könne es hinten auseinander-wehen und ihm die Aussicht auf einen nackten, faltigen Hintern eröffnen. Es gibt Bademäntel! Bitte!!!). Heute würde Gruber nicht dorthin gehen, sondern durch die Trauben von Menschen in Straßenkleidung und Bademänteln und Rollstühlen nach draußen. Und er würde, wenn er das Spiel gewinnt, eine halbe Stunde früher vor dem Krankenhaus-foyer stehen, sich eine anzünden und mit einem langen, tiefen Zug inhalieren. Jaaa. Gut. Und sich ein Taxi nehmen und nach Hause fahren. «Okay, 350.» Doktor Nowak stellt die Tropfgeschwindigkeit ein, sie spürt wohl, dass Gruber ein bisschen Tempo verträgt. Tempo, klassisches Mover-und-Shaker-Ding, typisch Gruber, was.

«Genießen Sie den Ausblick. Bis später.» Sie lächelt. Gruber entspannt sich. Wo ist das iPhone? Hier. Was will er hören? Das nicht. Er würde gern Dead Weather hören, aber das geht nicht, er ist nicht allein im Zimmer, das wäre zu laut. Er will diesen Menschen da drüben – Gruber wundert sich, wo dieses ungewohnte Mitgefühl herkommt – nicht noch mehr Kummer machen. Früher hatte er so ein Mit-gefühl nicht, er hatte überhaupt kein Bedürfnis nach der-artigen Empfindungen. Er hat laute Musik in seinem iPod gehört, wann immer er laute Musik hören wollte, und wenn das irgendjemand nicht gepasst hat, hatte Gruber Worte und Blicke parat, die ihre Wirkung nie verfehlten. Hat er auch jetzt noch. Draußen. Aber hier? Ist das eine Nebenwirkung der Chemotherapie, dieses abartige Mitgefühl? Hat man das mit in diesen Beutel gemischt, dass ihm die Sorgen völlig fremder Menschen nicht mehr einfach nur scheißegal sind? Als er letztes Mal hier war, lag im Nebenbett ein Mann, und Gruber tat etwas, was ihm früher garantiert niemals eingefallen wäre. Er sprach mit diesem Mann. Beziehungsweise, er ließ mit sich sprechen. Der Mann, lang, dünn, haarlos, ein dreiundvierzigjähriger Familienvater, und er sollte nach dem Stand der Wissenschaft eigentlich nicht neben Gruber liegen, sondern im Grab, oder in einer Urne, seit vier Jahren schon. Sein Körper sei, sagte der Mann, voller Metastasen, Krebs in der Lunge, in den Knochen, überall. Aber jedes Jahr werde, sagte der Mann und sah Gruber mit sehr braunen, sehr warmen Augen unglaublich distanzlos an, jedes Jahr werde etwas Neues erfunden, noch ein Wundermittelchen und noch eine Therapie, und er lebe immer noch und gedenke so weiter zu machen. Gruber hatte wegschauen müssen, er hatte diese Augen nicht ertragen, und das warme, entschlossen sich windende und gegen das Vergehen auflehnende Leben darin. Und diese geisteskranke Zuversicht. Und den Willen, jeden kleinsten Moment noch auszukosten. Keine Distanz mehr zwischen sich und das Glück kommen zu lassen, und das war wohl tatsächlich, Gruber fühlte es, das Standardglücksprogramm aus Kinderlachen, Baumblüte, guter Musik, schönem Essen mit echten Freunden, das Zucken eines Feuers, das Rauschen des Meeres. Dergleichen. Gruber waren diese Glücksgefühle auch nicht mehr ganz fremd, aber zugeben würde er das gewiss nie. Denn bitte, er, Gruber, existierte noch und beabsichtigte, es erst mal dabei zu belassen.

Er lebe übrigens noch, sagt Gruber, Kathi solle bitte nicht dieses grausige, unerträgliche Mitleidsgeschau auffahren.

Sie mache sich aber Sorgen.

Verstehe er ja, und eh nett, hülfe ihm aber nicht.

Sie frage sich, was sie tun könne.

Sie könne, nun ja, einen leichten Weißen entkorken und zwei Gläser füllen, und Wasser dazu, mit Eis, falls sie dergleichen vorrätig habe.

Sie habe.

Oder Gin Tonic, was halte sie von Gin Tonic, es sei doch endlich wieder ideales Gin Tonic-Wetter, Gin Tonic wäre doch jetzt optimal.

Gin habe sie, Tonic sei aus.

Dann also Wein, oder. Und, wenn es im Rahmen ihrer Möglichkeiten läge, würden ihn auch zwei Aspirin mit allergrößter Dankbarkeit erfüllen, ja, tatsächlich.

Kathi schaut ihn mitleidig an, aber als Gruber mit seinem Tigerfauchen dem Wunsch Nachdruck verleiht, steht sie auf und geht nach drinnen. Hat schon gewirkt, als sie noch Kinder waren, funktioniert immer noch. Gruber bleibt auf Kathis Balkon sitzen, dreht den Sonnenschirm zurecht, legt die Beine aufs Geländer und sieht in die Bäume. Linden, rät Gruber, und eine Kastanie. Hinter und neben den Bäumen ragen Hauswände hoch, mit ebenfalls kleinen Balkonen dran, aber nur auf einem sitzt ein Mann in einem Liegestuhl und liest eine kleinformatige Zeitung. Es ist April. Es ist Sonntag. Es ist warm und still.

Der Spießer ist mit den Kindern in den Zoo gefahren, Gruber hat ihn gerade noch kurz getroffen. Es hatte offenbar mächtig Krach gegeben, Gruber fühlte ein schweres, öliges Unverstehen zwischen den beiden, und ganz offensichtlich hatte der Spießer etwas gutzumachen, sonst wäre Kathi ja wohl mitgefahren. Hätte wahrscheinlich mitfahren müssen, oder hätte sich zumindest dazu verpflichtet gefühlt, Bobo-Familienglückstradition, man ist ja so happy together, macht so viel wie möglich miteinander, auch wenn's in Wirklichkeit allen total am Arsch vorbeigeht. Diesmal blieb sie jedenfalls daheim und war zuvor ersatzweise durch die Wohnung gewuselt, hatte Kindersachen zusammengesucht und in eine Tasche gestopft, hatte Obst geschnitten und Brote geschmiert, von denen sie, wie sie in bemüht unbekümmertem Tonfall erklärte, schon wisse, dass sie wieder genauso eingepackt retour nach Hause kommen, weil die Kinder im Zoo eh nur Eis und Pommes essen würden. Dann war sie dem glücklich kreischenden Jüngsten mit grünen Sneakers nachgelaufen. Gruber stand derweil ein bisschen blöd herum, scherzte mit dem Kurzen, steckte den Größeren hinter Kathis Rücken Zwei-Euro-Münzen zu und tapste dann unentschlossen hinter Kathi her, die mit genau derselben pragmatischen Geschäftigkeit funktionierte, die auch Mutter an den Tag legte, wenn es galt, ungute Situationen elegant zu überspielen. Ein Talent, das Gruber in seiner Erbmasse vermisst.

Gruber ist angeschlagen von der Nacht. Dafür hätte er Mitleid verdient, beziehungsweise zunächst einmal Respekt, denn wer nach so vielen Wodka-Red-Bull noch einen hochkriegt, der hat sich das bisschen Extra-Sex redlich verdient. Hinterher und bis zur Stunde herrschte natürlich Jammer und Zähneknirschen, erstens in Form von brutalem, ja dämonischem Schädelweh, und zweitens hatte er die Alte jetzt wahrscheinlich am Hals. Eindeutig die haftende Sorte, die man schwer wieder abkriegt. Drittens war die Frau, auch wenn Gruber erst jetzt, am nächsten Tag, zu so viel Ehrlichkeit und Selbsterkenntnis bereit war, ein Trostpreis gewesen. Die, die übrig geblieben war, die, die sich sein und Philipps Zoten-Ping-Pong lachend hatte gefallen lassen, eine Frau ohne Selbstwertgefühl, die ihre Freundin heimfahren ließ und einfach an Philipp und Gruber kleben blieb, offenbar ohne eindeutige Priorität für einen von ihnen. Was Gruber eigentlich hätte zu denken geben sollen und es jetzt auch tat, aber in der Situation hatte Gruber sich, nach einer letzten Line auf dem Klo, schließlich großmütig erbarmt. Hatte ihre Rechnung bezahlt. War mit ihr heimgefahren. Hatte ihr im Taxi den Rock hoch- und seine Hand in den Slip geschoben, und er wusste genau, dass der Taxifahrer über den Rückspiegel zusah, er wollte es, es war ein betrunkenes, verkokstes und, ja, bescheuertes Männermachtspiel, schau, Wichser, du musst fahren, während ich jetzt dieser Frau, die ich nicht kenne, den Finger in die rasierte Möse schiebe, und siehst du, sie lässt mich, und wenn ich wollte, würde ich sie jetzt hier auf deinem Rücksitz vögeln, aber ich will noch nicht, sondern ich ficke sie gleich anschließend bei ihr daheim auf dem Parkettboden, von hinten, sie auf allen vieren, keuchend und schreiend. Und mit dem geringen Unterschied, dass er dann tatsächlich statt auf Parkett auf einem unangenehm kalten Fliesenboden gekniet hatte, war das dann auch so geschehen. Ihr Arsch unter dem hochgeschobenen Jeansminirock war geteilt gewesen in ein sehr kleines weißes Dreieck und einen braungebrannten Rest rechts und links unter seinen Händen.

Sarah würde ihn (warum dachte er in diesem Moment an Sarah, ausgerechnet?) dafür verachten, Gruber sah Sarah vor sich, sieht, wie sie (er braucht dringend etwas zu trinken, er ist vermutlich völlig dehydriert) sich wegdreht, sie trägt dabei, wie Gruber überrascht feststellt, ein schmales, dunkelviolettes Poloshirt mit sehr kurzen Ärmeln und um den Hals ein silbernes Medaillon, sie wirft Gruber (und Aspirin, Kathi, bittebitte Aspirin) einen kurzen, verletzten Blick zu und wendet sich dann ganz ab, peinlich berührt und verwundert, weil es Gruber möglich ist, gleichzeitig mit ihr und mit so einem wirbellosen Trutscherl zu schlafen. Also jetzt gleichzeitig im Sinn von im gleichen Raumzeitkontinuum.

Weiber verstehen das einfach nicht. Weiber, zumindest die Weiber, die Gruber kennt, haben immer den gleichen Typ Mann, und wenn sie einmal nicht mehr den gleichen Typ haben, dann, weil der Therapeut oder die besten Freundinnen einen anderen verschrieben haben, schau dir Kathi an. Hatte immer den gleichen Typ gehabt: den unzuverlässigen, charismatischen, suchtaffinen Schlaks, einen nach dem anderen, in blond, in braun, in schwarz, einen Rothaarigen fand sie tatsächlich auch, und nachdem ein Schlaks (der spezielle war wieder blond gewesen) schließlich versucht hatte, sie zum Zwecke der Drogenversorgungsoptimierung auf den Strich zu schicken, hatte sie endlich einen tadellosen Zusammenbruch hingelegt. Die Mutter hatte es ihm am Telefon erzählt, mit dramatisch tiefergelegter Stimme, aus der Gruber aber ganz deutlich Erleichterung herausgehört hatte, ja, eine ganz schlecht verhohlene Befriedigung. Denn diesem Zusammenbruch war offenbar Heilkraft eingeschrieben, die einmalige Chance, Kathis drogenvergiftetes, abgedriftetes Leben zu kurieren und wieder auf Spur zu bringen. Und das tat der Zusammenbruch irgendwie auch. Na ja, wie man's nimmt, definiere: Leben, Spur, Sinn. Bald nachdem Kathi mit Hilfe einer Therapeutin, der Mutter und ihren sechs oder acht besten Freundinnen (die sich Gruber, ausgenommen die eine mit den Supertitten, nie merken konnte) ihre Existenz- und Beziehungsmatrix neu programmiert und sozusagen entschlakst hatte, fand sie Tom, den Spießer, und ließ sich von ihm umgehend das erste Kind machen. Der Spießer wusste vermutlich gar nicht, wie ihm geschah. Kaum hatte Kathi ihn erspäht und auserwählt, waren sie auch schon eine glückliche, gesunde Familie, Vatermutterkind, Lärchenholzdielen, Ikea-Küche, Secondhand-Möbel und das alte, natürlich wunderfantastisch aufgeputzte Gitterbett, in dem schon Gruber gefangen gehalten worden war. Die dickbauchige, watschelnde Kathi hatte es ihm stolz gezeigt: pragmatische Geschäftigkeit, zielorientierte Problemlösungsstrategien, das genetisch implantierte Wissen, was zu tun ist, wenn. Familienerbe, von dem er, Gruber, leider ausgeschlossen ist. Oder zum Glück, er kann es im Moment nicht so genau sagen.

Er hört Kathi drinnen scheppern, und dann kommt sie zurück mit einem bunten Blechtablett, das sie auf der Bank neben Gruber abstellt. Abwirft eher, Kathi hat, Gruber kann gerade noch die Weinflasche halten, bevor sie auf den Boden kippt, definitiv nie als Kellnerin gearbeitet. Heast! Tschuldigung. Na ja, sie hat es mit der Kellnerei, soweit Gruber sich erinnert, einmal versucht, wurde aber noch in der ersten Nacht gefeuert. Kein Wunder. Sie ist jetzt Lehrerin, kleine Kinder sind robuster als Weingläser.

Warum sie und Tom sich gestritten hätten.

Sie hätten sich nicht gestritten.

Hätten sie aber wohl, er habe es doch riechen können.

Na ja.

Also was.

Die Sauferei halt.

Ach, Überraschung, wieder einmal.

Er solle jetzt bloß nicht zynisch werden, er habe schließlich gefragt.

Denn der Spießer hat seine Abgründe. Und zu ihrer Überraschung und überaus enden wollenden Begeisterung erblickte Kathi, als sie schließlich in diese Abgründe schauen musste, genau das alte Schlaksproblem, Sucht. Das hatte Kathi aber erst spät bemerkt, vermutlich weil des Spießers Suchtproblem sich in der Konvention des banalen Alkoholismus versteckt hatte, in unauffälligen Bier- und Weingläsern. So ein bisschen trinken tun ja alle. Der Spießer aber trinkt, wie sich dann zeigte, hin und wieder auch gern ein bisschen mehr. Wenn es die Situation erforderte, auch einmal viel, sehr viel mehr. Die Situation schien in letzter Zeit öfter besonders fordernd zu sein, wie Gruber die zusehends schattigeren Bitterkeitsfalten rund um Kathis Mund verrieten.

Was denn gewesen sei?

Ja, halt sturzbetrunken heimgekommen sei er wieder. Kathi sei aufgewacht und habe ihn gehört, er sei zu den Kindern hineingetorkelt und habe, wie sie hinterher feststellen musste, im Kinderzimmer das Licht angemacht und brennen lassen, er sei dann in die Küche, habe den halben Kühlschrank ausgeräumt, die Butter zermantscht und die Reste des Abendessens zum Aufwärmen auf den Herd gestellt. Dann habe er sich in Unterhosen an den Küchentisch gesetzt und sei sofort eingeschlafen. Sie sei ja eh schon immer alarmiert, wenn er um so eine Zeit eintrudle, sie wache zuverlässig auf, keine Leistung zwar bei dem Gepolter, und sei deshalb schließlich aufgestanden, um nachzusehen. Käme ja nicht zum ersten Mal vor.

Gruber kennt die Geschichte schon, er hat sie, mit minimalen Abweichungen, schon ein paar Mal gehört. Und Kathi erzählt sie so routiniert, dass Gruber annimmt, dass drei oder vier der besten Freundinnen sie am Vormittag schon am Telefon erzählt bekommen haben. Gruber nimmt einen großen Schluck Wein und starrt, während Kathi redet, auf seine auf dem Balkongeländer liegenden Beine. Er ist, seine Leinen-Sneaker liegen am Boden, barfuss und trägt cognacfarbene – nicht: beige!, cognacfarbene – Chinos, hochgekrempelt wegen der sonnigen Frühlingswärme auf Kathis Balkon, er beugt sich vor und streicht mit der Hand beinah zärtlich über sein Schienbein. Kathi wirft ihm, während sie weitererzählt vom Spießer und seinen Saufereien, einen kurzen, irritierten Seitenblick zu. Wurscht. Das Bein fühlt sich gut an. Sieht auch gut aus, so braungebrannt und glatt. Schwul irgendwie, aber gut. Im Fitnessstudio hat ihn vor ein paar Tagen dieser Typ angemacht. Gruber hatte auf der Bank gelegen und seine Oberarme und die Brustmuskulatur trainiert, als der Typ neben ihm stehen blieb, auf Grubers Beine in den Sportshorts starrte und mit einem abartigen Strahlen feststellte: Oh! You shaved your legs! Nice! Gruber hatte mitten in der Bewegung abgestoppt, sich aufgesetzt, den breit grinsenden Trottel mit hartem Blick festgenagelt und gezischt: Ich habe Krebs, Arschloch. Die schwule Sau hatte vermutlich nur das letzte verstanden, das aber deutlich genug, denn er war sofort mit rotem Schädel abgedreht. Gruber hatte ihm wütend nachgesehen und verwirrt registriert, dass ihm der Hintern von dem Kerl auffiel und nicht völlig egal war, guter, muskulöser (hallo?!, geht's uns noch gut?) Hintern. Heiliger. Gruber ist bitte aus tief empfundener, allerinnerster Überzeugung homophob und stolz darauf. Was soll denn das jetzt. Muss an den Medikamenten liegen. Das Anti-Brechmittel vielleicht, das hat möglicherweise ganz schlimme Nebenwirkungen, die noch nicht ausreichend erforscht sind.

Tom versuche jetzt, sie zur Komplizin zu machen.

Wie, zur Komplizin.

Na, er meine, sie habe ihm gar nichts zu sagen, sie saufe ja selber.

Er wolle sich ja jetzt, Entschuldigung, nicht auf die Seite des Spießers schlagen, aber da habe der Spießer ja wohl nicht unrecht.

Nenn ihn nicht immer Spießer, er heißt Tom. Tom, Tom, Tom. *Tom!*

Sie müsse jetzt nicht gleich sauer werden.

Doch, er wisse genau, dass sie das nerve, und ja, sie trinke auch gern, aber im Vergleich mit Tom sei sie maximal eine Amateurin.

Eine Sonntagstrinkerin, sozusagen.

Haha, das sei sehr lustig.

Finde er auch, Prost.

Sie lehnen beide an der warmen Hauswand, die beschlagenen Gläser klackern unelegant aufeinander. Kathi trägt Shorts und ein Leiberl und hat die dicken, dunklen, graudurchsetzten Haare irgendwie zusammengebunden. Sie sollte sich die Haare färben, denkt Gruber, sie ist noch nicht alt genug, um sich die Haare nicht zu färben. Sie sah früher besser aus, in ihrem kranken, halbkaputten Leben, kantiger, kontrastreicher, nicht so verschwommen und unscharf wie jetzt. Das steht ihr nicht, das gesunde Leben, findet Gruber. Aber zum ersten Mal und höchst ungern bringt er dafür, dass jemand Stil gegen Zufriedenheit eintauscht und Eleganz gegen Gesundheit, einen halben Zentimeter Verständnis auf. Nein, nur einen viertel Millimeter. Immerhin.

Im Ernst, sagt Kathi, jeder ihrer Hinweise darauf, dass Tom ein Problem habe, werde mit dem Gegenzug, dass sie selbst ein Problem habe, abgeschmettert. Aber wann bitteschön sei sie letztes Mal besinnungslos und nackt in der Küche gelegen?

Letzte Woche vielleicht, unter dem Spießer?

Auch das sei sehr lustig, haha, aber daran könne sie sich leider schon gar nicht mehr erinnern.

So genau wolle er es jetzt bitte lieber nicht wissen.

Dann solle er nicht so deppert reden! Jedenfalls spielten Toms Alkoholproblem und ihr Alkoholproblem, falls sie denn überhaupt eins habe, nicht einmal annähernd in der gleichen Liga, Bundesliga gegen Zwergerlliga sozusagen.

Aber das wolle der Spießer nicht begreifen.

Genau, das wolle Tom nicht begreifen.

Prost.

Ja, Prost.

Vielleicht sei es ja ein Protestverhalten des Spießers gegen ihre Domestizierungsversuche.

Ach was, wo sie denn Tom domestiziere, der habe doch eh alle Freiheiten. Also, im Rahmen seiner Möglichkeiten. Oder ihrer, haha.

Genau, sie möge ihm doch bitte noch einmal einschenken.

Mache sie gerne, aber nur wenn er endlich erzähle, wie es ihm gehe.

Es gehe ihm gut, sagte Gruber, jetzt wo die Aspirin wirkten, und ob er ihr vielleicht erzählen solle, wie er gestern diese Neunzehnjährige durch Sonne und Mond gevögelt habe. Kathi meinte, nein, das solle er, wenn es ihm irgendwie möglich sei, bitte nicht, es gehe ihm offenbar prächtig, sie glaube ihm auch so, wirklich, sie glaube ihm.

Dabei war ja nichts passiert. Ich meine, was war schon passiert, also: mir? Nichts war mir passiert. Kerl kennengelernt, Kerl gevögelt, Kerl weg. Business as usual, quasi. Aber ich bin mit seiner Notiz in der Hand zurück in mein Hotelzimmer, hab mich aufs Bett gesetzt und die Tränen sind mir waagrecht aus den Augen geschossen. Ich konnte nicht mehr aufhören zu heulen. Ich wusste, es ist nicht mehr wie vorher. Ich konnte nicht sagen, wie es jetzt ist, ich wusste nur, es ist nicht mehr wie vorher. Es gibt so Momente, da weiß man das einfach. Man kann es nicht erklären und nicht beweisen, man weiß es nur. Und später bin ich mit dem Taxi zum Flughafen gefahren und bin beim Boarding gesessen und habe mir ununterbrochen «So good to be here» angehört. Ich hab da ja diesen Wiederholungszwang. Ich hatte Al Green schon vorher im iPod gehabt, aber dann war's nur noch dieser Song. Ich habe aufs Flugfeld hinausgestarrt und Al Green gehört und gegrübelt, und schließlich holte ich seinen Zettel raus, speicherte seine Nummer in mein iPhone und schickte ihm eine SMS: «ich fands auch schön. werd gesund. kuss, sarah». Das «Kuss» habe ich dreimal wieder gelöscht, xxx hingeschrieben, «liebe grüße», aber ich fand das zu kalt. Ich bin nicht cool. Und im Zweifelsfall bin ich lieber uncool als kalt, auch wenn Ruth immer sagt... egal. Als ich das iPhone in Berlin wieder eingeschaltet hab, war nur eine Nachricht von Ruth drauf, ob sie kurz bei mir vorbeischauen könne am Abend, ihre Haare bräuchten einen Schnitt. Er hat nicht geantwortet, war wahrscheinlich zu uncool, meine SMS. Auf der Heimfahrt im Taxi habe ich wieder nur Al Green gehört und wieder geheult. Ich habe das an dem Tag sicher fünfzig

Mal gehört. Das ist jetzt miteinander verknüpft, ich kann das noch immer nicht hören, ohne dass mir anders wird.

Danach hatte ich viele Jobs. War viel aus. Juli, meine Zwillingsschwester, war fünf Tage zu Besuch und es war mächtig anstrengend. Juli wollte in alle coolen Lokale ausgeführt werden, ich saß tagelang nur herum mit ihr, im Galão, in Clärchens Ballhaus, im Glücklich am Park, und dazwischen shoppen, shoppen und shoppen, und dann wieder sitzen und schauen und plaudern, im Gorki Park und im Haus am See, und dann Party und Prenzlauer Berg hoch und runter und dann noch Bar 3 und dahin und dorthin, was Julia halt im Zitty gelesen oder aus mir herausgekratzt hatte. Die hatte die Buben bei der Schwiegermutter am Starnberger See abgeliefert und wollte jetzt Fete, und zwar das ganze grausame Touriprogramm. Meine Güte. Nein, es war schon super mit ihr, richtig ausquatschen mal wieder, und sie fehlt mir ja auch, obwohl wir fast jeden Tag telefonieren, aber ich war fertig danach, richtig müde, ausgerechnet ich, die coole Stadtschwester, die Nacht-Schwester, der DJ-Zwilling. Wenigstens hatte ich danach drei Paar neue Schuhe, zwei neue Kleider, neue Jeans und eine Schublade voller neuer Dessous, die Juli mir eingeredet hatte, lauter Zeug, das sie selbst im Leben nie anziehen würde. Aber ich hatte ihr von John erzählt. Und sie fand, was immer da weiter passiere, ich sollte dabei unbedingt perfekte Unterwäsche tragen. Dann wurde mein Fahrrad geklaut und ich musste mir ein neues besorgen, also ein altes, am Flohmarkt, Rudi richtet es mir gerade her. Ich überlegte, ob ich mir die Haare schneiden lassen soll, ich hasste dieses Stroh auf meinem Kopf gerade wieder mal so richtig, Juli hat die viel besseren Haare abgekriegt, ich fand das schon immer ungerecht. Aber dann bekam ich Zahnschmerzen und hatte eine Wurzelbehandlung, die mich zwei Tage praktisch flach gelegt hat. Und, typisch, gerade da hat Felix sich ungewöhnlich heftig bemüht um mich, der hat das wohl gespürt, dass was nicht stimmt. Ich hab ihm nichts erzählt, wozu auch, ich dachte, ich spar mir das für den Moment auf, an dem ich endlich endgültig Schluss mach mit ihm. Wollte ich ja schon längst, die Rolle der Geliebten hat mir schon lange nicht mehr getaugt, also ich meine, Felix' Geliebte zu sein. Die Geliebte von einem anderen zu sein, wäre vielleicht okay, ich war in letzter Zeit nicht so auf kuschelige Zweisamkeit eingestellt. Aber Felix. Es reicht einfach nicht bei ihm, ist zu wenig, nicht genug da. Ich meine, er wäre schon gar nicht genug, um ernsthaft mit ihm zusammen zu sein, aber um sich von ihm in seinen zugeschissenen Tagesplan einteilen zu lassen, ist er definitiv viel zu wenig. Zu wenig dran an ihm. Nicht genug Hirn. Nicht genug Witz. Auch nicht genug Liebe. Und es wurde mir echt zu blöd, einoder zweimal die Woche punkt Viertel nach zwölf zu Mittag die willige, scharfe Geliebte zu markieren, ich meine, normalerweise bin ich um diese Zeit noch nicht einmal aufgestanden. Einmal habe ich tatsächlich verschlafen und bin – der hat ja, Fehler, leider einen Schlüssel – davon aufgewacht, dass ich gevögelt wurde. Bis ich richtig wach war, war er schon fertig und dabei, sich anzuziehen, Bussi, Schatz, war toll mit dir, ich muss leider, schönen Tag noch. Ich hätt ihm gern auf der Stelle den Schlüssel abgenommen, aber ich war zu matt und er schon draußen. Hatte mir nicht mal Kaffee aufgestellt, der Arsch, und dann hat er tatsächlich nachher SMSe geschickt, wie saugeil er das fand! Passt zu ihm, der hat Frauen in Wirklichkeit am liebsten ohnmächtig, willenlos und kusch. Ich weiß echt nicht, warum ich das so lange mitgemacht habe. Ungefähr einmal im Monat gehen wir in irgendein abgelegenes Restaurant essen oder in eine zweitklassige Bar, und er schielt ständig panisch zur Tür, ob auch ja keiner reinkommt, der ihn kennt. Wie in einem schlechten Film, echt. Als ich aus Zürich zurück war, hat er mir gleich am nächsten Tag in der Früh Blumen schicken lassen und stürmte Mittag schon herein und hat mich gleich in der Küche ausgezogen und auf den Boden geworfen. Also, ich fand das ziemlich albern und total theatralisch. Und ungemütlich. Und ich überlegte, wann der Boden zuletzt geputzt worden war, mit unbefriedendem Ergebnis. Und ich dachte an John. Ich versuchte ihn aus meinem Kopf zu kriegen und mich auf Felix zu konzentrieren, aber es gelang nicht. Ich dachte an John. Täuschte vor und dachte an John. Immerhin; Felix hatte einen großen Karton Sushi mitgebracht und Champagner, hat er auch schon länger nicht mehr, und danach unterhielten wir uns ganz okay. Er hatte mehr Zeit als sonst. Das Gute an Felix ist, dass er seine Frau nicht mit in mein Bett bringt. Wenn er bei mir ist, ist er bei mir und redet über seine Familie nur, wenn ich ihn danach frage. Ich fragte ihn. Und er erzählte, dass seine Frau unbedingt noch ein Kind will. Der ist langweilig mit nur drei Kindern. Felix wirkte nicht sonderlich begeistert, er will eigentlich absolut kein Kind mehr, und er wollte tatsächlich wissen, was ich davon halte. Und mir war's vollkommen piepegal. Was ich ihm so nicht sagte, man wirkt ja schnell kalt und lieblos, wenn einem so etwas Wichtiges egal ist. Aber Kinder sind mir nicht sonderlich wichtig, also, ich glaube derzeit nicht, dass ich eins will. Ich sagte ihm, das müsse er wissen. Aber er hatte wohl erwartet, ich würde ihm leidenschaftlich abraten, er wirkte irgendwie enttäuscht. Wir aßen und tranken, und dann wollte er noch mal, aber ich war sowas von nicht mehr in Stimmung. Aber ehrlich gesagt, so richtig in Stimmung war ich bei Felix schon lang nicht mehr. Ich fand den einmal unglaublich toll, aber jetzt kann ich nicht einmal mehr genau sagen warum. Jetzt ist er gerade noch besser als gar keiner.

Als Felix weg war, hab ich sofort mein iPhone gesucht, aber da war nichts, keine Nachricht. Am nächsten Tag auch nicht und nicht am übernächsten. Ich hab John natürlich auf Facebook ausgecheckt, und es gibt ihn tatsächlich. Also, es gibt mehrere, aber er war leicht zu identifizieren. John Gruber, Netzwerk Austria, und ein Profilfoto von ihm, auf dem er die Haare sehr schön hat. Zu schön, wenn du mich fragst. Hat ungefähr 400 Freunde. Aber ich habe ihm keine Freundschaftsanfrage geschickt. Ich meine, wozu? Damit ich ihm dabei zuschauen kann, wie er sich nicht für mich interessiert und mich vergessen hat? Soll ich vielleicht Statusmeldungen mit versteckten Hints schreiben, die er dann ignoriert oder gar nicht bemerkt? Bloß nicht. Ich habe das bei Jürgen gehabt, es war immer schmerzvoll, ihn online zu sehen, ohne dass er mich jemals angechattet hätte. Oder mir eine Nachricht schickte. Oder irgendetwas von mir kommentierte. Es war furchtbar, immer zu wissen, was er tut, wo er ist, mit wem er redet, wohin er fährt, wen er trifft, Jürgen schreibt da ja jeden Scheiß rein. Und es ist mir immer noch nicht ganz gleichgültig, wenn ich ihn online sehe, ich hab ihn drei Mal verborgen und dann doch wieder hervorgeholt, aber jetzt ist er endgültig unsichtbar. Ich wollte das mit John auf keinen Fall. Und der würde ja wohl kaum hineinschreiben, wie es ihm geht, also ehrlich. Aber ich habe mir seine Fotos angesehen, die hat er für Fremde nicht gesperrt: Ein paar von irgendeinem Strand, schönes Haus, Olivenbäume, Kinder, andere Leute, sah nach Familie aus. Und viele mit ausgestrecktem Arm geknipste Selbstporträts, ein paar davon mit Freunden zusammen, auch Frauen, und auf zwei oder dreien sieht er hübsch bedient aus, meine Herren. Aber geaddet habe ich John nicht. Er mich auch nicht.

Er ließ überhaupt nichts hören. Ich meine, ich verstand das; er hat vermutlich Krebs und hat hoffentlich etwas dagegen unternommen. Ich dachte mir sowieso, dass der meistens was anderes im Kopf hat als eine Frau, mit der er zufällig einmal geschlafen hat. Das wird dem, dachte ich, im Moment ziemlich egal sein. Und ich wollte, dass es mir auch egal ist, aber ich hatte nicht so viel, das mich gerade beschäftigte, und es war mir einfach lange nicht egal. Ich machte mir Sorgen um ihn. Und ich dachte die ganze Zeit: Das ist nicht vorbei. Das ist noch nicht vorbei. Ich konnte mit Felix überhaupt nicht mehr schlafen, ohne an John zu denken. Irgendwann ließ ich es sein, auf eine Nachricht zu warten. Und dann dachte ich nicht mehr so oft an ihn. Und dann fast gar nicht mehr. Und an einem Tag dann praktisch kein einziges Mal. Und glaubst du's, am nächsten Morgen hatte ich eine SMS von ihm, abgeschickt um 4 Uhr 22 in der Früh: miss u, john aus wien.

Ich konnte es nicht fassen. Die spüren das, die Kerle, wenn man sie endgültig wegräumt, das kriegen die irgendwie spitz, und das geht dann natürlich gar nicht. Mein Impuls war antworten. Aber ich rief erst Ruth an, und Ruth sagte, auf keinen Fall. Auf keinen Fall antwortest du dem jetzt. Der hat dich so lange ignoriert, den ignorierst du jetzt auch, dem antwortest du unter keinen Umständen, das hast du nicht nötig. Schon klar, aber ich war so froh, dass der noch da war, und ich wollte ihm sagen: Ich bin auch noch da, ich wollte, dass er aufwacht und eine Nachricht von mir auf seinem Handy findet und sich freut und froh ist, dass er sich für seinen besoffenen Kontrollverlust nicht zu genieren braucht. Plus er ist krank ... Ich bin uncool in diesen Dingen. Aber Ruth sagte, diesmal nicht. Ruth hatte frei und wir saßen schon am Vormittag im Galão und tranken Gemüsesäfte und ich war saunervös, ich weiß auch nicht, warum der mich so nervös macht. Aber Ruth sagte: Diesmal bleibst du cool. Wenn er wirklich etwas will von dir, wird er sich wieder melden und zwar nüchtern, krank hin oder her. Ich meine, 4 Uhr 22, aber manche Kerle trauen sich einfach nur betrunken, und wenn man sie dann kalt abserviert, trauen sie sich überhaupt nicht mehr oder sie fühlen sich abgewiesen und kommen aus lauter Stolz nie wieder. Aber Ruth sagte: Stolz sind wir selber. Also antwortete ich den ganzen Tag nicht, und es war mir den ganzen Tag schwer unwohl dabei, aber ich tat es trotzdem nicht, weil ich endlich einmal bei einem Kerl die Stärkere sein und das Richtige tun wollte, auch wenn es mir nicht richtig vorkam. Am nächsten Tag war die Chance irgendwie vorbei, aber ich dachte die ganze Zeit darüber nach, ob es nicht falsch gewesen war.

Ruth hat klare Regeln im Umgang mit Männern. Ruth ist cool. Aber Ruth kann leicht cool sein. Es kann ziemlich peinigend sein, mit Ruth in einem Straßencafé zu sitzen. Man ist praktisch unsichtbar neben Ruth, wie gar nicht da. Ruth ist ... Wenn du lange blonde Haare hast und blaue Strahleaugen und Brüste wie Ruth, kannst du leicht nicht auf einen Kerl reagieren. Weil er sowieso immer auf dich reagiert. Dann hast du es definitiv nicht nötig. Ruth sehen sie sowieso alle sofort, weil Ruth dem Beuteschema von absolut jedem Mann entspricht, und von Frauen manchmal auch. Zudem ist Ruth Ärztin, Gynäkologin, und das finden die meisten Typen erst mal geil. Eine Frau, die anderen Frauen an die Vagina darf, das törnt manche Kerle an, unfassbar, aber es ist so, die glauben, da sei irgendwas Lesbisches, das taugt denen. Später macht es sie nervös, aber erst mal finden sie es geil. Ruth hat also leicht reden. Andererseits hat sie selten einen Typen länger als ein paar Monate, dann stellt sie fest, dass er doch nicht perfekt ist und fängt an, an ihm herumzukritisieren. Sie fühlt sich missverstanden, und so weiter, jedenfalls ist er nach durchschnittlich vier Monaten ex. Seit ich Ruth kenne, hielt nur einmal einer ein Jahr, absolute Spitzenwertung, und der hat sie dann, was ich schwer glauben konnte, für eine stehen lassen, die nicht halb so schön war. Gerade in dem Moment, als Ruth bereit war, eine Schrankhälfte für ihn auszuräumen, was übrigens logistisch eine Spitzenleistung gewesen wäre, keine Ahnung, wie sie das hätte schaffen wollen. Und, am wichtigsten, sie wollte die Pille absetzen.

Das hat sie deshalb mächtig hergebeutelt, und nachher wurde sie noch cooler. Aber schön langsam wird es eng für sie, denn Ruth hat jetzt nicht etwa einen Kinderwunsch, nein, sie hat einen 3-Kinder-Wunsch, drei und keins weniger will sie, und nächsten Sonntag wird sie siebenunddreißig und hat immer noch keins. Klar kennt sie die Möglichkeiten, das alles zu verlängern, aber trotzdem. Und weit und breit kein Kerl, der es auch nur in die Nähe des Arbeitskreises Vaterschaft schaffte. Der, den sie jetzt hat, hat schon zwei Kinder mit zwei Frauen. Den ließ sie vermutlich nur deshalb ran, weil er Kinder hat und so schön darüber reden kann, aber ich schätze, ihr wird bald schwanen, dass der deshalb noch lang keine sichere Bank ist, dass dem das Konzept drei-Kinder-mit-einer-Frau irgendwie nicht direkt im Genpool liegt. Aber das checkt Ruth jetzt noch nicht. Jetzt ist es gerade wie immer, wenn Ruth nämlich grad mal nicht cool ist, dann sprengt ihre Verliebtheit alle verfügbaren Verliebtheitsskalen, und so lange ist der aktuelle Kerl dann mindestens Gott. Diesmal dürfte es ungefähr Gott Nummer siebzehn sein, seit ich sie kenne. Ich gebe ihr noch drei bis allerhöchstens fünf Wochen, dann entdeckt sie den ersten Makel und ihr wird seine paternale Unstetheit klar werden. Und wenn Ruth erst den einen Makel gefunden hat, sieht sie schlagartig alle, und Ruth nimmt es sehr persönlich, wenn einer zufällig doch nicht perfekt ist: Auf Wiedersehen, tschau und tschüss.

Dann bekam ich plötzlich diesen Anruf vom Fehringer aus Wien, diesem Produzenten, der auch DJ ist und sein eigenes Label hat. Und ein eigenes Studio, irgendwo in Meidling, ich habe mir das gemerkt, weil mir das Wort so gefiel, Meidling. Ich hab den mal kennengelernt bei der Transmediale, wir haben am selben Abend aufgelegt, ist ein guter Typ, macht coole Sachen, hat auch den Hell produziert, sehr gut. Arbeitet auch immer wieder mit diesen Mego-Wahnsinnigen zusammen. Und der Fehringer sagte mir, er produziert da so einen Sampler mit DJs aus Wien und Berlin und hätte mich da gern dabei, ob ich eventuell mitmachen wolle. Fand ich interessant, wollte ich. Und na ja, natürlich hätte ich einfach in Berlin im Studio vom Foxi etwas basteln und es dem Fehringer rüberschicken können und er wär dann drübergegangen. Aber der Fehringer meinte, wenn ich Lust hätte, solle ich doch nach Wien kommen und wir basteln gleich zusammen bei ihm. Fand ich, tja, keine schlechte Idee. Der Fehringer fragte, ob ich im Oktober irgendwann Zeit hätte. Klar hatte ich, länger als zwei Tage werde das ja wohl nicht dauern. Selbstverständlich dachte ich an John. Dass das eine Möglichkeit wäre, den wiederzusehen. Anrufen, wenn ich sowieso in Wien bin, das ginge doch. Das wäre doch was anderes als von Berlin aus, das wäre cool und okay. Definitiv okay, doch.

Auf einmal ist sie da. Und auf einmal merkt Gruber, wie sehr er sie vermisst hat, auf einmal kann Gruber keine Minute länger in der Lobby ihres Hotels auf sie warten. Er geht an die Rezeption und fragt nach der Zimmernummer, Vogel, Sarah Vogel. Er fährt mit dem Lift hinauf in den zweiten Stock, geht einen stillen Gang entlang, klopft an die Tür von Zimmer 211, und sie macht auf, und sie ist gar nicht überrascht, und sie lächelt, und Gruber schaut sie an und packt sie einfach. Er packt sie mit beiden Händen und küsst sie, und sie küsst zurück, nein, sie küsst nicht zurück, sie löst sich auf in ihm. Sie fließt durch ihn hindurch. Und er fließt in sie hinein, sie fühlt, wie ihr Körper in seinen Armen eine neue Form, einen neuen Sinn bekommt und zu vibrieren beginnt und lebendig wird, sie fühlt, wie ihr Körper sich auf seinen einschwingt und wie er in sie hineinschwingt und sie in ihn, und er spürt, wie er sich mit ihr vermischt und ein anderer Mensch wird, ein vollständigerer Mensch, und sie spürt sein Fleisch und ihr Fleisch, ihr Herz, sein Herz, es lässt sich nicht mehr unterscheiden, seine Hände wachsen in ihren Körper hinein und ihre Leiber verschwimmen, schmelzen zusammen zu einem Raum, in dem es bebt und schwillt und vibriert. Sie hat jetzt ein Zentrum, es ist schwül, dunkel und dicht, und er spürt seinen Schwanz, und sie spürt ihn auch, und er spürt, wie sie seine Hand zwischen ihren Beinen spürt, und die Berührung fühlt sich vertraut an und vollkommen und sie macht, während ihre Zungen und Lippen und Münder und Gesichter ineinander verrinnen, seine Hose auf, und legt seine Hand um ihn, und dann sind sie wieder zwei. Zwei verschiedene. Ein Mann und eine Frau. Der Mann und die Frau taumeln durch das Zimmer auf das Bett zu, während Textil von ihnen abfällt. Und die Frau legt sich auf das Bett und blickt dem Mann mit dem Ernst entgegen, den er in sich fühlt. Sie breitet ihre Arme aus und ihre Beine und zieht ihn auf sich, und sie fühlt ihn, wie er in sie hineindrängt und in sie hineinwächst und sie ausfüllt und sie versteht und erkennt, ja: erkennt.

Gruber fühlt sich herbstlich. Der Sommer hat noch kaum angefangen, aber Gruber fühlt sich schon herbstlich, und wie er sich dann im Herbst fühlen wird, will er sich noch nicht einmal vorstellen. Es wird jedenfalls nicht mein letzter Herbst sein, denkt Gruber, ganz bestimmt nicht, denkt Gruber, nur ein Scheißherbst vor vielen weiteren Herbsten. (Aber sicher ist er sich nicht.) Gruber sitzt im Grappello, er wartet auf Philipp, der wie immer zu spät ist, Gruber winkt der Kellnerin, bestellt ein zweites Bier und tippt eine Nachricht an Philipp: Heast! Oida!, aber bevor er sie abschicken kann, betritt Philipp das Lokal und küsst die Kellnerin wie einer, der schon ein bisschen was getrunken hat. Heast, Oida, sagt Gruber. Heast, Gruber, sagt Philipp, küsst Gruber, was Gruber hasst, auf den Mund und lässt sich keuchend auf einen Sessel sinken. Die Kellnerin stellt ein Glas Champagner vor ihn hin und weicht professionell aus, bevor Philipp nach ihr greifen kann.

«Wie geht's?», sagt Gruber.

«Prächtig», sagt Philipp, «und selbst? Was macht der Non-Hodgkinsky?»

«Das Non-Hodgkin. Non. Hodgkin. Lymphom», sagt Gruber. «Es wird wohl gerade nonner.» Er schaut auf seinen Bauch. «Die letzte Chemo hat ihm hoffentlich tüchtig eine reingesemmelt».

«Wann warst du?»

«Am Montag.»

«Man sieht's, dir gehen die Haare aus», sagt Philipp, «da, Wahnsinn, beug dich mal vor, das ist eine richtige Tonsur. Brutal. Sieht arg aus.»

«Trottel», sagte Gruber, «und danke der Nachfrage, es hätte schlimmer sein können.»

«Wusste ich eh.»

«Jaja», sagt Gruber, «ich wäre ohnehin nicht auf die Idee gekommen, irgendeine Form von Mitgefühl von dir zu erwarten, Depperter.» Genau darum schätzt Gruber Philipps Gesellschaft: Da war keine Form von Mitleid zu befürchten, das hat Philipp nicht im Angebot. Die Herzog hat es im Angebot und Kathi hat davon ein Überangebot, aber Gruber hat keine Nachfrage danach, jedenfalls meistens nicht, und wenn doch, dann geht er lieber gleich zu seiner Mutter.

Philipp nimmt, Gruber ist sich sicher, seinen Krebs nicht einmal ernst, Philipp hält sein Non-Hodgkin-Lymphom für eine Art Mädchenkrebs, einen Blümchenkrebs für Anfänger. Was daran liegen könnte, dass Philipps Mutter vor zwei Jahren an Brust- und Knochenkrebs starb, nein, sie starb nicht vor zwei Jahren: Sie starb drei Jahre lang und vor zwei Jahren war sie mit dem Sterben einfach fertig. Am Ende wog ihr Schmuck mehr als sie selbst, aber sie legte ihn nicht ab, auch zum Abnippeln nicht. Gruber war einmal bei ihr gewesen, ein paar Wochen vor ihrem endgültigen Tod. Philipp hatte ihn gezwungen, mit in die Villa hinaus zu fahren, in die seine Mutter aus dem Krankenhaus geflohen war, gegen den Rat der Ärzte. Vor allem gegen den Rat ihrer Familie, die sie lieber sicher verwahrt gewusst hätte in einer Umgebung, in der nicht die Mutter die Befehlshoheit hatte, sondern die Ärzte, in einem Raum, den man auf eigenen Wunsch betreten und nach eigenem Willen wieder verlassen konnte, einem Ort mit verlässlich endenden Besuchszeiten. Deshalb hatte Philipp Gruber auch da in die Villa hinausgeschleppt, er hielt seine Mutter allein nicht aus. Sie war, in voller Überzeugung und mit entschiedener Absicht ihr Leben lang eine herrische Frau gewesen und hatte nicht vor, ausgerechnet in der Phase ihres größten Leids von dieser Haltung abzuweichen. Wenn sie schon slowakische Krankenschwestern quäle, erklärte sie Gruber, dann zumindest auf eigene Rechnung, es liege nun einmal grundsätzlich nicht in ihrer Natur, mit Personal zu fraternisieren, und sie habe gewiss nicht vor, jetzt damit anzufangen, aber in Krankenhäusern gebe es neuerdings die Mode, Höflichkeit gegenüber bezahltem Dienstpersonal zu verlangen, ja, Unterwürfigkeit. Also, das sei nun doch reichlich genant. Philipp hatte von der anderen Seite des Zimmers her die Augen verdreht. Er hatte in den paar Wochen, in denen sie stationär im Krankenhaus in Behandlung war, mehr als einen Anruf vom Oberarzt entgegengenommen, der ihn in höflichen, aber von Verzweiflung durchtränkten Worten gebeten hatte, doch bitte kalmierend auf die werte Frau Mama einzuwirken, es verweigere bereits eine größere Anzahl von Krankenschwestern den Dienst im Zimmer der Frau Mama, und sein Personal sei überaus begrenzt. Philipp habe, erzählte er Gruber, dem Arzt darauf erklärt, dass es gute Gründe gebe, warum er den größeren Teil seiner Schulzeit freiwillig im Internat verbracht und zwei Jahre seines Studiums im Ausland absolviert habe. Etwas Derartiges wie kalmierende Maßnahmen griffen bei seiner Mutter nicht, seine Mutter sei vollumfänglich kalmierungsresistent, und schon gar ihm gegenüber, ja, jeder Versuch seinerseits, die Mutter irgendwie zur Räson zu bringen, bewirke zuverlässig das Gegenteil. Der Oberarzt hatte gefragt, ob es denn jemand anderen gebe, der einen positiven Einfluss auf die Frau Mama habe, und Philipp habe gelacht, mein glockenhellstes Lachen habe ich gelacht, hatte Philipp erzählt, und gesagt ja, die Frau Hildegard vielleicht, die Haushälterin, die habe es als einzige mit der Mutter ausgehalten, vierundzwanzig Jahre lang. Der Arzt habe gefragt, ob man denn nicht die Frau Hildegard ans Bett der Mutter bitten könne, und Philipp habe gesagt, leider nein, tot, die Frau Hildegard selig sei eingeschlafen, ein Herzstillstand, kaum ein Jahr nach ihrer Pensionierung. Der Arzt habe geseufzt und zehn Tage später unglaublich schnell, innerhalb von Minuten praktisch, den von der Mutter hinter dem Rücken ihrer Anverwandten erbetenen Revers ausgestellt, auf dem sie dann unterschrieb, dass sie das Krankenhaus auf eigenen Wunsch und gegen den ausdrücklichen Rat der Ärzteschaft verlasse. Um dann zuhause in der Villa von früh bis spät Bezahlpersonal aus den ehemaligen Kronländern zu terrorisieren. Philipp hatte nun auf Befehl seiner Erzeugerin alle zwei oder drei Tage in der Villa zu erscheinen, um ihre Klagen abzuhören, die gegen Ende in ein Fluchen ausarteten, in ein Idiom, das sie sich vor ihrer Krankheit niemals gestattet hätte. Ich weiß gar nicht, woher sie all diese Wörter hat, hatte Philipp gesagt, ich habe derlei nie zuvor von ihr gehört, sie hätte mich aus dem Haus geworfen, wenn ich so auch nur gedacht hätte. Sie muss all diese Ausdrücke ihr Leben lang gesammelt und in irgendeinem Winkel ihrer Seele, nein, eine Seele hatte sie nicht, in irgendeinem inneren Keller angehäuft haben, um sie dann am Ende ihres Lebens schaufelweise hinauszuwerfen. Andere werden milde und weich im Angesicht des Todes, andere macht das Siechtum dankbar und demütig, hatte Philipp gesagt, nur meine Mutter wird, was man nicht für möglich gehalten hätte, noch gemeiner und bösartiger, dabei hatte sie doch die ganze handelsübliche Palette der Bösartigkeit bereits in ihren lebendigeren Zeiten voll ausgeschöpft, eine satte Zwölf auf der zehnteiligen Bösartigkeitsskala, hatte Philipp gejammert. Du kommst mit, hatte er gesagt, ich halte sie keine Stunde mehr alleine aus. Hast du keine Freundin, die du mitnehmen kannst?, hatte Gruber gefragt, und Philipp hatte gesagt, wenn er eine Freundin hätte, würde er sie gewiss nicht seiner Mutter aussetzen, garantiert nicht, denn die Freundin wäre noch nicht zur Tür draußen und er wäre schon wieder Single. Und du hast keine Angst, mich zu verlieren, Schatz?, hatte Gruber gesagt, und Philipp hatte ihm die Backe getätschelt und gegrinst: Nein, Mausi, dich mag sie, ich weiß auch nicht, warum ausgerechnet dich, es gibt dafür keine logische Erklärung.

Aber es stimmte. Philipps Mutter hatte Gruber gern, und Gruber hatte der Frau zumindest einen fundamentalen Respekt entgegengebracht, wenn auch nicht genug, als dass er sich freiwillig in ein nach Tod und Eau de Cologne riechendes Altweiberschlafzimmer begeben hätte, um einem auf Hollywood-Braut geschminkten und mit schwerem Goldschmuck dekorierten Skelett so etwas wie die vorletzte Ehre zu erweisen. Philipp hatte nicht locker gelassen. Hatte ihre Freundschaft ins Spiel geworfen, lamentiert, gejammert, geheult. Gruber war mitgekommen. Es war genauso schrecklich gewesen, wie er befürchtet hatte. Und, na ja, lustig auch, auf eine beklemmende, kranke, grässliche Art. Faszination des Grauens, kennt man ja. Und Gruber hatte ein paar neue Kraftausdrücke gelernt, die er dort in der Villa und trotz Philipps Warnungen partout nicht erwartet hatte. Und Philipp und er hatten danach eine der Krankenschwestern, die endlich ihren Feierabend antreten durfte, auf Drinks eingeladen, und das arme Mausi, wie hieß sie noch gleich, Alva, nein Alma, war überaus dankbar gewesen für die lieben und aufmunternden Worte, die Philipp und Gruber für sie aus dem Sack zauberten, wahrscheinlich die ersten Nettigkeiten, die sie seit vier oder fünf Wochen gehört hatte. Alma hatte darauf positiv reagiert, sehr positiv, sogar mit Zunge. Leider dann doch nicht so positiv, wie es sich Gruber und Philipp erhofft hatten, plötzlich war sie in einem Taxi gesessen und weg, und Gruber und Philipp hatten ihr blöde nachgewinkt und dann halt im Wein & Co noch ein paar Wodkas gekippt, unter gedemütigten Männern, die wieder einmal schlecht investiert hatten.

«Wieso müssen wir eigentlich schon wieder in diesem scheiß Grappello sitzen?», sagt Gruber, «ich hasse das Grappello, du weißt, das ich das Grappello hasse, und mit was, mit Recht, schau dir nur all diese geschissenen Bürgerfressen an.»

«Schrei nicht so.»

Philipp wirft einen peinlich berührten, entschuldigenden Blick Richtung Nebentisch. Ja, Gruber hasst das Grappello. Früher hat er das Grappello gern gehabt, früher war er immer da, aber früher kamen hier auch noch andere Leute her. Leute wie er. Aber jetzt, schau dir die Partie an. Dritte-Klasse-Aristos mit ihren aufmunitionierten Russen-Freundinnen. Fette alte Großbürger in Maßanzügen, dünne alte Weiber in Chanel, Prada und Michael Kors, mit 300-Euro-Frisuren, Edelblond, mit Strähnchen. Von hinten schauen sie aus wie zwanzig, aber wenn sie sich umdrehen, kriegst du eine Panik-Attacke. Und das Licht! Das Licht ist furchtbar. Trübes, braunes Deckenlicht, jeder sieht scheiße aus in diesem Licht, besonders alte Weiber, wer sich freiwillig in so ein Licht taucht, dem kann auch ein Beauty-Doc nicht mehr helfen. Früher, denkt Gruber, war das Licht hier anders, er weiß nicht mehr wie, aber definitiv nicht so scheiße. Und früher hat es ihm auch noch Freude gemacht, den devoten Kellner zu schikanieren, aber jetzt ist der Kellner Chef de Maison und hat zwanzig Kilo zugenommen und wirkt irgendwie nicht mehr devot genug. Obwohl er es definitiv noch ist, so wie er vor Philipp auf dem Bauch robbt. Gruber kommt eigentlich gar nicht mehr hierher, und wenn, dann nur wegen Philipp. Aber heute zum letzten Mal. Definitiv. Das war's jetzt, endgültig! Ich meine, schau dir bitte das Essen an, drei kleine Würfel aus verschiedenen Fischmoussen mit irgendeiner Modereduktion darüber gesudelt und daneben ein Löffel eines knallgrünen Breis. Bin ich ein Mädchen?, denkt Gruber.

«Bin ich ein Mädchen?», sagt Gruber. «Warum muss ich das essen? Warum muss ich hier sein?»

«Weil du es bestellt hast», sagt Philipp und lehnt seine Massigkeit zurück, «und weil sie mich hier liebhaben.» Das stimmt nicht. Man hat ihn nicht lieb, man buckelt nur vor ihm, weil er teuren Wein trinkt und peinlich gute Trinkgelder gibt. Immer viel zu viel. Dabei ist er sonst ein geiziger Hund, das hat er von seiner Mutter geerbt. Aber von der hat Philipp auch diesen Trinkgeld-Tick, weil seine Mutter immer – also, ab dem Zeitpunkt, als sie keine andere männliche Begleitung mehr abbekam als Philipp, also circa ab Philipps sechstem Geburtstag – ganz miese Trinkgelder gegeben hat, nachdem sie das Personal den ganzen Abend für jeden hörbar von oben herab behandelt und bei jeder Gelegenheit sowie auch ganz grundlos abgewatscht hatte. Von dem Moment, als Philipp das kapiert hatte, da war er ungefähr acht, hatte er sich dafür geniert. Das wird er jetzt nie mehr los, nie mehr. Und das kostet ihn, überschlägt Gruber, jährlich das Monatsgehalt einer Supermarkt-Regalbetreuerin. Er kann einfach kein normales oder gar leicht darunterliegendes Trinkgeld geben, weshalb Philipp, wenn er es irgendwie einrichten kann, gerne Gruber die Rechnung überlässt, Gruber ist eh so reich, oder? Du bist doch reich, Gruber, du bist doch ein total fett reiches Arschloch, mit deinem ganzen Investmentscheiß, nicht? Gruber, du brauchst doch eigentlich den Rest deines Lebens keinen Finger mehr zu rühren? (Stimmt nicht.

Wenn er genau so weiterlebt wie jetzt, genau bis sechsund-
sechzig.)

Wieder einmal: Mutterschuld.

«Und wegen dem Fisch. Yvonne sagt auch ...»

«Bitte nicht Yvonne. Bitte nicht! Ich will heute nichts von
Yvonne hören. Bitte!», sagt Gruber, «ich bin ein todkranker
Mann, vergiss das nicht.»

«Jaja», sagt Philipp, «ich sag eh nichts. Aber wenn ich
schon dein Essen zahle, darf ich wenigstens auch die Konversation ...»

«Ich zahl mein Essen selbst», sagt Gruber, «und deins
auch. Und du verlierst dafür kein Wort mehr über Yvonne.»

«Einverstanden, vergeltsgott», sagt Philipp und redet
das ganze Essen lang über Yvonne, Vorspeise, Hauptspeise,
Dessert, Käse: Yvonne, nur Yvonne. Was Yvonne gesagt hat.
Was Yvonne gerade für einen Kelch mit dem Boss hat. Wie
oft Yvonne angerufen hat, was Yvonne gesagt hat, als sie
angerufen hat. Dass Yvonne eine Metabolic-Balance-Diät
macht, und es funktioniert super, Yvonne habe schon vier-
einhalb Kilo abgenommen und jetzt finde Yvonne, er, Philipp könnte das doch auch einmal versuchen. Und es sei
auch ganz easy, habe Yvonne gesagt, und eigentlich habe
man gar keinen Hunger, also vielleicht sollte er das wirklich, wie Yvonne geraten hat, einmal versuchen? Wenn es bei
Yvonne wirkt, die das ja eigentlich gar nicht nötig hätte bei
ihrer Traumfigur? Dass Yvonnes Mutter zum Orthopäden
musste. Dass Yvonnes Schwester das dritte Kind bekommen
und Yvonne damit innerhalb ihrer Familie mies unter Druck
gesetzt hat. Und was Yvonne auf Facebook für eine lus-
tige Statusmeldung ... Gruber versucht ungefähr acht Mal
das Thema zu wechseln, er versucht es mit Politik, mit der
Ölpest, sogar mit Theater, weil Philipp, nein Yvonne, liebt

das Theater; völlig sinnlos. Wie immer. Erst beim Kaffee hat Philipp das Yvonne-Reservoir in sich so weit entleert, dass wieder ein anderes Thema möglich ist. Möglich wäre.

«Also, deine Chemo. Wann hast du eigentlich die nächste Untersuchung, bei der man sieht, wie die Chemo dem Hodgkong zugesetzt hat?»

Aber Gruber will jetzt nicht mehr. Er ist überfressen und Yvonne-mäßig überdehnt und vor allem will er, scheißdrauf, keine Konversationsalmosen. Und nicht über die Krankheit reden. Tatsächlich würde Gruber jetzt gern über Sarah reden, etwas von Sarah erzählen. Aber er weiß nicht, was er Philipp über Sarah mitteilen könnte, das in dessen von Yvonne final kontaminiertem amourösen System auch nur eine Spur des Interesses erzeugen würde. Er würde sich vermutlich nicht einmal ihren Namen merken, außer vielleicht wenn Gruber das L-Wort ausspräche, aber dafür gab es ja wohl keine Veranlassung. Deshalb Relevanzquotient null. Es gab nichts, das er Philipp über Sarah erzählen konnte und das Philipp irgendwie beeindruckt hätte. Nicht, dass er Philipp beeindrucken wollte, das war Gruber egal, nein, nicht ganz, aber er hatte keine Lust darauf, Philipp zuzusehen, wie er sich zu langweilen anfing, wie er in immer kürzerer Frequenz auf seine grausliche, billige Plastikuhr schauen würde. Gruber hatte ihm zum dreißigsten Geburtstag, da ging es Gruber gerade zum ersten Mal sehr gut, eine richtig teure Uhr geschenkt, ehrliches eidgenössisches Handwerk, die Philipp ungefähr vier Mal getragen hatte, und dann nicht mehr. Wie er mit diesem Uhrenblick darauf hinweisen würde, dass es jetzt aber allmählich Zeit würde, das Lokal zu wechseln, um sich in der Loos, oder wohin gehen wir?, Weiber anzuschauen, die mit Yvonne nichts als den Planeten gemeinsam hatten. Was Gruber Philipp über Sarah zu erzählen hat, ist für Philipp weniger als irrelevant. Ach, eine DJ-Frau aus Berlin, geil, Taxi bitte. Gruber winkt ab, und Philipp respektiert gerne, dass Gruber über seine Krankheit jetzt nicht reden möchte.

«Und die Weiber?», sagt Philipp, und Gruber sagt: «Ach, vergiss.»

Aber er hat nicht vergessen. Er hat den Sarah-Tag, den zweiten Sarah-Tag, den Tag, als er in ihr Hotelzimmer einfiel, nicht vergessen, tatsächlich hat er über den zweiten Sarah-Tag sehr viel mehr nachgedacht als es seine Art ist mit Weibern. Und dadurch auch über den ersten Sarah-Tag, den Krebs-Tag, den Tag, als ihn das Leben in die Ecke trieb, als er nicht mehr davonlaufen konnte, den Tag, als sein Leben endlich wurde. Klar, war es vorher schon gewesen, aber jetzt mehr, irgendwie endlicher. Und dann wieder über den zweiten Sarah-Tag, und er hatte sich gefragt, was denn das gewesen war und warum es sich so, so, so wichtig anfühlt. So substanziell. Gruber war danach mit Sarah essen gewesen, am Abend des Nachmittags in ihrem Hotelzimmer, woran es nichts zu bereuen gab, auf eine irgendwie endgültige, schicksalhafte Art. Sie waren danach auf ihrem Hotelbett gelegen. Er hatte gespürt, dass sie nach der Krankheit fragen wollte, er hatte gesehen, wie sie ihn nach Anzeichen der Krankheit absuchte, wie sie seinen Kopf musterte, seine Haare, seinen Bauch, wie sie ihm in die Augen schaute, vielleicht um dort das hysterische Glänzen des Siechtums zu entdecken oder die finale Ruhe des Todessicheren. Aber sie hatte nicht gefragt.

Stattdessen war sie aufgestanden und hatte, während er ihren Hintern nicht aus den Augen ließ, zwei kleine Sektflaschen aus der Minibar geholt, für sich und ihn eine aufgemacht, prost, und dann ein bisschen nervös darüber erzählt, warum sie in Wien war, wegen einer Aufnahme in einem Studio, für irgendeinen Techno-Sampler, und Gruber hatte auf dem Rücken gelegen und manchmal einen Blick in ihr Zauselhaar geworfen und auf ihr erhitztes Gesicht und ihre Brüste, und zugesehen, wie sie aus der Flasche trank. Und sich verschluckte. Sie war nervös, interessant. Und es wäre interessant gewesen zu wissen, warum sie nervös war; wegen der Krankheit oder wegen ihm, wegen Gruber selbst. War sie verknallt? Vielleicht war sie verknallt. Egal. Es hatte ihm gefallen. Es hatte ihm gefallen wie letztes Mal, na ja, eigentlich besser, angesichts der Umstände beim letzten Mal, und Gruber hatte ihr bald die Hand auf den Bauch gelegt, und die Hand war bald verrutscht und zwischen ihren Beinen gestrandet und seine Finger in ihr, und ihr Mund war in seinen gerutscht und sie hatten es noch einmal gemacht, es war nicht mehr so spektakulär gewesen wie zuvor, aber immer noch gut. Immer noch sehr gut. So viel besser als das meiste, was Gruber mit Frauen sonst erlebte, er konnte gar nicht sagen, warum genau.

Und dann hatte Gruber sie gefragt, was sie am Abend mache, und sie hatte gesagt, das wisse sie noch nicht, und Gruber hatte gesagt, gut, dann gehe man essen, wenn's genehm sei, er hole sie ab um: sei ihr acht recht? Acht war ihr recht. Diesmal warte er unten, hatte Gruber gegrinst, und sie hatte zurückgegrinst, endlich, das große, das vollständige, das ganze, tolle Sarah-Vogel-Grinsen, und sie hatte gesagt: Prima, das sei prima.

Und Gruber war in seine Hose gestiegen und hatte sie auf den Mund geküsst und noch einmal gesagt, also dann, bis acht. Und war gegangen, und hatte, apropos Scheiß-Restaurants, schlagartig zu hirnen angefangen, wohin mit ihr. Weil, merkwürdig, er wollte mit Sarah an einen Ort, an dem sie sich wohlfühlen würde. Normalerweise kein Thema für Gruber, normalerweise ging Gruber mit Frauen da essen, wo er essen wollte, ins Fabio's, in die Goldenen Zeiten, ins Steirereck, ins Umar, ins Neni und manchmal einfach drei Häuser weiter ins Café Drechsler, wo die jeweilige Frau dann in ihrem glänzenden, zu weit ausgeschnittenen Top und ihren billigen Online-Versand-High-Heels auf der Bank hinter einem kleinen Kaffeehaustisch saß und sich, weil sie sich etwas Exklusiveres, Haubengekröntes, Fabioeskeres erwartet hatte von Gruber, verarscht fühlte und dann nicht mit ihm ins Bett wollte. Außer Gruber ging mit der Frau, weil er eben doch mit ihr ins Bett wollte, endlich doch noch in eine schicke Bar, wo ihre Riemchenglitzerheels nicht mehr so deplatziert wirkten wie im Drechsler. Aber wenn Gruber eine Frau in ein Restaurant einlud, erwartete er Anpassung, er zahlte schließlich die Rechnung, er zahlte konsequent immer die Rechnung, wodurch ihm naturgemäß das Recht auf die Wahl der Örtlichkeit zustand, oder? Außerdem fand er es unmännlich, nicht zu wissen und zu bestimmen, wohin man essen ging. Das mit der Rechnung hatte auch noch den anderen Grund, dass die Frauen dann, so sah es jedenfalls Gruber, irgendwie in seine Schuld gerieten und in seiner Schuld standen, wenigstens ein bisschen, sodass man sie, Vorteil Gruber, im Bedarfsfall leichter rumkriegen konnte, durch dieses bisschen Schuld. Auch wenn die Frauen das gewiss nicht zugeben würden, auch wenn die Frauen es für völlig normal und naturgegeben hielten, von Porsche-Gruber eingeladen zu werden, so brachte es sie doch in eine leicht unterlegene Position. In eine Schuldner-Position, in eine Position, in der ein wenig Dankbarkeit jetzt oder besser dann doch angebracht war. Zumindest denkbar. Sah Gruber so, doch. Und jedenfalls allemal besser, als Gruber stand in Frauen-Schuld, irgendwie, wie peinlich ist das denn. Also Restaurantwahl: Gruber, und nur Gruber. Und Entschuldigung, die Weiber geben doch immer damit an, wie flexibel die Frau an sich doch sei, wie unendlich viel flexibler als der Mann als solcher, und Gruber fand, dass ein wenig Demut bei der Wahl der Dinierstätte eine gute Gelegenheit sei, derlei Flexibilität auch einmal in der alltäglichen Praxis zu beweisen. Und bitte, es hatte sich nie eine beschwert, jedenfalls nicht hörbar. Na gut, stimmt nicht, Carmen hatte sich wohl beschwert, aber Carmen hasst das Fabio's. Also jetzt nicht das Fabio's an und für sich, denn Carmen besaß das Talent, gutes Essen würdigen zu können und sie wusste auch Fabio Giaccobellos Kochkunst zu schätzen, aber sie verachtete die Gesellschaft in seinem Restaurant, sie wolle, hatte Carmen wiederholt geschimpft, nun einmal nicht in der Gesellschaft zwielichtiger Exminister und ihrer aufgetakelten Dumpfweiber essen. Sie hatte es dann doch getan, und genau das nahm Gruber ihr ein wenig übel, nein, ziemlich übel. Weil sie das nämlich definitiv nicht getan hätte, wenn er nicht krank wäre. Carmen hatte sich, obwohl sie sich sonst jede Mitleidsregung verbiss, fraglos nur wegen Grubers Krankheit herabgelassen, sich mit ihm ins Fabio's zu setzen, normalerweise hätte sie erbittert ein anderes Restaurant erstritten, mit dem Hinweis, dass sie die Rechnung bitte gerne übernehme, wenngleich Gruber am Ende natürlich trotzdem, aus Prinzip, bezahlt hätte. Aber letztes Mal hatte Carmen sich sofort seufzend mit dem Fabio's einverstanden erklärt, das Gruber ihr eigentlich nur vorgeschlagen hatte, um sie zu provozieren, um am Telefon ein bisschen mit ihr streiten zu können, aber beschämenderweise hatte sie ganz gegen ihre Natur gar nicht protestiert, sondern sofort nachgegeben. Mitleid, ganz klar. Beleidigend, eigentlich. Glücklicherweise hatten an diesem Abend keine Exminister und keine aufgespritzten Glitzer-Erbinnen im Fabio's diniert, nur ein moppeliger Staatssekretär und eine mürbe blondierte Exkanzler-Exgattin, und Carmen hatte, weil sie nicht anders konnte, verächtlich das Gesicht verzogen, aber sich dann nicht weiter beschwert, und exakt das hatte Gruber den Abend, was er sich natürlich nicht anmerken ließ, ziemlich verdorben. Scheiß, scheiß, scheiß Mitleid. Sogar Carmen, Carmen the Cool. Verräterin, Rückgratlose. Auch nur ein Weib. Nicht einmal auf Carmen war mehr Verlass.

Für Sarah kam das Fabio's nicht in Frage, das hatte Gruber schon mit sich ausdiskutiert, als er durch die Tür des Hotel Wandl ins Freie getreten war. Blendend tiefe Nachmittagssonne, Sonnenbrillendiktat. Gruber hatte in die Brusttasche seines Boss-Hemdes gegriffen (unbeschwerter, zufällig wirkender Frühsommernachmittagsstil, natürlich mit Bedacht gewählt) und seine Shades herausgezogen. Nicht, dass Sarah nicht ins Fabio passen würde, das würde sie durchaus, vor allem ihr Grinsen. Tät dem Fabio's und seiner Bagage nicht schaden, ein bisschen von diesem Grinsen. Und nicht, dass er sie nicht beeindrucken wollte. Er wollte sie sogar sehr beeindrucken, ja, aber nicht auf so eine schwule Rossini-Art, das kam zwar bei den meisten Weibern, Carmen ausgenommen, spitze an, aber bei Sarah, das hatte er im Urin, würde das nicht funktionieren. Und er wollte, Sakrament, ja, er wollte und niemand brauchte es je zu erfahren: dass Sarah sich wohlfühlte, weil er sich dann auch wohlfühlen würde, und wohlfühlen war gerade umständebedingt eine Grubersche Priorität. Und er wollte, dass sie ihn gut fand, weil er, dieser Gruber, der lässige Wiener, in der Lage war, ein angenehmes, ja das perfekte Restaurant für den Abend nach einem ziemlich perfekten Fick auszuwählen. Nicht einfach ein Fick-Fick, zu dem irgendein cooles Sehen-und-

Gesehenwerden-Lokal passte. Nein, das heute war, Gruber war unter seinen Moscot-Shades (Miltzen, original 1920ies, in Tortoise) doch prompt errötet, als er es sich eingestehen musste, ein Liebemachen-Fick gewesen, eine fragile, sensible Sache, die in ihrer aushäusigen Verlängerung nach einer gewissen Harmonie verlangte. Nichts Romantisches mit Kerzentralala, das würde es auch zerstören, sondern etwas, nun ja, Echtes, Ehrliches. Schließlich wollte Gruber auch nicht, dass Sarah ihn für einen Schnösel hielt, na ja, falls sie das nicht eh schon tat, aber für den Fall war diese Sicht der Dinge hoffentlich ein wenig überdeckt vom Umstand, dass Gruber gesundheitlich angeschlagen war. Die Cantinetta vielleicht … Lag auch gleich um die Ecke. Nein, zu sehr konfektioneller Nobel-Italiener. Zu gespritzt, im Prinzip, und irgendwie zu hell. Goldene Zeiten ginge, aber. Steirereck nicht. Das Palmenhaus, das Palmenhaus war relativ unverschnöselt und ungemein geeignet, um Ausländer mit Wiener Gründerzeitprachtgeschnurre in Verbindung mit moderner Architektur zu beeindrucken, das Essen war gut, die Weinkarte beachtlich, aber: schlechte Akustik, zu laut, zu viele Touristen. Etwa dasselbe galt für das Neni am Naschmarkt, zu verwuselt, und schreckliche laute, viel zu laute Musik. Plus gefährlich schwankende Qualität des Service, und Gruber wollte sich heute auf keinen Fall die Stimmung durch schlechte Bedienung oder zynismusgeladene Wortgefechte mit Studentenkellnern, denen es eh scheißegal war, verderben lassen. Wienerisch, was Wienerisches wäre besser, im echt-und-ehrlich-Sinne. Gruber hatte sich am Graben ein Taxi herangewunken, die Adresse seiner Wohnung genannt, den quasselbereiten Fahrer mit einer giftigen Bemerkung zum Schweigen gebracht und weiter vor sich hin gehirnt, aber noch unter der Dusche musste er sich wundern, warum es plötzlich so schwer war, sich für eine Kleinigkeit wie ein passendes Restaurant zu entscheiden. Er hatte die Hände an die Wand gelegt und ließ sich das Wasser auf den Kopf prasseln. Ein Restaurant, bitte. Gruber aß schließlich jeden Abend in einem Restaurant, so fucking what? Fucking deshalb: Der Nachmittag war sauschön gewesen. Er wollte, dachte Gruber, während er den Temperaturregler harsch auf kalt stellte, dass der Abend auch sauschön würde. Extra schön.

Und hatte dann, nach endlosem Gehirne, einen Tisch im Garten vom Ubl reserviert, das ihm, kaum war es ihm eingefallen, perfekt schien. Erstens war es alt, ehrwürdig, wunderschön, gemütlich, klassisch, gediegen und ungeheuer wienerisch, und es hatte drei Meter hohe Rosenbäume im Garten, Gruber kennt keine Frau, die keine Rosen mag. Zweitens lag es in Gehweite von seiner Wohnung, selbst angesoffen. Gerade angesoffen. Die exakt richtige Fuß-Distanz für eine leicht angeschwummerte Frau. Tja, mhm. Der Abend war lau. Gruber hatte um acht in der Lobby vom Hotel Wandl gesessen, cool, entspannt, mit einer Zeitschrift lässig auf dem Paul-Smith-Beinkleid und einem Blutdruck, der sich irgendwie zu hoch anfühlte. Die Medikamente vermutlich. Dazu hatte Gruber, trotz des vorangehenden offensiven Downgradings des Anlasses, sein taubenblaues Van-Laack-Hemd mit den Initialien getragen. Es war nun mal nicht nur eins seiner besten und teuersten, sondern auch sein schönstes Hemd, und Gruber hatte sich, als ihm beim Erwerb das Einsticken seiner Initialen angeboten worden war, endlich die Mittel-Initiale zugelegt, die ihm seine geizigen 68er-Eltern bei seiner Original-Benamsung verweigert hatten. Was Gruber schon sein halbes Leben lang zwickte. Ein Vor- und ein Nachname, zwei Initialen, das war bitte etwas für Loser,

Unterschichtler, für Hippies und Hartzer. Gruber hatte in dem Laden nicht nachdenken müssen und dem Verkäufer mit großer Sicherheit drei Lettern diktiert, und da prangten sie nun, auf diesem und seinen anderen drei Van-Laack-Hemden (weiß, steingrau, altrosa), schlicht, unaufdringlich und doch bedeutend. JFG.

Sarah war um fünf nach acht heruntergekommen, und Gruber hatte sie geküsst und gefragt, ob sie ein Stück gehen oder lieber ein Taxi nehmen wolle. Gehen. Trotz der Schuhe. Die Schuhe, nein, alles an ihr war total Fabio-tauglich. Sie trug ein luftiges, in Grüntönen gemustertes, leicht glänzendes Kleid (Zara, vermutete Gruber), dazu schwarze Strümpfe oder Strumpfhosen – Strumpfhosen vermutlich – und hochhackige Stiefletten. Sie sah toll aus, auf eine gute, lockere, unprätentiöse Weise edel, und Gruber hatte kurz überlegt, ob das Ubl in seiner Rustikalität wirklich die richtige Idee gewesen sei, ob das Fabio's nicht vielleicht doch? Nein. Nein, nein, nein. Und es war dann okay gewesen. Das Gehen durch den ersten Bezirk und die Hofburg, wo Gruber sich nicht zu blöd gewesen war, unter der Kuppel «Blowing in the Wind» zu pfeifen, und eigentlich hatte er ausschließlich zu diesem egoistischen Zweck den längeren Weg durch die Hofburg gewählt, damit er Sarah unter der Kuppel etwas pfeifen konnte. Und sie hatte gelacht, also war es den Umweg und die gezielte Selbsterniedrigung Wert gewesen. Dann auf dem Schleichweg durch die Hofburg hinüber in den Burggarten, kommt doch gut, wenn man versteckte Wege kennt, hat doch so ein bisschen Pfadfinderromantik, und mögen Mädchen nicht Pfadfinder? Sarah hatte allerdings erst beim Anblick des Palmenhauses, welches, als sie den Durchgang von der Hofburg herüber passiert hatten, in der Abendsonne glitzerte und gleißte, so etwas wie

Staunen, ja Ergriffenheit gezeigt. Boah. Ist das schön. Sie hatte seinen Arm untergefasst, gerade rechtzeitig, bevor ihm eine alte Affäre, Katja, nein, Tanja zugewinkt hatte, die an einem der Tische vor dem Palmenhaus saß. Er hatte höflich zurückgewinkt. Sarah hatte nicht gefragt. Sie hatte überhaupt nicht viel gesagt, sie war einfach mit großen, festen Schritten neben ihm her gegangen, im Gleichschritt, mit ihm.

Und sie hatte, als er ihr die Tür des Ubl aufhielt, glücklich geseufzt. Vielleicht drückte der Seufzer auch nur Erleichterung aus, möglicherweise hatte sie eben doch etwas Verschnöseltes von ihm erwartet. Oder ihr taten die Füße weh, war doch kein kleiner Marsch gewesen. Jedenfalls hatte sie dann, nach sehr kurzem Studium der Karte, keinen Hühnerstreifensalattralala und kein Mineralwasser light gewählt, sondern, was Gruber wohlwollend konstatierte, Suppe, Wiener Schnitzel mit Salat und Mohr im Hemd, und das Schnitzel war, wie sie, «Hab ich das schon erwähnt?» – «Na ja, höchstens ein halbes Mal.», ungefähr acht Mal angemerkt hatte, das beste Schnitzel ihres Lebens gewesen. Und sie hatte Bier getrunken, obwohl Gruber auch eine Flasche Wein bestellt hatte. Drinnen, an einem Tisch in der Nähe der Tür, hatten knurrige alte Männer fast schweigend Karten gespielt. Sie hatte den Garten bewundert, die Rosen, na bitte, wusste er es doch. Sie hatte auf die Hemdbrust gedeutet und nach seinem Mittelnamen gefragt und Gruber hatte eilig einen Urgroßvater namens Ferdinand erfunden, der offensichtlich kein Misstrauen in ihr auslöste. Und dann hatte sie ihn gefragt, schon während sie sich vor der Suppe eine Zigarette anzündete. Er spürte, dass es ihr schwerfiel, aber sie fragte, geradeheraus. Was aus der Sache mit dem Brief geworden sei, ob er krank sei. Und er hatte es ihr, obwohl es ihm auch schwerfiel, erzählt, alles, was sie wissen wollte, und das war praktisch alles gewesen. Diagnose, Zweitdiagnose, Drittdiagnose, Chemo und von den Gesprächen, die er mit dem Arzt führte, der ihm Blut abnahm. Er erzählte ihr nicht, dass er dem Arzt gegenüber stets detailliert berichtete, wie viel Eisen er in der Muckibude wieder gepumpt hatte, und wie der Arzt das mit angemessenem Respekt kommentierte, weil Gruber das brauchte, um sich auch weiterhin wie Gruber zu fühlen, wie ein vollständiger, makelloser Gruber, und weil der Arzt das wusste. Aber das war eben eine Sache zwischen einem Arzt und seinem Patienten, das war außerhalb des Ordinationsraumes sozusagen nicht satisfaktionsfähig. Aber er erzählte ihr von den lebenden Toten in den Wartebereichen der onkologischen Abteilungen, aller onkologischen Abteilungen, aber speziell in dem Gang, der zu den Bestrahlungsräumen führte. Und sogar von den Nächten, in denen er wach lag und an die Metastasen dachte, die vielleicht an seinen Knochen und Organen nagten, und ans Sterben, und was danach kommt, und ob er einfach nur tot sein werde, ein kleines schwarzes Loch im Nichts.

«Gruuuuuber!», sagt Philipp, nein, er sagt es nicht, er brüllt es quer über den Tisch. Rundherum drehen sich die Verschnittenen zu ihnen um und schauen so pikiert, wie es das Botox gerade noch zulässt. «Bist du noch da, Gruber? Bist du betrunken, Gruber, oder spontan gehörlos geworden oder deppert oder was?»

«Halt die Klappe», sagt Gruber matt.

«Ja, und du werde wieder lebendig, wenn in dieser Hinsicht noch irgendeine Chance besteht», sagt Philipp, und dann bezahlen sie, also, Gruber bezahlt, und sie gehen in die Loos, lehnen an der Bar, trinken Wodka-Tonics und taxieren die Weiber, und es ist keine dabei, die sich auch nur ein Milligramm lohnen würde.

Die Wohnung sieht so aus, wie Gruber es gern hat. Leer. Weitgehend anorganisch. Museal fast, alles an dem dafür vorgesehenen Platz. Die Putzfrau war da und hat, wie Gruber es ihr über die Jahre mithilfe penibler To-do-Listen im Verbund mit zwei Stundenlohnerhöhungen beigebracht hat, alle Beweise dafür verschwinden lassen, dass in dieser Wohnung gelebt wird. Gruber hat die Wohnung vor vier Jahren, nachdem es mit Lydia aus war, gekauft und bezogen. Ein luftiges, frisch und etwas brutal auf einen Altbau gesetztes Penthouse direkt am Naschmarkt, mit luxuriösem Nussholzboden, einer Küche aus Marmor, Edelstahl und High-Tech-Geräten, die Gruber mit Ausnahme der 2000-Euro-Espresso-Maschine noch nie benutzt hat. Nein, stimmt nicht, einmal, kurz nach seinem Einzug, hat er für ein paar Freunde gekocht, und das Experiment brüllte nicht nach Wiederholung. Er ist doch mehr der Restaurant-Typ, ein Gast aus Leidenschaft praktisch. Wichtig ist, so Gruber, dass er könnte. Dass die Chance da ist, die Möglichkeit, all diese Geräte jederzeit zu benutzen, ihrer Bestimmung zuzuführen und irgendwann, das weiß Gruber, wird das auch geschehen. Garantiert. Vielleicht morgen schon, wer weiß. Oder nächste Woche; im Moment scheint alles möglich. Eigentlich keine schlechte Idee, morgen. Er könnte vielleicht, sinniert Gruber, morgen zur Herstellung einer Suppe schreiten. Eine Suppe wäre ein guter Anfang, eine Suppe kann ja nicht so schwer sein, was kommt in eine Suppe rein? Irgendwelches Wurzelzeug und Fleisch und Wasser und Suppenwürfel, er wird Kathi anrufen und sie um genaue Dosierungsangaben bitten. Oder in eins der Kochbücher schauen, die dekorativ auf einer sandgestrahlten Edelstahlablage über dem fünfflammigen Gasherd platziert sind, wobei Gruber ahnt, dass vermutlich keins davon das Grundrezept für Suppe enthält: genau sagen kann er es nicht, weil er noch nie in eins hineingesehen hat. Er hat sie nach der Farbe ihrer Einbände ausgewählt, rot, gelb und orange, um ein wenig Kontrast, ein wenig Leben in die Edelstahlmenagerie seiner Küche zu bringen, welche Gruber, er gibt es gerne, ja mit einem gewissen Stolz zu, ein klein wenig an eine Pathologie erinnert. An eine blitzsaubere Pathologie. Auch deswegen steht stets ein großer Stahldrahtkorb mit leuchtenden Orangen und Zitronen im zweiten Quadranten der Kücheninsel, das kontrastiert die Atmosphäre schön, lockert sie auf, ohne ihr zu viel von ihrem cleanen Charme zu nehmen, zugleich bildet der Korb eine harmonische Achse zu den Kochbüchern. Die Zitrusfrüchte werden jede Woche von der Putzfrau ersetzt, sie bringt frische mit und schmeißt die alten weg oder nimmt sie mit nach Hause oder was auch immer, Gruber ist das wurscht, Hauptsache seine Orangen und Zitronen sind makellos und leuchtend orange und gelb. Eine Suppe, ja, eine Suppe, denkt Gruber, es wäre gut, hier einmal eine Suppe zu kochen, er könnte hinuntergehen, am Naschmarkt Gemüse kaufen und was man halt so in eine Suppe tut, es würde ihm gut tun, diese Suppe zu kochen. Dann verwirft er den Gedanken sofort wieder. Erstens geht er morgen mit Carmen mittagessen, muss danach zur Untersuchung samt Blutabnahme und Ultraschall, und geht dann ins Fitnessstudio, womit der Tag praktisch dicht ist. Zweitens mag er gar keine Suppe, und drittens würde es dann in der Küche nach Essen riechen, ja womöglich in der ganzen Wohnung, das möchte Gruber nach Möglichkeit vermeiden. Er hat selbstverständlich einen High-Tech-Dunstabzug mit einer Million Watt, aber es ist ja nicht garantiert, dass so ein Dunstabzug auch tatsächlich hundertprozentig funktioniert, ob da wirklich alle Dämpfe ratzfatz durch das Abzugsrohr abziehen. Gruber hat die Abzugshaube bisher nicht ausprobiert, glaubt aber tendenziell nicht an ihre vollumfängliche Wirksamkeit. Da entweicht doch garantiert zur Seite was, Dämpfe dampfen ja nicht nur schnurgerade nach oben, sondern in alle Richtungen. Und Essensgeruch, der über seiner Designerlandschaft schwebt, bitte nicht. Das setzt sich doch ab. Das hängt dann im Flokati und zwischen den Sofaritzen, wo er es dann vielleicht plötzlich riecht, wenn er nächstes Mal dort einer Frau den Slip vom Arsch zieht, das verdirbt einem doch alles, wenn es dann plötzlich nach Suppe riecht. Gruber jedenfalls kann sich nicht vorstellen, dass er einen hochkriegt, wenn ihm mit einem Mal Suppengeruch in die Nase steigt, während er gerade die Schamhaarfrisur von wem auch immer erkundet. Wenn es bei Kathi nach Essen riecht, gut und schön, mit Kindern ist das wohl unvermeidlich, Kinder haben ja immer Hunger und müssen ununterbrochen gefüttert und verpflegt werden, mit etwas Warmem nach Möglichkeit, da ist dauerndes Gekoche und Gebacke nun mal an der Tagesordnung und Mutterpflicht. Bei Kathi ist das okay, vor allem wenn es, was manchmal der Fall ist, wenn Gruber dort auftaucht, nach frisch gebackenem Brot riecht, wofür Gruber Kathi selbstverständlich stets auf der Stelle gnadenlos die Spießerkeule um die Ohren schlägt: Brot selber backen, wie biederbobo ist das denn bitte, wie tief kann man noch sinken, wie sehr kann sich eine Frau erniedrigen und so. Aber in Wirklichkeit gefällt es ihm. Kathi weiß das und hätte vor allem zum Thema Frauenerniedrigung durchaus dies und jenes zu erwidern, und deswegen holt er meistens sicherheitshalber gleich noch einmal aus. Irgendwas in Kathis Wohnung oder in Kathis Wochenendhaus findet sich schließlich immer, das man mit ihrer Punk-Vergangenheit in Relation setzen kann, ein altes, gesticktes Tischtuch, ein Sofakissen mit Prilblumen-Bezug, eine rot getupfte Tasse, eine gehäkelte Decke aus den siebziger Jahren, Dinge, die Gruber nicht einmal in die Nähe seiner Wohnung lassen würde, und, wenn er es verhindern könnte, nicht einmal in seinen Bezirk.

In seiner Wohnung hat Sterilität zu herrschen, die Dinge müssen rein, unbenutzt und frei von Vergangenheit sein, ein Grund, warum das Minotti-Sofa schon längst ein sticheln- der Störfaktor in der sonst tadellosen Perfektion seiner Ein- richtung ist. Da pickt zu viel Lydia dran. Viel zu viel Lydia, es hat quasi eine Lydia-Patina. Also Vergangenheit, und noch dazu eine, die er bei Gott nicht ununterbrochen prä- sent haben will. Das Sofa muss, das wird immer offenkundi- ger, weg. Er könnte, genau, er wird Kathi das Minotti-Sofa schenken. Kathi soll es haben, es soll fortan bei Kathi woh- nen, und Kathi wird sofort ein paar Blümchen- und Stick- kissen und eine Oma-Häkeldecke in Seventies-Farben darauflegen, damit es bloß nicht mehr wie ein teueres Desi- gnersofa aussieht, sondern wie vom Ikea-Schlussverkauf. Oder wie aus dem Caritas-Möbellager, was, sobald sich die Kinder drei Tage lang darum gekümmert hätten, sowieso der Fall sein würde. Genau, sollen doch Kathis Kinder das Minotti-Sofa endgültig von seiner Lydiaeskheit befreien und vom letzten Restchen Gruberscher Makellosigkeit. So gesehen könnte er freilich ruhig diese Suppe kochen und sie dann auf dem Sofa essen, diese Suppe, diese von ihm selbst- gemachte Suppe. Sie wird ihm ja vielleicht sogar schme- cken, anders als Suppe an sich, und er wird bei ihrer Ver- speisung mit purer Absicht ein wenig kleckern, während er in einer seiner Interieur-Zeitschriften nach dem idealen neuen Sofa fahndet, etwas Italienisches, unbedingt von brasilianischen Designern entworfen, Preis auf Anfrage. Gut, Gruber findet das gut: Eine richtige, fällige Entscheidung wurde getroffen, ein ästhetisch-dynamischer Fortschritt wurde gemacht, die Zukunft sieht wieder ein wenig heller aus. So er denn eine hat. Aber sind es nicht die Zukunftsentscheidungen, die eine Zukunft erst möglich machen, ja anlocken? Wie soll sich die Zukunft für einen interessieren, wenn man ihr keine Aussichten bietet, keine Perspektiven, nur ein fleckiges, nach Suppe riechendes Sofa, hier, bitte, nehmen Sie doch Platz? Eben. Gruber ist Fatalist, soeben geworden. Oder vielleicht ist er es auch schon seit diesem Tag in Zürich, als Sarah ihm den Brief vorgelesen hat. Denn dass es, Gruber hat ein paar Mal darüber nachgedacht, dass es gerade Sarah war, die den Brief aufgemacht hat, dass der Brief, den er so lange mit sich herumtrug, gerade in Sarahs Hände fiel und von ihr vorgelesen wurde, das war schon ein bisschen komisch. Also, wenn er ein Mädchen wäre, wenn er Kathi wäre oder Carmen oder die Herzog, würde er sagen, das war kein Zufall, Mädchen glauben ja immer an solche Dinge wie Bestimmung und Schicksal und derlei Pipapo. Er, Gruber, ist aber kein Mädchen. Es war also ein Zufall. Es hätte irgendwer sein können, ir-gend-ei-ne hätte ihm diesen Brief vorlesen und ihn aus seiner Apathie reißen und ihn dazu bringen können, endlich etwas zu unternehmen. Ja, doch. Aber natürlich wäre es auch möglich, dass Sarah nur deshalb diese Rolle in seinem Leben spielt, sich wichtig und immer wichtiger anfühlt, weil sie eben zufällig da war an diesem Nachmittag, zu dieser Stunde und sich in dieser Sekunde den Brief gegriffen hat. Wenn er an diesem Nachmittag Denise gevögelt hätte, wenn er Denise nicht wie nach dem Stalking-für-Anfänger-Handbuch vierzig Mal angerufen und beschimpft hätte, vielleicht wäre dann Denise dort in diesem Bett im Greulich gelegen und vielleicht hätte dann Denise … Und vielleicht wäre es dann nicht Sarah, sondern Denise, die ihm jetzt praktisch jedes Mal erscheint, wenn er leichtfertige Mädchen in schwindligen Bars betrunken macht und auf die Matratze quatscht und ihnen ihre Höschen herunterreißt und, so sie welche haben, in den Schamhaaren wühlt. Vielleicht wäre es Denise, deren Bild sich dann plötzlich vor ihm aufpixelt, die leicht doof wirkende Denise, nicht Sarah mit strengem, schnell beleidigtem Blick, mit diesem Ich-und-die?-Meinst-du-das-wirklich-ernst?-Blick, den Gruber an der realen Sarah noch nie gesehen hat, den die wirkliche Sarah vermutlich gar nicht draufhat, nur die Sarah-Vision, diese merkwürdige, wiederkehrende, diese irgendwie spooky Sarah-Erscheinung. Oder er hätte die blonde Kuh im Mascotte doch von ihrem Quasi-Zuhälter losverhandeln können und sie wäre dann im Greulich neben ihm gelegen und hätte den Brief … Grundgütiger, nein. Nein, unmöglich. Absolut undenkbar. Die Tussi konnte sehr wahrscheinlich gar nicht lesen. Es war nun eben Sarah gewesen, ziemlich zufällig vermutlich, oder eben relativ oder völlig unzufällig, es hatte nun halt Sarah sein müssen, der Zufall, der zufällige Unzufall wollte das. Und deshalb, Schicksal, ist Gruber nun eben Fatalist. Ich bin jetzt eben Fatalist, denkt sich Gruber, und das neue Ich-koste-so-viel-wie-ein-5000-Quadratmeter-Grundstück-in-der-niederösterreichischen-Pampa-Sofa winkt meiner Zukunft einladend entgegen. Komm Zukunft, komm ruhig! Und auf so ein Sofa, es wird vermutlich weiß, unschuldig weiß mit allerhöchstens einem Hauch von creme sein, auf so ein unschuldiges und doch elegantes italienisch-brasilianisches Designer-Sofa setzt sich eine Zukunft doch gern, also meine Zukunft jedenfalls gewiss, denkt sich Gruber. Und dann, dass einer, der sich so einen Blödsinn zusammendenkt, wohl ziemlich angeflaschelt sein muss. Ja, stimmt, ich bin ziemlich betrunken, scheißegal. Er wird ein neues Sofa kaufen, weiß, mittelcreme oder gebrochen Eierschale, und davor wird er das alte, lehmfarbene Minotti-Sofa mit seiner ersten selbstgemachten Suppe ein wenig einsauen. Ein paar Flecken und bisschen Suppengeruch machen das teure Sofa für Kathi vermutlich überhaupt erst akzeptabel, die nimmt das Sofa fleckenlos vermutlich gar nicht, die nimmt es nur befleckt, weil sie Gruber kennt und weiß, dass ihr perfektionistischer kleiner Bruder mit einem befleckten Sofa einfach nicht zusammenleben kann, sie nimmt es quasi aus Schwesternsolidarität und Mitleid. Den Flokati kann er ja, während er sich das Sofa mit der Suppe entfremdet, ein- und wegrollen.

Gruber ist jetzt entschlossen, schon in Bälde zur Zubereitung dieser Suppe zu schreiten, dieser ersten Suppe seines Lebens, er mag die Vorstellung eines Suppe erzeugenden und Suppe essenden Gruber, er fühlt Verlangen nach dieser Suppe, Rindssuppe, ja, Rindssuppe idealerweise, und er schreibt, nachdem er sich ein Bier aus dem Kühlschrank geholt und einen liebevollen Blick auf den demnächst der Benutzung zugeführt werdenden Herd geworfen hat, gleich eine SMS an Kathi: «was tut man eigentlich genau in eine suppe? rindssuppe! und ich hab ein sofa für dich», und bemerkt, als er es abgeschickt hat, dass es nach drei Uhr in der Früh ist. Wurscht, Kathi hat ihr Handy wegen den schlafstörenden und überhaupt gesundheitsschädlichen Strahlen vermutlich eh ausgeschaltet und in sicherer Entfernung hinter zwei geschlossenen Türen abgelegt. Und in drei Stunden muss Kathi sowieso aufstehen. Gruber legt das Handy weg und setzt vorsichtig, um sich keinen Schiefer einzureißen, die Füße auf die Kante des Couchtisches.

Der Couchtisch. Hat er sich aufdrängen lassen, von der Herzog, die hat sowas als Esstisch. Fand er interessant, als er einmal, kurz bevor er diese Wohnung kaufte, bei einem ihrer Diners war, interessanter Tisch, hat er gesagt und bereut es seither. Dabei hat er nicht einmal gesagt, schöner Tisch, nur: interessanter Tisch, aber mehr hat die Herzog nicht gebraucht. Dies und später Grubers Bemerkung, dass Lydia das Sofa dagelassen, aber den Couchtisch mitgenommen hatte, und er nun für die neue Wohnung ... Und er hatte die neue Wohnung noch kaum zu bewohnen begonnen, da war unvermutet die Herzog vor seiner Tür gestanden und hatte gestrahlt wie eine Braut am Hochzeitstag, was Gruber, der nichtsahnend und ziemlich verkatert in Unterhosen geöffnet hatte, mächtig unpassend fand. Hinter der Herzog hatten zwei massige, stark schnaufende Männer mit glühenden Gesichtern gestanden, die ein wuchtiges, langes, in Packpapier und Verpackungsfolie gewickeltes Ding trugen, das sehr schwer wirkte und offensichtlich nicht in den Aufzug gepasst hatte. Die Männer hatten den Unterhosen-Gruber mit wenig Wohlwollen angesehen und sichtlich auf einen Befehl der Herzog gewartet. Die hatte Gruber auf den Mund geküsst, irgendwas geplappert, ihn zur Seite geschoben, sich den Weg ins Wohnzimmer gesucht und auch gleich gefunden, ist ja auch nicht schwer, die ganze Wohnung ist ja praktisch nichts als Wohnzimmer, inklusive der Küche und des Fitnessabteils mit dem Cross- und dem Hometrainer vor dem wandhohen Fenster mit dem Blick über die Dächer, exklusive des Schlafzimmers, und das lässt sich, wenn man es so haben will, durch Wegrollen einer riesigen Milchglas-

Schiebetüre, einer gläsernen Schiebewand eigentlich, auch ins Wohnzimmer integrieren. Gruber will es so haben, meistens. Ist ja eh keiner da, meistens. Aber hier, mit der enthusiasmierten Herzog und den schnaufenden Kerlen im Raum, schob er die Wand nun vor sein verwühltes, den klinischen Gesamteindruck völlig ruinierendes Bett. Die Männer waren mit dem wuchtigen Ding hinter der Herzog hergezuckelt, hatten es auf ihr Zeichen hin vor dem Sofa abgestellt – Gruber hatte gerade noch mit einer seinem Zustand widerstrebenden Verve den Flokati wegreißen können – und, auf ein Zeichen von der Herzog hin, auszuwickeln begonnen. Die Herzog, aufgeregt wie ein Teenager, hatte mit beiden Händen an der Verpackung gerissen und gezerrt, war aber von den Muskelmännern mit genervten Blicken attackiert und abgedrängt worden.

Es war ein Teakholz-Couchtisch, der aussah wie ein Miniaturmodell des herzoglichen Esstisches. Nämlich so, als hätten ihn Piraten im achtzehnten Jahrhundert in der Karibik vom Bord ihres Piratenschiffes geworfen, wo er dann, rissig und morsch, mit tiefen Kerben von Haiangriffen und Felsriffen, an welche die Brandung ihn geschleudert hatte, ausgebleicht von Sonne und Salzwasser, circa im Jahr 2006 an einen Südseestrand gespült worden war, um dort von ein paar kunsthistorisch versierten Ureinwohnern entdeckt zu werden, die ihn, anstatt das Treibholz umstandslos zu verfeuern, nachlässig reinigten, von Algen, Muscheln und anderem Getier befreiten und dann am Flohmarkt verkauften. Um ein Jahresgehalt für die Ureinwohner, aber ein Spottgeld für den schlauen Westler, der ihn dortselbst entdeckte. Natürlich war das Teakholz des Tisches in Wirklichkeit erst kürzlich geschlägert, industriell gesägt und dann irgendwo in Indonesien oder Indien von vermutlich halbverhungerten Kindern in licht- und luftlosen Kellern mit hochgiftigen Chemikalien und scharfen Werkzeugen sorgfältig ruiniert und zu diesem Tischwrack zusammengezimmert worden. Das die Herzog schließlich um proximativ vier- oder fünftausend Euro aus irgendeinem geil-Design-Versandhaus für Millionäre bestellt hatte. Vermutete jedenfalls Gruber. Gruber war sich bis heute nicht sicher, ob er den Tisch hasste oder nicht. Einerseits war der Tisch ein Witz, andererseits kontrastierte er den cleanen, glänzenden, scharfkantigen Schick von Grubers restlicher Einrichtung höchst reizvoll, drittens sah man ihm an, dass er scheißteuer gewesen sein musste, was Gruber gern hatte, viertens war er leider nicht geeignet, um darauf irgendwelche Gläser und Flaschen abzustellen, und fünftens war sich Gruber immer noch nicht sicher, ob der Tisch nicht ein nervenzersetzender Fremdkörper in der sonst makellosen Gruberschen Perfektion war. Er war seit nunmehr vier Jahren zu keinem Urteil gekommen, hatte aber immer wieder einmal daran gedacht, den Tisch seiner augenscheinlichen Bestimmung zuzuführen und in seinem offenen Hightech-Kamin zu Feuer zu machen. Gruber weiß selbst nicht, warum er das nicht längst getan hat. Vielleicht, weil er farblich ganz okay mit dem Sofa und dem Flokati harmonierte. Vielleicht, weil er die genau ideale Höhe für Grubers Füße hatte, allerdings hatte sich Gruber an seinen ungehobelten Kanten schon mehr als ein Paar seidener Socken zerrissen und sich mindestens zwei Mal einen Schiefer eingezogen. Könnte aber auch sein, dass er sich vor der Herzog fürchtete. Das würde er nicht und vor niemandem zugeben, könnte aber sein, denn eigentlich ist es ein Scheißtisch, der totale Scheißtisch im Prinzip, und wenn man nicht ganz genau aufpasst, wo man seine Bierflasche hinstellt, kippt sie in eine Kerbe und fällt um. Ein

Misttisch, der überhaupt nicht zu ihm, Gruber, und seiner Lebensweise und seiner Weltanschauung passte und eigentlich auch nicht zu dem Sofa, jetzt abgesehen von der Farbe, aber immerhin; wegen dem Sofa ist es jetzt ja eh wurscht. Das Sofa kommt ohnedies weg. Das Sofa, und das verheißt auch dem Tisch nichts Gutes, ist ja schon Geschichte. Dein Sofa, Kathi, deins.

Gruber pflückt die Bierflasche vom Tisch und nimmt noch einen langen Schluck, dann schaut er den Tisch an, schaut das Sofa an, schaut die Bierflasche an, schaut das Sofa an, hält die Bierflasche am ausgestreckten Arm neben sich, über dem Sofa, betrachtet die Bierflasche, betrachtet seine Hand mit der Bierflasche, sieht der Hand zu, wie sie sich praktisch von selbst kurz dreht und betrachtet interessiert, wie der kleine Schwall Bier auf dem Sofa auftrifft. Plp. Kleine Spritzer prallen vom Bezug ab, verteilen sich um die Biereintrittsstelle, verlaufen ineinander und färben den Lehm zu Schlamm. Da schau her. Dass er das konnte. Eine Initiation sozusagen. Ein Anfang, definitiv ein Anfang von etwas Neuem. Da schau, Kathi, hab ich für dich getan, denkt Gruber, kippt sich zufrieden den Rest des Biers in den Hals, lehnt sich in seinem befleckten, seinem zerstörten Sofa zurück, betrachtet dann die Stelle, die sich noch ein wenig vergrößert und dann nicht mehr: Da schau, ich kann das, Kathi. Das hättest du nicht gedacht, dass ich das kann. Aber ich kann das. Und siehst du, wie ich hier ganz ruhig sitzen bleibe, ich muss gar nicht aufspringen und den Fleck herausputzen, ich kann einfach sitzen bleiben. Ich bin gar nicht so ein Klemmer, wie du immer sagst, Kathi, und morgen mach ich das mit Rotwein, wirst schon sehen, mit Bordeaux, mit dem 89er Château Talbot aus der Kiste von meinem fünfunddreißigsten Geburtstag. Gruber trinkt sein

Bier und starrt auf den Fleck, er verändert sich nicht mehr, er wird nicht mehr größer, er wird auch nicht heller, nichts. Sarah wäre auch stolz auf mich, denkt Gruber, weiß aber nicht, wieso. Egal. Er steht auf und stöpselt den Laptop vom Ladekabel ab. Ins Bett. Ins Bett jetzt. Kurz vor dem Schlafzimmer dreht sich Gruber noch mal nach dem Fleck um, nach seinem Fleck. Wie leicht das eben war. Das war ganz leicht. Interessant. So kann man also auch leben. Interessant.

Auf Facebook vermeldet Philipp detailliert, was er im Grapello alles gegessen und getrunken, aber nicht wer es bezahlt hat, Gruber liegt im Bett, den Laptop auf dem Bauch, und schreibt einen sarkastischen kleinen Kommentar dazu. Nicht ohne zu erwähnen, dass Philipp, wenn er nur das isst, was er auch selber bezahlt, sich die geplante Metabolic-Balance-Diät sparen könnte. Hartmann gibt bekannt, was er mit dieser neuen Tatort-Kommissarin alles gerne würde, Jenny bringt zur Kenntnis, dass die Welt voller Arschlöcher sei, speziell männlicher, Mayer zitiert Thomas Mann, die Hermann hat die Wolken gezählt und träumt jetzt den Mond an, die Eichberger ist draufgekommen, dass jemand namens Mick Jagger tolle Musik macht, der Stallinger hat eindeutig zu viel getrunken, denn er beschimpft seine Frau und zwar so, dass sogar seine engsten Freunde in den Kommentaren besänftigend auf ihn einwirken. Gruber kommentiert: Weiter so, Stallinger! Lass dich nicht einschüchtern von den Weiberverstehern! Gruber hat eine Mail von Kathi, einen Thread seines Fitnessstudios und einen von Bob Dylan. Sein Status von heute früh («John Gruber fights the power») hat vierunddreißig Kommentare, jeder einzelne bescheuert. Eine Sharon und eine Sheryl wollen sich mit ihm anfreunden und zeigen auf ihren Profilfotos mächtig Dekolleté, Gruber ignoriert sie, Professionelle, nicht mit ihm. Eine Marie, eine Geli, eine Ella und eine Heidrun, die er auf Philipps und Hartmanns Profilen entdeckt und mit Freundschaftsanträgen beglückt hatte, haben ihn akzeptiert, erstaunlich genug, allerdings haben es fünf oder sechs andere, oder waren es sieben, nicht, scheiß drauf. Und Sarah hat ihm schon wieder keine Freundschaftsanfrage geschickt, was eine kleine, heiße Welle von Gekränktheit in Gruber aufsteigen lässt, andererseits: Wusste er doch, dass Sarah nicht so uncool ist, den ersten Schritt zu machen. Andererseits wäre Sarah natürlich cool genug, um nichts dabei zu finden, den ersten Schritt zu machen, und bei ihr wäre es auch cool, irgendwie. Warum nicht. Aber sie hat nicht. Gruber geht auf sein Profil, überlegt und schreibt dann «kocht Rindssuppe» in seinen Status. Das wird die Trotteln schön aus den Schuhen hauen, aber hallo. Wobei, schreibt man «Rindsuppe» oder «Rindssuppe»? Wurscht. Er schreibt noch einen Kommentar unter Philipps Status, einen etwas milderen diesmal, und schickt dann wie von selbst, ohne noch einmal darüber nachzudenken – Konsequenzen, Coolness-Quotient, Vorteil Sarah, alles scheißegal – Sarah eine Freundschaftsanfrage. Als er am nächsten Vormittag um elf herum aufwacht und noch im Halbschlaf seinen Laptop aufklappt, hat sie schon akzeptiert. John Gruber ist jetzt mit Sarah Vogel befreundet. Und John Gruber findet, der Tag könnte schlechter anfangen. Ja, könnte er.

Ungefähr sieben Sekunden lang hatte Gruber diesen Status auf Facebook stehen: «John Gruber hat Krebs». Sieben Sekunden am Tag nach dem dritten oder vierten Arztbesuch, am Tag der endgültigen Diagnose. Dann hat Gruber den Status wieder gelöscht – *bist du sicher, dass du diesen Beitrag löschen möchtest: Löschen*. Gruber ist ein Draufgänger, aber kein Vollidiot. Er hat eher minderen Bedarf nach einer öffentlichen Therapiesitzung mit drei- oder vierhundert Hobby-Therapeuten und Ferndiagnostikern, wenngleich es interessant wäre, wie diese Pfeifen reagieren würden, wenn es hier einmal um etwas ginge, um etwas Echtes, Faktisches, Reales, um Leben und Tod. Aber Gruber wollte dann doch nicht der Trottel sein, an dem die Facebookmeute die Untiefen ihrer emotionalen Facetten ausloten kann, lieber nicht. Die Fini, eine eher entfernte Bekannte, hat ihm sofort ein Mail in die Box gestellt, ob alles okay sei mit ihm? Und er schrieb zurück, das sei nur ein Witz gewesen, er habe nur etwas ausprobieren wollen, habe aber die Geschmacklosigkeit selber gleich gemerkt undsoweiter, und sie hatte mit einer kurzen, halb erleichterten, halb tadelnden Mail geantwortet, und damit war die Geschichte erledigt, gottseidank.

Natürlich hat sich Gruber gefragt, ob es das jetzt war, und er fragt sich noch. Zum ersten Mal in Zürich, dann als er aus Zürich zurück war und tatsächlich gleich die Nummer anrief, die in dem Brief angegeben war. Eine Frauenstimme hatte ihn an einen Dr. Franzberger weiterverbunden, und der hatte mit einer solchen Erleichterung, ja Begeisterung auf Grubers Anruf reagiert, dass Gruber zum ersten Mal richtig Angst bekam, eine brutale, elementare, lähmende Angst, die ihm durch den Körper jagte und in den Kopf stieg, sein Herz rasen machte und seine Haut vibrieren ließ. Der Arzt gab ihm einen Termin noch am selben Tag, nur zwei Stunden später, was Grubers Angst potenzierte, und sie wurde angesichts der danach folgenden fast zeremoniellen Untersuchungen, der Blutabnahmen und Ultraschalle und Gewebeentnahmen nicht weniger, und auch nicht von der freundlichen, besorgten Anteilnahme der Krankenschwestern und Ordinationshilfen und der kühlen, gelassenen Professionalität der Ärzte. Die ganze Zeit wünschte Gruber, es würde ihm einmal einer deppert kommen, ganz normal deppert, wie sonst immer irgendeiner ganz normal deppert kommt, aber alle waren nur nett und zuvorkommend, und je freundlicher, desto mehr wollte Gruber vor Angst zerbersten. Der Ultraschall hatte dem Schmerz in seinem Magen eine Form gegeben, ein Bild von ihm gemacht: Es war ein Tumor, dessen Größe ziemlich genau zwischen Tennisball und Frauenfaust lag, die Gewebeprobe hatte bestätigt: malignes, also bösartiges Non-Hodgkin-Lymphom, richtiger, ernsthaft Krebs also, aber einigermaßen gute Heilungschancen. Wie gut. Im Schnitt fünfzig bis sechzig Prozent. Das soll gut sein? Der Arzt, ab jetzt sein Arzt, hatte gesagt, bei ihm sei es vermutlich höher, er würde meinen über siebzig Prozent, weil er zum Glück frühzeitig entdeckt wäre und die Behandlung so noch rechtzeitig begonnen werde könne, bevor sich Metastasen bildeten. Metastasen. Er, Gruber, hatte jetzt mit Metastasen zu tun. Aha. Keine Operation, nein, sondern Chemotherapie und Bestrahlung. Gruber hatte sich dabei ertappt, dass er sich beim Aufprall des Wortes Chemotherapie, ganz Gruber, sofort gedacht hatte: meine Haare. Und dann aber gleich, ertappt und schuldbewusst über seine Oberflächlichkeit, selbst wenn es um etwas so Elementares wie seine schiere Existenz ging: mein Leben, scheiße, mein Leben. Mein. Leben. Vielleicht, hatte Gruber – mehr um sich von seiner eigenen Ertapptheit abzulenken – gedacht, vielleicht bin ich der zehn-zwanzig-Prozent-Typ, der es nicht schafft, obwohl etwas nicht zu schaffen ein völlig Gruber-fremder Zug war. Trotzdem, er hatte sich dann ganz ernsthaft gedacht: Was, wenn doch. Der Arzt hatte ihm sachlich und mit diesem professionellen Optimismus erklärt, was nun zu tun war und getan werden müsse. Gruber hatte da gesessen, auf einem grauen Sessel in einem beigen Zimmer gegenüber einem bulligen Arzt, der mehr wie ein Boxer aussah als wie ein Onkologe und hatte zugehört, Informationen in seinen Kopf gepumpt, der jetzt auf einmal wie leer wirkte, wie rebootet, wie neuformatiert. Alle unwichtigen Gruber-Daten waren schlagartig gelöscht oder zumindest auf eine externe Festplatte verschoben worden, um Platz zu machen für die Information, die Gruber brauchte, um Gruber zu bleiben. Generell, um zu bleiben. Gruber hatte geblickt, genickt und nachgefragt. Mhm. Ah ja. Drei Monate, dann kann man etwas sagen, okay. Okay. Dann hatte der Arzt gefragt, ob er noch Fragen habe. Nein, im Moment nicht.

Dann hatte die Ordinationshilfe gefragt, ob sie jemand anrufen solle, um ihn abzuholen. Nein, danke. Oder ihm ein Taxi rufen. Nein, alles okay, danke.

Und dann war er hinausgegangen in die frische Luft, die gar nicht frisch war, sondern warm für März, und er war auf der Straße, einer belebten Innenstadtstraße, stehen geblieben und hatte den Arm in die Luft gestreckt, um ein Taxi anzuhalten, und sein Kopf hatte sich voll angefühlt, und dizzy, und pulsierend und schwirrend, was, wann, wie, warum, wie organisieren, wem sagen, was tun. Sein Blick war, was Gruber gar nicht bemerkt hatte, an einem Kirchturm und der Kirchturmuhr festgeklebt, zufällig, die Uhr war eben gerade das Markanteste in Grubers Bildausschnitt gewesen, sie war eben gerade da, zwölf Uhr, vierzehn Minuten, hatte Gruber registriert, ohne dass es ihm etwas gesagt oder bedeutet hätte. Ein Taxi hatte längst angehalten gehabt, ohne dass Gruber es bemerkt hatte, er war immer noch da gestanden, mit erhobenem Arm, während Leute an ihm vorbeispazierten und vorbeieilten, sprechende Leute, lebende Leute, gesunde Leute, Leute mit einer Zukunft, oder jedenfalls mit etwas, das so hieß, und er hatte blöd mitten unter ihnen gestanden und war nicht mehr gesund und hatte es vielleicht nicht mehr: eine Zukunft und ein komplettes, vollständiges Leben. Auch wenn man es ihm nicht ansah, wenigstens das. Gruber war sich mit der anderen Hand durch die Haare gefahren, das Taxi hatte zum zweiten Mal gehupt, jemand hatte ihn angetippt, Gruber hatte die Winkhand fallen gelassen und war hinten eingestiegen, ohne eine Entschuldigung auch nur zu murmeln. Dann war es zu einer kurzen Irritation gekommen, weil Gruber sich nicht überlegt hatte, wo er eigentlich hinwollte, er wollte nicht heim, aber wo wollte er sonst hin? Nein, nicht ins Fabio's, sicher nicht, und nicht zu Kathi, Mutter oder zur Herzog, und Philipp war jetzt in der Arbeit. Also doch heim. Gruber hatte im Taxi gesessen und belämmert auf die vorbeiziehende und zwischendurch stehende Welt gestarrt, ohne dass etwas von dem da draußen in ihm hängen geblieben wäre, es war einfach durch ihn hindurchgegangen, hindurchgerauscht wie durch einen Unsichtbaren und kurz, bevor Gruber zerflossen war, sich auflöste, implodierte, ganz kurz bevor Gruber eingesaugt wurde von dem brummenden, schwirrenden, brausenden Nichts, das sich in ihm ausbreitete, hatte er gepackt, was noch vorhanden war von ihm und sich hoch und heraus gerissen. Und war ganz klar gewesen und hatte wieder Gefühle gehabt, zwei, drei, vier, mehr, und dann hatte er damit begonnen, ganz sachlich, diese Gefühle zu sortieren und zu ordnen, und sie zu benennen, denn nur mit etwas, das einen Namen hatte, konnte man auch verhandeln. Gruber wusste jetzt auch nicht mehr, woher er so einen Scheiß hatte, sehr wahrscheinlich von Kathi, die ihn wohl bei irgendeiner Gelegenheit aus ihrem nie versiegenden Schatz von halbgemerkten und viertelverstandenen Buddhismen und Diskont-Ratgeberliteraturweisheiten gewühlt hatte. Wenn es zu dir gehört, kehrt es zu dir zurück, wenn es nicht zu dir zurückkehrt, hat es nie zu dir gehört, derlei trottelweises Tralala. Gruber verabscheute, hasste es, wenn Kathi ihm diese traurigen Plattitüden einlöffelte wie einem depperten Kind, er fand, dass sie für derartigen Unsinn also bitte wirklich zu gescheit sei, oder möglicherweise doch nicht, weil sonst würde ihr das ja wohl selber auffallen, was für einen Mist sie da von sich gebe. Machen dich die Kinder so blöd, hast du zu lange gestillt, oder ist es die ständige Spießerpräsenz, die deinen Verstand zum Verrotten gebracht hat? Oder sind Bobos grundsätzlich einfach blöder? Kathiiiii? Merkwürdigerweise und zu Grubers allergrößtem Unbehagen blieben manche dieser Dummheiten aber dennoch in ihm hängen, diese hier schien nun ihren Zeitpunkt gespürt zu haben und war jetzt unvermutet in Gruber hochgeploppt. Gib deinen Gefühlen einen Namen, denn nur mit etwas, das einen Namen hat, kannst du auch verhandeln und fertig werden. Himmel, was für ein Dreck. Aber bitte, trotzdem. Gruber hatte Angst in sich gefunden, und Panik, eh klar. Da war Verunsicherung, völlige Verunsicherung. Da war Verständnislosigkeit. Und er war, wie Gruber etwas überrascht konstatiert hatte, beleidigt, richtiggehend stinkbeleidigt, dass ausgerechnet er getroffen worden war von diesem Scheiß, wie kam bitte er dazu? Und dann hatte Gruber da noch ein Gefühl gefunden, das ihn nun vollends verblüffte: Hunger nämlich, elementaren, bohrenden, ganz realen Hunger. Direkt unterhalb der Stelle, wo sein Tod lauerte. Sowas. Dass es das gibt. Gruber hatte den Taxler zwei Ecken vor seinem Wohnhaus halten lassen, hatte gezahlt, war ausgestiegen und ein paar Schritte gelaufen, hatte die Tür vom Café Drechsler aufgestemmt, den Ober mit einem beiläufigen Winken begrüßt und sich an einen Ecktisch auf die Bank gesetzt. Er hatte ein riesiges Schnitzel mit Braterdäpfeln und grünem Salat bestellt und gegessen und er hatte gehirnt, er hatte drei große Bier bestellt, getrunken und gehirnt, er hatte drei doppelte Birnenschnäpse bestellt, gekippt und jaja gesagt, als der Ober, der ihn kannte, aber nicht *so*, gefragt hatte, ob alles in Ordnung sei mit ihm, jaja, alles sei bestens, und dann hatte Gruber die Rechnung verlangt, bezahlt, war heimgegangen, hatte «Blood on the Tracks» eingelegt und auf repeat gestellt, hatte sich drei Flaschen Rotwein geschnappt und sich auf sein Bett gelegt und so lange Wein getrunken, bis er einfach nicht mehr da war.

«I'm sorry», sagt Gruber und wundert sich, aber er hat es eben gesagt: I'm sorry, nicht laut, aber deutlich, in den Hinterkopf des Kerls hinein. Des schwulen Kerls. Der Schwule wartet am Desk auf einen, dem er den Spindschlüssel zurückgeben könnte, rührt sich nicht, dreht sich nicht um, aber etwas in seiner Nacken-Muskulatur bewegt, verändert, versteift sich, Gruber sieht es deutlich.

«I'm sorry», flüstert, zischt Gruber noch einmal, denn obwohl er eigentlich bereits bereut, dass er das gesagt hat, lässt er sich so eine Abwendung, so ein Ignoriertwerden einfach schon aus Prinzip nicht gefallen, sowas macht man mit ihm nicht, macht keiner. Wahrscheinlich ist er heute einfach angeschlagen. Kann sein, er ist einfach angeschlagen. War kein guter Tag bis jetzt. War ein vollumfänglich scheißverdammter Dreckstag.

«I'm sorry», sagt Gruber, «for what I said.»

Und jetzt dreht sich der Schwule um. Er hat rote Flecken im Gesicht, in seinem blassen, aber schönen, kurzbärtigen Gesicht, entweder weil ihm Grubers Demütigung gerade wieder eingefallen ist oder weil er noch erhitzt ist vom Sport. Gruber hat den Schwulen nicht gesehen während des Trainings, er hat seine Kraftübungen gemacht, noch mehr Eisen gepumpt als sonst, obwohl er eigentlich heute, an diesem Scheißtag, nach dieser Untersuchung, nach dieser Zwischendiagnose, nach diesem massiven, bedrohlichen Scheißrückschlag, nicht wusste, wofür. Er würde vielleicht nie wieder Muskeln brauchen. Die Schwuchtel war vermutlich in einer Box-Aerobic-Stunde gewesen oder Spinning oder Yoga oder in sonst einer schwulen Mädchensache, scheißegal.

«Why?», sagt der Schwule und schaut Gruber überraschend fest und gerade in die Augen. Yoga vermutlich. Typischer Yoga-Typ. Diese aufdringliche Gelassenheit immer, das haben nur Yoga-Deppen. Der Schwule trägt jetzt einen grauen Margiela-V-Pullover, Gruber hat die Nähte im Nacken mit einer gewissen Sympathie registriert, darunter ein weißes V-Leiberl und eine Levi's-Jeans. Weiße Sneakers.

«Was, warum», sagt Gruber, «warum ich es gesagt habe oder warum es mir leid tut?» Tatsächlich tut es Gruber schon längst leid, dass er sich auf diese Konversation eingelassen hat. Na ja, eigentlich hat er sich nicht eingelassen, er hat sie begonnen. Wurscht, tut ihm halt das leid. Ich Trottel, denkt Gruber. Obwohl, es tut ihm eigentlich gar nicht leid, es ist eher gerade scheißpeinlich, aber Gruber, das spürt er, will es so. Er will nicht, dass der Schwule einfach abmarschiert. Eigenartig. Krank eigentlich. Egal. Der Schwule hat sein Handtuch abgegeben und ist schon fast an der Tür. Jetzt bleibt er stehen. Gruber ist sein Handtuch endlich auch los und holt ein bisschen auf.

«Warum es dir leid tut», sagt der Schwule mit einem entsetzlichen Arnold-Schwarzenegger-Akzent. «Cause you were right. Kind of.»

«I wasn't», sagt Gruber und kann schon wieder nicht glauben, was er hört. «I was rude. I'm sorry.»

«And I was stupid», sagt der Schwule und dreht sich zu Gruber um. «It's fine. Are you fine?»

Jetzt geschieht etwas sehr Ungewöhnliches mit Gruber, etwas, das im Gruberschen Raumzeitkontinuum faktisch niemals, nie, neverever vorkommt. Jetzt, in diesem Augenblick, weiß Gruber nicht, was er sagen soll. Nicht, weil ihm die englischen Begriffe für seinen Zustand nicht einfallen, es fallen ihm überhaupt keine Begriffe für seinen Zustand ein.

Wie geht es ihm? Geht es ihm gut? Geht es ihm irgendwie? Geht es ihm halbwegs? Nein, es geht ihm Scheiße, er hat einen bösartigen Tumor im Bauch, der, wie sich heute erwies, nicht kleiner werden will. Aber er kann darüber gerade nichts sagen, er kann nicht sagen, wie Scheiße genau es geht, und nur Scheiße allein trifft es nicht. Gruber, um ehrlich zu sein, weiß es gerade nicht. Scheiße, ja. Es kommt nichts aus ihm heraus. Er weiß nicht, wie es ihm geht. Er weiß nicht, was er sagen soll. Er weiß nicht. Er steht einfach nur blöd und stumm da und starrt den Schwulen an.

Und der lächelt jetzt. Und kommt auf Gruber zu. Und hält Gruber die Hand hin. Und lächelt weiter; herzlich, sehr warm. Und Gruber steht da und starrt den Schwulen an, den Schwulen und das Lächeln und die Hand, und ein großes, mächtiges Schluchzen steigt in seiner Kehle hoch. Gruber sieht dieses Lächeln, spürt diese Wärme und will weinen. Einfach nur losweinen, geradeheraus. Er fasst es selbst nicht. Es ist vollkommen gestört. Seine Augen brennen. Er kann das Schluchzen hinunterschlucken und die Tränen zurückhalten, aber es ist schwierig, und es fühlt sich falsch und ungesund an.

«Hi», sagt der Schwule sanft, «I'm Henry.»

«John», würgt Gruber und nimmt die Hand.

«I know», sagt Henry.

«So», sagt Gruber.

«Yes», sagt Henry. «Would you like to have a drink, John?»

«Yes», sagt Gruber. «I guess, I would.»

Dann gehen sie gemeinsam aus dieser Tür hinaus, Henry hält sie Gruber auf. Und Henry weiß eine Bar in der Nähe, in einem der neuen Hotels und geht voraus, und Henry zeigt auf zwei Plätze an der Theke, es ist eine moderne, schummrige Bar mit leiser Plingplong-Musik. Und Henry lässt Gruber mit einer lockeren Geste den Barhocker aussuchen, und Henry scherzt mit dem Barmann und fragt, was Gruber trinkt, und Henry bestellt die Drinks. Und Henry bestellt weitere Drinks: Dry Martini für sich, Wodka-Gimlet für Gruber. Und Henry lächelt. Und redet, freundliche Oberflächlichkeiten, nichts Wichtiges, nichts Ernstes. Und deutet hinter seine Schulter, als Gruber nach dem WC fragt. Und als er dort allein ist, passiert es doch: ein wieder gefasster Gruber begreift die völlige Abartigkeit, ja innerhalb von John Grubers üblichem Koordinatensystem radikale Widernatürlichkeit des gesamten hier ablaufenden und sich anbahnenden Vorgangs, er begreift die existenzielle Dramatik dessen, was hier eben passiert. Und er lässt es geschehen. Er will es geschehen lassen. Er hat eine elementare Sicherheit verloren, er kann es sich leisten, auch eine andere zu verlieren, ja, es erscheint ihm folgerichtig, auch noch andere zu verlieren. Aufzugeben. Er will, er muss es sich leisten. Es ist ihm im Moment auch zu anstrengend, es nicht zu tun. Und dazu Henry. Er fühlt sich wohl mit Henry. Richtig wohl. Von allen Gesellschaften, die am Abend eines Scheißscheißscheißtages wie dem hier möglich sind, ist ihm Henry – den er nicht mal kennt, den er eben noch für den letzten Idioten hielt –, die liebste. Und irgendwie gerade die richtigste, Gruber kann nicht genau erklären, warum er das findet. Aber Logik war gestern. Unlogik ist die neue Logik. Es ist nun einmal anders jetzt. Es ist nun nicht mehr so, dass Dinge in Grubers Dasein vielleicht passieren oder halt nicht, dass sie vielleicht irgendwann später möglicherweise passieren oder, weil man dann einfach schon zu alt und zu faul dafür ist, halt nicht. Gruber wird, so wie es nach der heutigen Diagnose aussieht, eher nicht zu alt dafür. Es ist nicht mehr so, dass wenn nicht jetzt, dann vielleicht irgendwann oder später. Wenn die Dinge, was immer für Dinge, jetzt nicht schlagartig passieren, ist «oder eben nicht» die realistischere, die realistischste Variante. Die einzige; so wie es augenblicklich aussieht. Diese Gelassenheit, diese Zeit, diese schön verschwommene, undefinierte, mit Verheißungen und Möglichkeiten (Sarah erscheint ihm, sie trägt ein steifes, anliegendes, rotes Kleid, das ihre Brüste größer wirken lässt, so ein Joan-Holloway-Kleid, und sie grinst nicht, sie lächelt milde, voll ehrlichen Mitleids) vollgepackte Zukunft, die hat Gruber nicht mehr. Gruber hat möglicherweise nur noch eine Gegenwart. Es passiert jetzt auf der Stelle oder nie. Er erlebt es jetzt oder nimmermehr. Er tut es jetzt, oder die Chance ist endgültig dahin. Es ist, denkt Gruber, während er in einem mit Bisazza-Mosaik-Fliesen in Blau- und Grüntönen ausgelegten Pissoir seinen Penis abschüttelt, anders, als wenn man mit achtzig oder neunzig auf sein Leben zurückblickt und sagt, na die Möglichkeit hätte es auch einmal gegeben, und dann noch einmal und noch einmal, aber ich bin vor lauter anderen lustigen Dingen einfach nicht dazu gekommen, schade, aber egal, mein Leben war auch so tüchtig voll, Kinder, Schwiegerkinder, Stiefkinder, erste Frau, zweite Frau, die Geliebten eins bis fünf, Enkelschar, Segelboot, SUV, Immobilien, kleines Jagdrevier, alles da. Und tatsächlich ist es eigentlich absolut gewiss, dass so etwas wie heute in seinem früheren Leben, wenn sein Leben wie früher geblieben wäre, nie geschehen wäre, weil dieses Leben eben abgrund- und endlos gewesen wäre oder sich zumindest so angefühlt hätte, bis in eine Lebensphase hinein, in der sich Dinge von selbst erledigt hätten und geheime Wünsche und merkwürdige Ideen durch vernünftige, erreichbare Tatsachen ersetzt worden wären. Aber jetzt sieht Gruber den Abgrund, und nur den Abgrund. Der Abgrund klafft vor ihm, und er ist bodenlos. Noch ein Stück entfernt, aber er ist da. Und Gruber sieht, dass er, wenn er nun schon einmal gezwungen ist, darauf zuzugehen, wenn es keine andere Richtung gibt für ihn, auf dem Weg dorthin nicht nur Blümlein pflücken und Vöglein zwitschern hören will. Und weil er sich für alles andere zu schwach fühlt und zu angeschlagen, und weil er jetzt ein Mensch ist, der wegen eines Lächelns weinen muss, mitten in der Lobby eines exklusiven Fitnesstempels, lässt er es geschehen. Er lässt es geschehen, dass Henry ihn anlächelt. Er lässt es geschehen, dass Henry ihn ansieht, und wie er ihn ansieht. Er lässt es geschehen, dass Henry ihm Drinks bestellt und ihn interessiert ausfragt. Er lässt geschehen, dass ihm eines seiner Gruberschen Fundamentalprinzipien aus der Hand genommen und aus dem Fenster geschmissen wird, quasi. Er lässt es geschehen, dass er es geschehen lassen will. Hätte ihm das noch vor Wochen einer unterstellt, dem hätte Gruber ansatzlos in die Pappn gehauen, Arschloch, und jetzt schleich dich, aber zickezacke, bevor meine Linke auch noch aufwacht. Aber nun hat Gruber plötzlich keine Zeit mehr; keine Zeit außer jetzt, und kein Leben mehr, außer dieses unmittelbare hier. Und da es sich Gruber nun einmal aussuchen muss, ob er jetzt a) lebt oder b) kneift und als harmloser, sittenfester, prinzipientreuer Spießer stirbt, entscheidet sich Gruber für Trommelwirbel Trommelwirbel Trommelwirbel: A. Verbeugung, Abgang.

Nein, eben kein Abgang. Hose zuknöpfen, Gürtel einfädeln, Händewaschen, abtrocknen, vor dem Spiegel das Hemd zurechtzupfen, die Haare, die immer noch guten, einigermaßen vollen, aber kurzen Haare zurechtdrücken und dann schön zurückgehen an die Bar zum schönen Henry, der mit dem Barmann plaudert. Der beugt sich etwas zu entschieden über den Tresen Henry zu. Schön auf den Barhocker neben Henry gleiten, der den Barkeeper sofort fallen lässt, gut. Schön sitzen bleiben mit Henry. Sich von Henry noch einen Drink bestellen lassen. Wann war Gruber zuletzt in der Position, dass ihm jemand einen Drink bestellt hat, wann hat sich Gruber zuletzt von jemandem Drinks bestellen und einladen lassen? Von seinem Vater, an seinem sechzehnten Geburtstag. Von seinem Vater, nach dessen Trennung von der Mutter. Davor und danach kann sich Gruber an keine Gelegenheit erinnern, außer jetzt. Wenn er mit Philipp aus war, das zählt nicht, denn vor jedem Drink, den ihm Philipp je geordert hat, hat Gruber Philipp Minimum zehn oder zwölf Drinks bestellt, und bezahlt. Und jetzt lässt sich Gruber von Henry einladen, dem schwulen Henry, kürzlich noch: die schwule Sau. Es ist, realistisch betrachtet, zum Davonrennen gestört. Wie Henry jetzt immer öfter im Gestikulieren an Grubers Arm greift, Grubers Schulter berührt, Grubers Schenkel streift. Zum Davonrennen. Gruber rennt trotzdem nicht, denn hier, in dieser Wattewelt, in diesem Lächel-Universum, hier ist es okay. Hier ist es richtig. Ja, Gruber nimmt noch einen, ja, gern. Da, schau, ich renne nicht weg, denkt Gruber, ich bin keine feige, spießige Sau, und Sarah (da ist sie wieder, aber das Kleid ist jetzt grün, smaragdgrün, mit einem leichten Schimmer) lächelt immer noch, aber nicht mehr mitleidig jetzt, sondern, tatsächlich stolz. Stolz auf den mutigen, unspießigen Gruber, guter Gruber, braver Gruber, Super-Gruber, Superduper-Gruber. Gruber merkt, dass er ein wenig betrunken ist. Gruber denkt: scheiß drauf, ist genau gut so.

Henry sieht übrigens nicht nur gut aus, Henry ist auch nett. Henry ist ein guter Zuhörer und ein amüsanter Erzähler. Henry hat einen Drei-, nein, einen Zehn- oder Fünfzehn-

Tage-Bart, das sieht gut aus, Gruber fährt sich über sein eigenes Kinn, makellose Gilette-Glätte, eine gruberimmanente, cleane Unbewachsenheit, die Gruber bisher nie auch nur eine einzige Sekunde in Frage gestellt hat. Nassrasur, täglich, mitunter zweimal täglich. Konnten rund um ihn alle als Rübezahl gehen, hat Gruber nicht ein einziges Mal persönlich genommen. Aber jetzt wurde auch dieses Lebensfundament durch den Tropfen des Zweifels vergiftet, und Gruber spürt, wie das Gift zu wirken anfängt. Bart, aha, Bart wäre eine Möglichkeit. Wenn jetzt sogar schon die Schwulen Bärte tragen. Eh. Henry hat schöne Hände mit langen, eleganten Fingern, mit denen er beim Reden in alle Richtungen ausfährt und einmal erwischt er dabei Grubers Glas. Henry kann unter seiner Gesichtsbehaarung sehr reizend erröten und sehr anschaulich auf Englisch fluchen. Henry sagt, er hat eine putzige, aber very gemütliche Wohnung im First District und von seinem tiny Balkon sieht man den intakten Turm des Stephansdoms. Henry hat ein eigenes kleines PR-Büro, betreut ein paar Bands und organisiert Mode-Events und Foto-Shootings und so Zeug. Henry stammt aus New York, dem Staat, nicht der Stadt. Er hat in London studiert und landete wegen der Liebe in Wien. Aha?, sagt Gruber, lange vorbei, sagt Henry, nothing to write home about. Henry ist momentan mit niemandem zusammen, also, nun ja, es gibt da jemanden, aber es ist kompliziert. Henry ist nicht bei Facebook, sondern woanders. Wo woanders. Nun ja, bei Gayromeo halt. Aha. Henry würde eigentlich lieber in Berlin leben, aber er klebt hier irgendwie fest. Henry hat aber ein paar Freunde in Mitte, die er ziemlich oft besucht. Henry liebt Kunst und rennt, wenn möglich in jede Ausstellung und hin und wieder kauft er sich etwas. Was zuletzt? Zuletzt ein Foto. Henry hat zwei Geschwister, auch einen Bruder und eine Schwester wie Gruber, da schau her. Cheers!, aber Henry ist der älteste und seine Mutter ist schon lange tot. Leben deine Eltern noch? Sind sie noch zusammen? Nein, schon lange nicht mehr. Willst du darüber reden? Über meine Eltern? Nein, über deine Krankheit. Ich weiß nicht, sagt Gruber.

«What exactly is it?», fragt Henry.

Und Gruber erzählt es ihm dann doch nicht. Er will jetzt nicht darüber reden. Es spielt jetzt im Moment keine Rolle, es spielt vielleicht überhaupt keine Rolle mehr, also lets talk about something else. Something nice and beautiful. You.

Und später liegt Gruber in Henry's Arm, in Henry's susser, gemutlicher, nein, schnockeliger Wohnung, in einem Bett mit zerknitterten Leinendecken, und Henry sagt nichts, und Gruber sagt nichts, und im CD-Player singt ein Mann (der klingt wie aus den Siebzigern) irgendetwas darüber, dass er sich fühlt wie Sigourney Weaver, als sie die Aliens killte, merkwürdig altmodisch und irrsinnig schön. Wer ist das? John Grant. Schön, sehr schön. Alles fühlt sich viel normaler, viel selbstverständlicher, viel besser an, als Gruber es sich vorgestellt hat. Er weiß, dass dieser Moment nicht wiederkehren wird, er ist sicher, dass er nicht noch einmal hierherkommen wird, er ahnt, dass er mit Henry in keiner Bar mehr sitzen wird, und er glaubt nicht, dass er Henry je wieder küssen wird. Aber im Moment ist Henrys Arm der Platz zu sein, Grubers Ist-gerade-gut-Ort, Grubers Sie-befinden-sich-hier, sein Richtig im Jetzt.

Was denn das sei, fragt Kathi, und Gruber wird ein bissl rot. Und er merkt es.

Na, wonach es denn ausähe, fragt Gruber, und küsst sie auf beide Wangen.

Als sei er der Neigungsgruppe Almöhi beigetreten, sagt Kathi.

Das sei ja eh noch nix, sagt Gruber, das werde ja erst.

Erstaunlich, sagt Kathi.

Was denn daran bitte so erstaunlich sei?

Unkontrollierte Gesichtsbehaarung bei ihrem Kontrollfreak-Bruder, sagt Kathi.

Das sei selbstverständlich überhaupt nicht unkontrolliert, sagt Gruber, das sähe nur so aus. Das solle nur so aussehen. Die Kunst des kontrollierten Kontrollverlustes sozusagen, die Ästhetik des beherrschten Wildwuchses.

Aha, sagt Kathi, stünde ihm aber.

Gell, sagt Gruber.

Gruber hat den Kindern Heftln von der Tankstelle mitgebracht und Süßigkeiten, sie sind ihm entgegengelaufen, haben ihre Maut abgegriffen und sind kichernd wieder davon, während hinter ihnen Bonbonpapierchen über die Wiese wehten. Kinder rennen immer, denkt Gruber, und dass er noch nie ein Kind hat gehen sehen, außer es wurde von der Hand eines Erwachsenen wie an einer Leine gebremst. Kinder können wahrscheinlich gar nicht gehen, denkt Gruber, das haben die noch nicht im Bewegungsapparat, die müssen rennen, geht nicht anders. Jetzt nähert sich der Spießer, Hände in den Taschen seiner ausgebeulten Cordhose, er versucht, konstatiert Gruber, so zu tun, als sei er vollends begeistert, dass Gruber ohne Preisgabe eines Zeitlimits in seinem Haus zu Besuch ist, was tüchtig misslingt. Allerdings wagt es der Spießer natürlich nicht, einem Todkranken mit offener Ungastlichkeit gegenüberzutreten. Feige Sau, denkt Gruber, während der Spießer seine riesige Tasche mustert. Denk dir da bloß nichts, denkt sich Gruber, ich verreise nie mit kleinerem Gepäck, und ich weiß übrigens selber nicht, wie lang ich es bei euch aushalte. Aber wenn du weiter so schaust, bleibe ich die ganzen sieben Tage bis zur neuen Chemo. Und vielleicht bleibe ich auch so sieben Tage.

«Meine Verehrung, lieber Schwager», sagt Gruber.

«Servas», sagt der Spießer. «Hast hergefunden.»

Ja, hat er. Hierher aufs Land. Er hat den Porsche am Straßenrand geparkt, ungern, bei all den besoffenen Bauern, die ihre Traktoren durch die Gegend jagen, aber eine Garage gibt es hier ja nicht. Und das Ansinnen, den Wagen in den Garten zu fahren, wurde von Kathi, dem Spießer und der Mutter einmal, als der Porsche noch neu gewesen war, mit derart ungläubigem Spottgelächter kommentiert, dass Gruber einen zweiten Versuch gerne unterlässt. Der Garten ist eine dichte, fett grüne Wildnis. Keine solche penibel am Reißbrett angelegte, mit Farbtabellen und Wuchsskalendern ausgeklügelte Kunstwildnis, die, adäquat zu Grubers Gesichtsbehaarung, nur deshalb so zufällig und natürlich ausschaut, weil sich jemand Tag und Nacht auf Knien darum kümmert. Kathis Garten, jedenfalls dieser Teil zur Straße hin, ist eine echte, unbekümmerte Unkrautwildnis. Hohes Gras, unkontrolliert wuchernde Büsche, mannshohe Brennnesseln und ein Dutzend Obst- und Nussbäume, an denen Schaukeln, Ringe und bunt gestreifte Hippie-Stoffsessel hängen, unter denen das ungemähte Gras völlig zertrampelt ist. In einem Nussbaum wächst ein schon etwas morsches Baumhaus, oben ragt eine Stange mit einer zerfetzten Brasilien-Fahne heraus. Überall liegt Spielzeug herum. Überall Maulwurfshaufen. Überall tritt man in heruntergefallenes Obst, das niemand aufhebt. Hier sollte dringend eine ordnende Hand eingreifen, denkt Gruber. Ein Gärtner müsste her, nein, zwei bis vier Gärtner, und ein paar Holzfäller.

Schön hier, sagt Gruber.

Kathi lauert ihn skeptisch an.

Was denn?, sagt Gruber.

Sie warte auf das aber, sagt Kathi.

Schön hier, sagt Gruber.

Es ist ein altes Steinhaus, das der Spießer von seiner Großmutter oder Großtante geerbt hat und an das er im Laufe der Jahre und der Familienerweiterung große, außen unbehandelte Holzkisten gebastelt hat, mit lauter verschiedenen alten, irgendwo zusammengeschnorrten Fenstern. Die Kisten ragen aus dem Haus heraus, stehen teilweise auf Pfählen und bilden die Dächer der Veranden. Es sieht total gestört aus, als hätte das Haus Geschwüre, große eckige Furunkel, aber irgendwie, Gruber gibt es gar nicht gerne zu, wirkt es auch sehr gut. Überraschend unspießig. In zwei der Kisten schlafen und spielen die Kinder, in einer kleinen, die offenbar neu dazu gekommen ist, erkennt Gruber vom Garten aus einen großen Duschkopf, und in einer weiteren Kiste, die oben aus dem Dach herauskragt und die man nur gebückt durch eine ehemalige Gaube betreten kann, steht ein Gästebett. Sein Gästebett. Durch die Fenster sieht man in den Mischwald, der ein-, zweihundert Meter hinter dem Haus beginnt. An den Veranden hängen rot-weiß-blaue Türkentaschen, aus denen Tomaten und Kräuter wachsen.

Wein rankt übers Holz dicht und grellgrün bis zum Giebel des Hausdachs hinauf. Gruber bringt dann mal seine Sachen hoch, und, danke, er finde den Weg noch, und ja, Mami, ich weiß, es ist niedrig und ich werde wie immer gut auf meinen Kopf aufpassen.

Gruber buckelt die schmale Treppe ins Dach hinauf und fädelt sich durch das Türchen ins Gästezimmer, ein vom Boden bis zur Decke glänzend weiß lackierter Raum. Dielen, Wände, Decke, Fensterrahmen – alles weiß, mit einem weißen Holzhocker und einem bunten Fleckerlteppich. Das Bett ist mit Wäsche aus den siebziger Jahren überzogen, türkis, blau, grün gemustert. Gruber schmeißt die Tasche auf den Boden und lässt sich auf das Bett fallen. Auf den Rücken, erdenschwer, die Arme platschen ihm wie tote, nutzlose Flügel neben die Brust, in seiner Seele knackt etwas, reibt sich, knarzt und stört, als wäre sie ein schlecht eingestellter Sender. War das eine gute Idee, hierherzufahren, war das eine gute Idee, war das eine gute Idee, gerade jetzt hierherzufahren, wo alles so schwer ist in ihm und so viel Platz braucht, Platz wollen würde, Platz sucht und nicht nicht nicht findet, nicht findet. Und auch nicht finden soll, teilweise, ja, auf gar keinen Fall finden soll, bloß nicht. Und hier ist es so eng. Dieses Schlafkistl, diese Familie, die Möglichkeiten, die Vorgaben, die Erwartungen. Alles eng, eng. Alles begrenzt. Alles nach allen Richtungen geschlossen. Überall sichere, dichte Grenzen, wo es nicht weitergeht. Gruber fühlt sich durchzogen, beherrscht von dieser Metaphorik, er eingekastelt in dieser Kiste, sein Tumor eingekistelt in seinem Bauch, und vielleicht, wenn man ihn lange genug hier behält, mit den richtigen Sachen füttert, mit den richtigen Mitteln attackiert, vielleicht verschwindet er, Gruber, dann auch. Vergeht einfach, in diesem Zimmer, in diesem Bett. Oder aber er wächst, wie der Tumor, in diesem Zimmer, wird breiter und höher und größer, wächst in das Zimmer hinein und wächst das Zimmer voll, bis das Zimmer zerspringt und er hinausfließt, über die Dächer und Veranden und im Garten einfach versickert, zwischen den Brennnesseln und dem zertretenen Obst. Was für ein scheiß Unsinn, denkt Gruber, so ein dummer blöder Blödsinn, denkt es in ihm, hab ich etwas genommen?, ich hab doch nichts genommen, hab ich nicht, hab ich nicht, und dass er aufstehen, aufstehen, aufstehen sollte und hinuntergehen, hinunter, die Treppen hinab, wo Kathi sicher schon auf ihn wartet und wo der Spießer sssssicher schon flüssssssstert, dassssss dassssss wieder typischschschsch issssst. Aaaaaaber eeeeeben geraaaaaade jetzt kann Gruber nicht aufstehen. Und will nicht. Und kann nicht. Und muss nicht, er hat den Siechenbonus, wie oft hat man das, man muss das aus-nützen. Ja. Mhm. Jaaaa. Draußen hört er die Kinder strei-ten, dann Kathi schimpfen, dann eins der Kinder mau-len, dann die beschwichtigende Stimme des Spießers, dann einen Vogel zwitschern, dann den Wald rauschen, wie kit-schig ist das denn, dann das kleinste Kind, es kichert ausge-lassen, dann den Spießer, dann nichts mehr.

Es gibt Huhn zum Abendessen, gefüllt mit Salbei und Zitrone, dazu Zucchini und Mangold, mit Knoblauch in Olivenöl gebraten und die Erdäpfel aus Kathis Garten. Er hat ihr, als er nach fast drei Stunden Schlaf wieder aufge-wacht und aus dem Bett gekrochen und dann ernsthaft auf-gestanden war, halb verschlafen, mit einer Blümchenkaffee-tasse in der Hand, dabei zugesehen, wie sie sie ausgrub, wie sie dicke gelbe und lila Kartoffeln aus der Erde wühlte. Der Spießer hat gekocht, er kocht ganz gut, das muss man ihm lassen, Gruber nimmt sich, ja gerne, nach. Und auch noch ein Glas Wein, danke. Die Kinder haben die kleinen Hendl-haxen abgenagt, die ihnen der Spießer extra mitgebraten hat, ein paar Kartoffeln zerdrückt, das Gemüse verschmäht und sind dann abgezogen, in irgendeinen entlegenen Teil des Gartens, Hasen streicheln, sich mit Stecken hauen, Käfer quälen, was auch immer. Was Kinder halt so machen, es ist Gruber eigentlich egal, es ist ihm nur total recht, wenn sie es woanders machen, Minimum dreißig Meter entfernt von der kitschig weinberankten Veranda, auf der er sitzt. Auch wenn Kathis Kinder eigentlich ganz nett sind, also inner-halb ihrer kindgegebenen Möglichkeiten, und die sind durch das naturgemäß Nervtötende, das Kindern nun mal imma-nent ist, beschränkt. Dass sie zum Beispiel immer viel zu laut sind und praktisch ausschließlich Frequenzen benutzen, die den Ohren von Erwachsenen schlicht unzumutbar sind. Schädlich eigentlich. Eltern halten das eben gerade noch aus, okay, die schalten mit der Zeit aus lauter Erschöpfung wahr-scheinlich einfach irgendwie ab. Eltern muss die Brut wahr-scheinlich in alarmistischen Tonlagen bei der Stange halten, um sich ihre ungeteilte Aufmerksamkeit und ihre zuverläs-sige Versorgungstätigkeit zu garantieren. Für einen Onkel ist Kindergeplärre dagegen schon eine reine Quälerei. Ein-mal, letztes Jahr in Kroatien, hat Gruber Kathi die Frage gestellt, ob die denn immer so anstrengend seien, und als Antwort ein schwer irritiertes Äh? erhalten, weil die Kin-der offenbar eben gar nicht anstrengend, sondern eigentlich gerade besonders easy waren. Gruber, hatte Kathi gesagt, habe ja tatsächlich nicht die klitzekleinste Ahnung davon, wie ein tatsächlich anstrengendes Kind klinge. Seither unter-lässt Gruber jeglichen Kommentar zu kindlichen Befindlich-keiten oder Äußerungstechniken. Weil, das hat Gruber auch gelernt, die Kids sind sowieso gleich wieder weg. Und wie gesagt, die sind eh ganz nett, doch, er hat schon schlimmere erlebt, also, es kommt ihm jedenfalls so vor. Die Große, Ida, ist jetzt ungefähr acht oder neun, sie wird jetzt, hat Gruber bemerkt, hübsch, hübscher als Kathi und sowieso viel hübscher als der Spießer. Sie hat des Spießers Hochbeinigkeit minus seiner weichen Dicklichkeit geerbt und Kathis warme Augen plus ihre und Mutters dicke, gerade, fast schwarze Haare, da könnte was Gutes herauskommen, wenn die mal fünfzehn ist und damit im Modelalter. Natürlich werden ihr Kathi und der Spießer hinsichtlich einer Modelkarriere keine große Hilfe sein, Gruber kann sich jetzt schon vorstellen, was die dazu sagen werden. Das arme Kind. Er wird sie unter seine Fittiche nehmen müssen. Wenn. Ja, wenn.

Denn zum ersten Mal fühlt Gruber sich krank. Wirklich krank. Krank, schwach und niedergeschlagen. Es ist nicht so, dass er die Sache bislang nicht ernst genommen hat. Er hat. Sehr. Praktisch unmittelbar mit der Diagnose kam der Überlebenswille, ein drängender, überwältigender Wunsch, am Leben zu bleiben. Dieser Überlebenswille ist, das hat Gruber auf seinem Chemotherapie-Bett auch von jedem einzelnen Mitpatienten gehört, mit einer Krebsdiagnose zwingend gekoppelt. Todesaussicht bewirkt zuverlässig Lebenswunsch, das ist Gesetz, selbst oder gerade bei denen, die das Dasein davor mehr als eine gottgegebene Prüfung auf dem Weg zu einem besseren, gerechteren Jenseits betrachtet hatten. Plötzlich wird einem klar: Ein besseres Leben gibt es nicht, das hier, das akut gefährdete hier, ist das beste, weil das einzige, das man hat, das einzige, das man gekriegt hat, und das will man nun auf gar keinen Fall hergeben. Es war Gruber nicht anders gegangen. Er hatte im Moment der Diagnose nur eins gewollt. Unbedingt weiterleben. Er war zu allen Untersuchungen gegangen, hatte sich mit Hingabe die Arme löchrig stechen und sich von allen Seiten durchleuchten lassen. Hatte gleich die Chemotherapie akzeptiert, war sofort hingegangen, trotz der gruberimmanenten Scheu vor Spritzen, fremden Ärzten, Krankenhäusern, dem Geruch von Krankenhäusern, den Farben von Krankenhäusern, der Möblierung von Krankenhäusern, den fürchterlichen Schuhen, die in Krankenhäusern getragen wurden, den Kranken in den Krankenhäusern. Er hatte alles gemacht, was beizutragen er imstande war, dass es Gruber weiterhin gab. Aber er hatte, bis zu diesem Henry-Tag, als man festgestellt hatte, dass der Tumor trotz mehrerer Chemoattacken nicht geschrumpft war, oder zumindest weit weniger, als erwartet wurde, und dass sich trotz der Chemos möglicherweise sogar Metastasen gebildet hatten, keine Sekunde daran gezweifelt, dass das, das mit dem Weiterleben, trotz aller Hindernisse, die sich ihm nun in den Weg gelegt, gestapelt, zu Gebirgen zusammengeschoben hatten, funktionieren würde. Er hatte nach der Erstdiagnose relativ normal weitergelebt, unter anderem deshalb, weil ihm die Chemotherapie nicht allzu viel ausmachte, nicht annähernd so viel, wie er von Bekannten gehört, im Internet gelesen und von Chemo-Mitpatienten erzählt bekommen hatte. Er fühlte sich zwar leicht benommen nach den Behandlungen, die Körperhaare waren ihm ausgegangen und hatten innen an Hemden und Hosen geklebt, er hatte sie ausgeschüttelt und im Spiegel ängstlich sein Kopfhaar kontrolliert. Ja, es waren ihm auch Kopfhaare ausgegangen und er hatte sich seine sonst penibel gestylten dunklen Locken zu einer Kurzhaarfrisur schneiden lassen, und davon war ihm überraschenderweise das meiste geblieben. Er hatte sich die meiste Zeit fit und einigermaßen gesund gefühlt, und hatte mit seinem Krafttraining einfach weitergemacht. Er hatte sich für unbestimmte Zeit beurlauben lassen, die Firma hatte, nachdem Gruber einige sehr stichhaltige Argumente vorgebracht hatte, vorerst darauf verzichtet, ihn zu feuern, trotz des Zürcher Debakels. Er war weiter ausgegangen. Er hatte weiter getrunken. Sein Leben hatte sich, bis auf die Krankenhaus- und Arzttermine und bis auf die Handvoll Cortisontabletten, die er nach jeder Chemo drei Tage lang hinunterzuwürgen hatte, eigentlich nicht radikal verändert. Erst als ihm in Gegenwart von Henry und seiner Freundlichkeit die Tränen geschossen waren wie einem kleinen Mädchen, an diesem Tag der schlechten Diagnose, an dem Tag des unveränderten Tumors, war ihm klar geworden, dass es ihn vielleicht wirklich nicht mehr lange geben würde, dass er möglicherweise tatsächlich bald sterben würde. Dass er vielleicht schon am Sterben war. Noch nicht: im Sterben lag. Aber im Sterben stand, im Sterben saß, im Sterben den Porsche lenkte, sich im Sterben in der Savile Row einen Anzug anpassen ließ, im Sterben diese unwiderstehlichen Boots von J. M. Weston anprobierte und um unfassbar viel Geld erwarb, im Sterben mit Fabio über die perfekte Zubereitung eines Branzinos alberte, im Sterben Nachrichten an Sarah tippte, im Sterben mit einem warmherzigen, bärtigen Amerikaner schlief. Und im Sterben ein tatsächlich fantastisches, gefülltes Zitronenhuhn mit Salbei verspeist, vielleicht eben gerade das letzte Salbeizitronenhuhn seines Lebens isst, wann wird ihm je wieder jemand so ein Huhn, genau so eins braten, so gefüllt, mit genau so einer knusprigen Haut? Und es auf so einen hübschen, alten Teller legen, Zucchini, Mangold und ein paar Kartoffeln dazuschaufeln und es im zarten, noch kaum dämmrigen Abendlicht vor Gruber auf so einen alten Holztisch stellen? Gruber schaut von seinem Teller hoch und dem Spießer in die Augen.

«Das ist gut, Tom.»

Der Spießer starrt Gruber verdattert an. Und misstrauisch. Klar. Logisch. Es ist vielleicht die erste Nettigkeit, die erste aufrichtige, nicht zynisch gemeinte Nettigkeit, die Gruber je an den Spießer gerichtet hat.

«Danke dir», sagt der Spießer.

Der Spießer kennt etwas Derartiges wie einen netten, freundlichen Gruber nicht, und er sollte sich, denkt Gruber, auch lieber erst gar nicht daran gewöhnen. Das bleibt nicht so. Das war jetzt eine Ausnahme. Und er würde dem Spießer gerne umgehend den Beweis dafür liefern, dass er übrigens noch der Alte ist und er sich bitte keine Illusionen machen soll, aber zum ersten Mal fühlt er sich dazu zu schwach. Zum ersten Mal erwägt er die Möglichkeit, dass er im Moment vielleicht doch nicht mehr ganz der Alte ist. Er hat fix vor, wieder der Alte zu werden, gleich, umgehend, unmittelbar nach dem Essen, nur einen Moment noch. Aber im Augenblick will er in diesem verwitterten Rattansessel knarzen, an diesem fantastischen Huhn kauen und Kathis schockierten, erschütterten Blick mit einem ehrlichen, glücklichen kleinen Lächeln beantworten. Jaja, er weiß schon, dass das für Gruber-Verhältnisse eigenartig war, ja, okay, höchst merkwürdig. Aber er wird schon wieder normal, keine Angst. Nur ein winziges Momentchen noch, er ist gleich wieder da.

Nein, es ist nicht so, dass Gruber handwerklich unbe-
gabt wäre. Gruber ist ein handwerkliches Neutrum, aus
dem einfachen Grund, dass er nie das Bedürfnis, die Gelegenheit oder die Notwendigkeit hatte, sich in irgendeiner
Weise handwerklich zu betätigen. Während eines von handwerklich unbegabten Eltern finanzierten Jurastudiums in
einer von den Eltern gekauften Neubauwohnung findet ein
menschlicher Organismus wie der Grubersche die Ausbildung und Ausprägung handwerklicher Fertigkeiten nicht
zwingend vonnöten. Gruber jedenfalls hatte seine studen-
tischen Energien auf Büffeln, Saufen, Vögeln und Büffeln
konzentriert und, wenn eine Glühbirne einzuschrauben, ein
Bild aufzuhängen oder ein Abfluss zu entstopfen gewesen
war, Max angerufen. Max hatte er später das kleine Zimmer,
das Gruber eh nur als Rumpelkammer verwendete, für die
Winzigstmiete überlassen, die sich Max, den Gruber schon
seit dem Kindergarten kannte, gerade eben leisten konnte.
Woraufhin Gruber seine Hände praktisch gar nicht mehr
benutzt hatte, außer zum Tippen, Gläserheben und Frauen-
befingern. Max war eingezogen und hatte wie eine Mutter
fortan alles Haushaltliche erledigt, inklusive Spülen, Wäsche
waschen und der Zubereitung der bald legendären Max'schen
Nudelsuppe, die, kaum wohnte Max bei Gruber, praktisch
ununterbrochen auf dem Herd simmerte, bis Max – genau.
Deswegen. Jetzt weiß er es wieder. Er hatte es verdrängt.
Deswegen. Deswegen mag er bis heute keine Suppe. An Max
hat Gruber, wie ihm nun in den Sinn kommt, während er
einen alten, grausam lauten Rasenmäher über den Teil des
Grundstücks schiebt, der von Kathi und dem Spießer für

Kurzrasigkeit vorgesehen ist, schon lange nicht gedacht, gar nicht mehr gedacht. Und das wundert ihn jetzt. Weil, Max eben. Wieso hat er nicht an Max gedacht? Max ist ja auch tot. Den hat es aus dem Leben gefetzt wie das abgeschnittene Gras aus diesem Mäher. Tschk, abgeschnitten, tschk weg. An Max hat er gar nicht gedacht, aber jetzt denkt er an Max und daran, wie das war, als Max plötzlich nicht mehr da war. Wie Max in dieser Nacht nicht heimgekommen ist, und wie Gruber sich natürlich nichts dabei gedacht hat, und wie am nächsten Morgen, irrsinnig saufrüh die Wurzinger anrief, eindeutig hysterisch und ins Telefon geheult und geschluchzt hat, dass der Max tot ist, dass der Max in der Nacht von einem Auto erwischt worden war, am Gürtel, er wollte den Gürtel überqueren, angesoffen, das Auto hatte den Max voll erwischt, ihn auf die mittlere Spur der Straße geschleudert und dort war ihm, die Wurzinger schrie jetzt, ein Lastwagen über den Kopf gefahren, einfach direkt über den Kopf vom Max.

Gruber erinnert sich, wie er danach in die Küche ging, Wasser aus dem Hahn in ein Glas rinnen ließ, trank, aufs Klo ging, sich die Hände wusch, ein wenig im Flur auf und ab und schließlich zu Max' Zimmer ging, Max' Tür aufmachte und Max' Türme und Stapel anschaute. Er erinnert sich daran, wie Max damals abwesend blieb und immer abwesender wurde in der Neubauwohnung, und wie seine Abwesenheit sich immer konkreter manifestierte in all den Sachen von Max, die noch herumhingen und herumstanden und die Gruber ständig erst übersehen und vergessen ließen, dass Max nicht mehr da war und ihn dann immer wie mit einem Hammerschlag daran erinnerten, dass Max tot war. Die Nudelsuppe. Max' letzte Nudelsuppe hatte auf dem Herd gestanden, und Gruber erinnert sich, dass er die Suppe erst weggeschüttet hatte, als sich schon Schaum und Schimmel an ihrer Oberfläche bildete und saurer Gestank. Deswegen mag Gruber keine Suppe, jetzt erinnert er sich wieder, wegen dieser gärenden, schäumenden, stinkenden Suppe mit der Schimmelschicht, die er am Tag nach Max' Begräbnis endlich ins Klo schüttete. Den Topf hatte Gruber weggeschmissen, er hatte ihn gar nicht erst ausgewaschen, er hatte den Deckel wieder draufgelegt, war mit ihm zur Wohnungstür hinaus, war mit dem Lift hinuntergefahren, in den Lichthof marschiert und hatte den Topf in den Müllcontainer geschmissen, Deckel hoch, Topf rein, Deckel zu. Zu Max' Begräbnis waren unerwartet viele Leute gekommen.

Genau daran hat Gruber in den letzten Tagen denken müssen, sehr oft denken müssen, an ein Begräbnis. Zwei Tage lang hatte er in Kathis Hängematte gelegen und geraucht und in die Bäume geschaut und geraucht und John Grant gehört und eigentlich nichts weiter getan, als in regelmäßigen, relativ kurzen Abständen auf Kathis Handy seine Mailbox abzurufen, zu hören, wer ihn versucht hatte zu erreichen (Philipp, Philipp, Mutter, Philipp, das Krankenhaus mit einer Terminbestätigung, Philipp, sein Bankberater, Lisa vom Büro, Philipp, Lisa vom Büro). Grubers Netzanbieter fand es ja nicht notwendig, in dieser Einöde einen Empfang bereitzustellen. Nur hinter dem Haus, ganz am westlichen Ende des Grundstücks gab es ein winziges Fleckerl, in dem Grubers iPhone ein dünner Empfang gelang, und Gruber lief in ebenfalls regelmäßigen Abständen in diese Ecke und versuchte, auf dem Sendeweg zu ihm steckengebliebene SMSe in sein iPone zu schieben, zu zwingen, indem er sich selbst SMSe schickte, die die steckengebliebenen sozusagen durch den Kanal in Grubers Handy pressen sollte, was aber zu Grubers wachsendem Unglück nicht ein einziges

Mal funktionierte. Die einzigen Nachrichten, die Gruber auf diese Weise erhielt, waren Nachrichten von John Gruber mit Inhalten wie Oasch, geh, heast! oder Oida. Hin und wieder ging er auch an das Empfangsfleckerl, um eine SMS zu schicken, an Philipp und an Sarah, aber an Sarah nur einmal, weil er Angst hatte, ihre Antwort könnte verloren gehen. Eigentlich war er bereits überzeugt, dass ihre erste Antwort von dem Funkloch verschluckt worden war, denn er hatte keine erhalten, und dass sie nicht geantwortet hatte, hielt Gruber für total unwahrscheinlich, ja unmöglich. Es war eine für Grubers Verhältnisse sehr emotionale, herzliche SMS gewesen, eine absolut unwiderstehliche, keine Frau auf dem Planeten hätte es geschafft, darauf nicht zu antworten. Auch Sarah nicht, nicht einmal Sarah, Gruber war sich ziemlich sicher. Doch, war er sich, Sarah hatte bestimmt, hatte hundertprozentig geantwortet, und ganz gewiss steckte ihre Antwort irgendwo in dem Sendetunnel fest, der in diesem Funkloch endete. Gruber hatte im Laufe von vier Stunden, nachdem er Sarah diese Nachricht geschickt hatte, vier Nachrichten an sich selber geschickt und daraufhin vier Nachrichten von sich selber erhalten. Dabei hatte er sicherheitshalber in seinem Status auf Facebook schon am ersten Tag, als ihm diese beängstigende Weltabgeschnittenheit bewusst geworden war, seine völlige Empfangslosigkeit vermeldet, hatte am zweiten Tag Grüße aus Funkloch gesandt und war am dritten unmittelbar nach dem Aufstehen, noch im Pyjama, durchs feuchte Gras in das Empfangsquadrat gestiefelt, um via iPhone in seinem Status allen seinen Freunden und auch Sarah zur Kenntnis zu bringen, dass er diesen Status aus einer winzigen, ländlichen Empfangsoase innerhalb einer riesigen Empfangswüste sende, die ihn von jeglichen SMS-Nachrichten abschneide, es dringe praktisch ausschließlich das Muhen der Kühe vom Nachbargrundstück zu ihm durch. Nur für den Fall, dass es noch nicht alle gelesen und kapiert hatten, dass er sich tief in der empfangsunbereiten Provinz befand, gänzlich ohne Netz. Nun sollte es eigentlich jedem, auch Sarah, klar sein, dass es besser war, ihm keine SMSe zu schicken.

Sondern lieber Mails. Ungefähr alle drei Stunden rief er seine Mailbox ab, besser gesagt, seinen Spam, denn sonst war nicht viel drin. Nichtsdestoweniger fühlte sich Gruber durch das Abrufen, durch den Dong, den es machte, wenn E-Mails ankamen, ein bisschen weniger wie auf einem anderen Planeten. Aber noch immer sehr vergessen von der Welt. Von Sarah kam nichts. Kathi war schließlich an die Hängematte getreten und hatte ihn aus dem unerquicklichen Gedanken gerissen, dass seine physische und virtuelle Abwesenheit praktisch niemanden in irgendeiner Form zu bewegen oder zu stören, niemandem auch nur aufzufallen schien. War offenbar jedem komplett scheißegal, ob er da war oder nicht. Das würde ja ein schönes Begräbnis werden, falls. Wer würde überhaupt kommen, auf wessen Anwesenheit würde er sich verlassen können? In seinem Kopf ohrwurmte schon seit Stunden LCD Soundsystems «All my friends», schon seit Stunden kreiste der Refrain in ihm, where are your friends tonight? Es hörte nicht mehr auf, er bekam das nicht mehr raus aus seinem Schädel. Where are your friends tonight, where are your friends tonight, where are your friends tunahaheit. Ja, wo waren sie? Und wo würden sie sein? Dann? Würde es ein Totenmahl geben? Und wenn ja, wo? Bei Fabio? Und wo würde er sein? Würde er irgendwie dabei sein oder ganz woanders oder einfach nirgends? Kathi hatte sorgenvoll in Grubers darob gefurchtes Antlitz geblickt und ihn gefragt, ob er nicht einmal einen

Spaziergang machen (nein), eine Runde mit dem Rad fahren (nein), mit den Kindern Fußball spielen (später) oder eventuell den Rasen mähen wolle, also, er müsse natürlich nicht, aber vielleicht täte es ihm ja gut, ein bisschen was zu tun, ob ihm denn nicht langsam fad sei, ihm müsse doch langsam total fad sein. Ja, okay, hatte Gruber matt und ohne Begeisterung erwidert, Rasenmähen, das kann ich machen.

Aber tatsächlich, das Rasenmähen scheint ihm gut zu tun. Denn, erstaunlich, das Rasenmähen liegt, behagt und gefällt ihm, jedenfalls jetzt in den ersten fünf Minuten, diese nicht zu kraftraubende, aber doch Einsatz erfordernde Gleichförmigkeit, die den Erfolg seiner Anstrengung immer sofort sichtbar macht. Sehr befriedigend, überaus befriedigend. Sofortige Ordentlichkeit, wo eben noch schlampiger Wildwuchs herrschte. Das mähst du schön, Gruber, denkt Gruber, sehr schön mähst du das, schnurgerade Linien, exakte Ecken. Also, er würde sehr, sehr schön mähen, aber die Schönheit seiner Mähkunst wird ihm alle paar Meter zunichte gemacht von Kathis chaotischer Gärtnerei und ihrer Unfähigkeit, irgendetwas mit System zu tun. Ihre Ausbildung, ihre Familie, ihr Leben, ihr Garten, alles war ein komplettes, systematikfreies Durcheinander. Überall, auch beim Rasenmähen, stellt, legt, setzt sich Gruber und seiner angeborenen Perfektion etwas in den Weg, das ihn zwingt, die natürliche Ordnung aufzugeben, den perfekten Rahmen abzuändern, in welchem er den Rasenmäher von den Außenkanten nach innen mäandert. Gerne mäandern würde. Aber hier ein Baum, dort fünf Ribiselbüsche, da ein Maulwurfshügel (gut, für den kann Kathi nichts, obwohl, dagegen gibt es doch sicher ein Gift) und dazwischen irgendwelche grünen Buschigkeiten, die, wie Gruber begreift, als er den Rasenmäher brutal in eine dieser hoch aufgeschossenen

Unkrautinseln hineinstößt und der Motor mit einem Wahn-
sinnsschnalzer verreckt, die Stümpfe gefällter Bäume über-
wachsen und verbergen. Scheiße jetzt. Gruber wirft einen
schuldbewussten und verunsicherten Blick zur Veranda, auf
der Kathi vorhin Wäsche zusammengefaltet hatte, aber sie
gießt mittlerweile die Tomaten in ihren Säcken mit einer
großen Blechkanne, hat sich nach dem Knall umgedreht und
lacht ihm entgegen. Schon gut! Das passiert öfter! Kein Problem! Hält der aus, einfach wieder anwerfen! Gruber zerrt
den Rasenmäher aus dem Gebüsch, reißt an dem Starterka-
bel, und tatsächlich, der Motor springt sofort wieder an.
Gruber grinst zu Kathi hinüber, tippt sich mit dem Finger an
die Stirn und mäht weiter. Gerade Bahnen, wie mit dem
Lineal gezogen, bitteschön, sieht jemand, wie vollkommen
das ist? Fällt das jemandem auf? Natürlich nicht. Wer Beete
so ohne Plan anlegt wie Kathi ihre drei Gemüsebeete, hat
auch keinen Sinn für rasenmäherische Genauigkeit, dem fällt
die Schönheit dieser Ordnung nicht auf, der bemerkt derlei
nicht. Max war auch so ein Chaot gewesen. Ein sauberer
Chaot, immerhin, sonst hätte Gruber ihn keine Woche ausgehalten. Max hinterließ, wie Grubers Mutter es immer
genannt hatte, eine trockene Unordnung (im Unterschied zu
einer nassen, klebenden Sauerei), Max' Chaos schmutzte,
pappte und roch nicht, es stapelte und schlängelte sich. In
Max' Zimmer waren über die Jahre Türme gewachsen,
Türme aus Zetteln, Zeitungen, Skripten, Plastiktüten, Maga-
zinen, Büchern, T-Shirts, Jeans. Nur Max hatte sich ausge-
kannt in diesen Stapeln, wie ja alle Chaotiker sich in ihrem
Chaos zurechtfinden und nur (die Sonne brennt Gruber ins
Gesicht, nicht gut, gar nicht gut, er sollte Kathi um etwas
Sonnencreme bitten, aber die hat sicher wieder nur so billi-
ges Zeug, von dem er Pickel kriegt) in ihrem Chaos. Max'

Chaos hatte in sich Ordnung gehabt, eine Ordnung, die selbst ein Pedant wie Gruber erahnen konnte. Wenn Max gesehen hätte, wie sein Bruder ein paar Wochen nach seinem Tod das penible Chaos einfach in Bananenkisten warf, durcheinanderschmiss, Zettel zu Büchern, Skripten unter T-Shirts und die Zeitungen unbesehen ins Altpapier, hätte es Max' ordentlichen Sinn für Chaos empfindlich irritiert. Kathis Chaos dagegen hat, wie Gruber mit genervter Resignation konstatiert, keine erkennbare Ordnung. Nein, da ist absolut nicht die geringste Spur einer Ordnung. Warum hat sie diese Gemüsebeete genau hier, hier und hier angelegt, versetzt und schief, nicht irgendwie innerhalb eines vernünftigen, für einen normalen Menschen nachvollziehbaren Rasters? Warum hat sie drei Beete gegraben, und nicht ein großes, langes, um das man ordentlich hätte herummähen können, Rechteck um Rechteck um immer größeres Rechteck, mit schönen 90-Grad-Ecken? Diese katastrophal angelegten Gemüsebeete ärgern Gruber, sie werfen ihn aus dem Konzept, sie zwingen ihn zu Richtungsänderungen und Entscheidungen, die sich nach der nächsten Kurve als falsch herausstellen. Es hätte, wenn es angesichts dieser elenden Unsystematik schon keine richtigen, so doch richtigere Entscheidungen gegeben. Er hätte dieses Zwischenstück dort drüben zuerst mähen sollen, dann wäre er hier jetzt nicht zu einer Wende gedrängt worden, die ihn wiederum zwingt, noch mal über bereits gemähtes Gras zu fahren, was den Rasenmäher erneut zum Verenden bringt. Gruber nimmt das persönlich. Ja, doch. Er würde jetzt gerne rauchen. Ja, er sollte jetzt erst mal eine rauchen, Gruber fingert das Zigarettenpackerl aus der Seitentasche seiner Cargo-Bermuda, wobei sein Blick unweigerlich die unfassbaren Holzclogs streift, zu denen Kathi ihn überredet, nein, gezwungen hat:

Wenn dir deine Zehen etwas bedeuten, mähst du bitte lieber nicht in Flipflops. Ich kann das! Hast du keine anderen Schuhe mit? Segelschuhe. Dann zieh dir bitte Toms Wanderschuhe an, oder seine Laufschuhe. Ja, spinnst du? Sicher nicht. Dann nimm dir die Gartenclogs da drüben, die braunen müssten dir passen. Gruber zieht an seiner Zigarette und blickt über die blühenden, hügeligen Wiesen, die auf dieser Seite an Spießers Grundstück anschließen und auf denen erstaunlicherweise sechs, nein sieben Kühe weiden. Ungewöhnlich in dieser Gegend, weil in diesem Teil des Landes Kühe nie auf der Wiese stehen, in diesem Teil des Landes lässt man die Kühe im Stall, mäht ihnen das Gras, fährt es ihnen in den Stall hinein und gabelt es ihnen vor die Mäuler. Tom hat sich gestern beim Abendessen darüber ausgelassen, so eine unglaubliche, unnatürliche Idiotie, und Gruber muss nun zugeben, dass ein paar gefleckte Kühe auf so einer grünen Wiese doch sehr dekorativ wirken. So eine ländliche Wiese sieht mit Kühen wesentlich besser aus als ohne. Gruber nimmt noch einen Zug seiner Gauloise und tritt dann, mit einem scheelen Blick Richtung Haus, mit den Clogs den glühenden Stummel tief in den Boden. Dann reißt er am Starter des Rasenmähers, und noch einmal, und noch einmal, und denkt, als das verfluchte Scheißding endlich anstottert, wie das möglich ist, wie das bitte möglich sein kann, dass in einer Familie zwei derart gegensätzliche Persönlichkeiten entstehen können. Wurde man nicht, denkt Gruber, in denselben Genpool gelaicht und ist dann im selben Biotop unter denselben Bedingungen aufgewachsen? Als Kinder derselben mehr oder weniger kaputten Eltern? Na gut, denkt Gruber, während er den Mäher um eines der vermaledeiten Beete herumschiebt (und dabei bemerkt, dass es den Grasschnitt über das Gemüse und die nachlässig gejäteten Wege fegt, okay, das ist wahrscheinlich eher suboptimal, das findet Kathi jetzt sicher nicht so gut, weshalb Gruber sein eh schon ruiniertes Bahnenmanagement mit einer 180-Grad-Wendung weiter zerstört), na gut, Kathi ist drei, fast vier Jahre älter als er, zudem das erste Kind, die neigen ja, hat Gruber über erste Kinder gehört, zu einer gewissen Rebellion, speziell die weiblichen. Die müssen sich durchsetzen und wehren, gegen tradierte Rollenbilder und gegen den gerade erst sich entwickelnden elterlichen Erziehungsstil und gegen noch intakte elterliche Vorstellungen und vor allem gegen die Illusionen ihrer Erzeuger, sie könnten ihre Brut nach ihrem eigenen Willen und Wunsch formen. Und nach ihrem Selbstbilde modellieren, nach einem optimierten selbstverständlich, auf dass sie ein verbessertes Ich aus … Gruber fällt ein Song dieser geilen New Yorkerin mit dem Klavier und den langen glatten Haaren und den Blaslippen ein, in diesem Song ging's auch um sowas, wie heißt die noch gleich, irgendwas mit Obst, Apfel, genau, Apple! Fi-fi … Fiona. Fiona Apple. Und der Song, irgendwas, mit einer anderen Version von einem selbst, ach ja, «Better Version of me», sehr guter, eingängiger Song, soweit Gruber sich erinnern kann. *Better Version of me.* Geht wahrscheinlich um etwas anderes, hat wahrscheinlich genau überhaupt nichts mit Eltern-Kind-Beziehungen zu tun, aber. Und dann hat die das Video mit diesem Nerd aus diesem Polterabend-Film, wie heißt jetzt der noch mal, der Film, wo die vier Typen nach Las Vegas fahren und den Bräutigam verlieren und der Nerd immer mit einem fremden Baby vor den Bauch geschnallt herumläuft? Gruber fällt es nicht ein, dabei hat er den Film zweimal gesehen, einmal im Kino und einmal im Fernsehen, und sich zweimal weggelacht, und der eine von denen vögelt jetzt doch die Zellwegerin, wie heißt der Film, ach, wurscht. Das Video hatte jemand auf Facebook gestellt, es hatte ihm gefallen. Er hat jetzt alle Beete einmal umrundet, wobei er den Fehler mit den übergrasten Stümpfen dann selbstverständlich nicht mehr gemacht hat, da ist er gleich von der richtigen, also der rechten Seite angefahren. Denn er, Gruber, lernt ja aus Fehlern, was man – Hangover! So hieß der Film, «Hangover», genau – von Kathi oder dem Spießer ganz offensichtlich nicht behaupten kann. Die Kathi hat doch sicher nicht alle drei Beete gleichzeitig gegraben, sondern eins nach dem andern, so nach Bedarf, noch ein Kind, noch ein Beet, so irgendwie. Die zwei haben doch sicher den ganzen Babybrei eigenhändig aus selbstgezogenem Grünzeug gepampt. Und spätestens beim zweiten Beet müsste doch wenigstens einer gemerkt haben, dass das einen extrem negativen Effekt auf die Mäheffizienz hat, wenn man Beete so saudumm anlegt, und ein normaler Mensch würde dann doch automatisch denken: Also, das war jetzt nicht so gut, das mache ich beim nächsten Mal besser. Da überlege ich mir aber was, beim nächsten Mal. Tun die nicht. Die graben beim nächsten Mal wieder einfach irgendwo um und mähen dann halt noch komplizierter und hintenherummer. Ich meine, denkt Gruber, während er einigermaßen befriedigt auf die eine nun doch endlich fertig rasierte Rasenhälfte blickt, ich meine, das ist doch komplett geistesgestört. Total krank und völlig unlogisch. Es ist im Übrigen die schwierigere Hälfte, die Gruber zuerst gemäht hat, die Hälfte mit den drei Beeten, einem Baum, acht Ribisel- und vier Brombeerbüschen, und mit zwei dieser Gestrüppinseln. Das hat Gruber, und er ist ein wenig stolz auf seine eklatante Selbstmitleidslosigkeit und sein vorausschauendes Zupacken, zuerst erledigt, gut gemacht, John, schön gemacht, ganz super, vor allem unter diesen Bedingungen und im Rahmen dieser definitiv mindergünstigen Vorgaben. Und der Rest jetzt, dieser Rest mit einem Baum (was ist das? Eine Birne? Eine Zwetschke? Eher eine Birne, doch, das ist sicher eine Birne) und einem Brombeerbusch (warum stehen die eigentlich nicht beieinander, die Brombeeren? Wieder so eine typische Kathi-Unsinnigkeit, drei da drüben, eine hier, total dämlich), dieser Rest erledigt sich praktisch von selbst. Der Rest ist geradezu eine Belohnung. Auch insofern, weil es Gruber, nachdem er Baum und Brombeerstrauch trotz tückisch in seine Bahn hängender Äste sorgfältig umrundet hat, nun endlich möglich ist, sein Rechteck abzufahren. Von innen nach außen, schnurgerade, scharfkantig, ordentlich, abweichungsfrei: makellose Grubersche Perfektion.

Du, Johnny, sagt Kathi, als Gruber in der Früh mit einer Tasse Kaffee und einer Hand voller Vitamine auf der Bank vor dem Haus sitzt und in die Luft schaut. Der Morgen ist warm, und eigentlich ist der Morgen schon ein Vormittag. Es muss nach zehn sein, und Donnerstag. Nein, schon Freitag, tatsächlich Freitag. Gruber ist jetzt schon vier Tage da, und er kann hier schlafen wie ein Stein, die Landluft wahrscheinlich, das macht sicher die gute, saubere, vollwertige, unversaute Landluft. Geile Luft das, ey.

Du, Johnny, sagt Kathi und setzt sich mit einer Tasse Kaffee in den Händen neben ihn. Sie müsse ihn was fragen.

Gruber kennt den Tonfall in ihrer Stimme, es ist der du-hast-du-mal-einen-Hunni-für-mich-Tonfall, der du-könntest-du-den-Micky-und-mich-mal-schnell-zum-Dealer-fahren-Ton, der du-könnten-der-Daniel-und-ich-heute-bei-dir-übernachten-echt-nur-heute-Ton. Der du-tu-was-für-mich-kleiner-Bruder-Ton. Gruber ist alarmiert, wenngleich ihm auf Anhieb nichts Schlimmes einfällt, das Kathi von ihm wollen könnte, außer, dass er sofort abreist. Aber eigentlich hatte er bislang nicht den Eindruck, dass sie ihn loswerden wollte. Der Spießer, der schon. Aber der Spießer hat in seinem Haus zum Glück nicht das letzte Wort. Etwas Unangenehmes, das Kathi von ihm wollen könnte, hätte höchstens etwas mit Vater und Vaters neuer Trulla und Vaters neuen Trulla-Kindern zu tun, aber Gruber ist vollkommen sicher, dass das nicht der Fall ist. Kathi hasst Vaters neue Trulla noch mehr als er selber, immer schon, und je unneuer sie wird, desto intensiver wird sie gehasst, der Hass hat sich zum Leidwesen von Vater und der Trulla nicht abgewetzt, im Gegenteil. Das Patchworkideal von Wir-können-alle-super-miteinander-Erst-plus-Zweitfamilie hat bei Grubers nicht gegriffen.

Aha, sagt Gruber und nimmt einen Schluck aus seiner ramponierten Tasse mit dem *Mutti*-Schriftzug, na, solle sie doch fragen!

Es sei so, sagt Kathi. Sie und Tom seien schon seit Wochen auf die Hochzeit von der Dings eingeladen, am Samstag, also morgen, und sie hätten ja die Mutter gefragt, ob sie die Kinder nehmen würde, aber er wisse vielleicht, dass ausgerechnet dieses Wochenende das Sommerfest der Flüchtlingsorganisation sei, bei der Mutter arbeite (wusste er nicht, egal). Jedenfalls.

Jedenfalls was, begehrt Gruber zu wissen, während zugleich der intensive Hauch einer Ahnung in ihm aufsteigt. Heiliger. Bitte nicht. Bitte, lieber Gott, mach, dass sie nicht das von mir verlangt.

Jedenfalls hätten sie und Tom die Hochzeit längst abgeschrieben, sagt Kathi, und trinkt nervös aus ihrer Tasse. Alle Freunde seien auch auf dieser Hochzeit, alle Babysitter in den Ferien, der Ben zum Vergessen, weshalb sie der Dings schon längst gesagt hätten, dass sie leider nicht zu der Hochzeit kommen könnten. Worüber die Dings supertraurig gewesen sei, und immer wieder versucht hatte, sie und Tom doch zum Kommen zu überreden.

Gruber betet schon nicht mehr, er überlegt sich bereits, was er am Samstag, morgen, für einen unaufschiebbaren Termin hat, einen Termin, den er bis zu diesem Moment einfach vergessen hatte, der ihm aber exakt in dem Augenblick, in dem Kathi das Wort *Samstag* aussprach, wieder eingefallen ist. Irgendwas im Krankenhaus vielleicht. Ach nein, Scheiße, Samstag.

Und jetzt sei, sagt Kathi, ja zufällig er, Johnny, da. Und

er habe ja nicht vor, noch vor dem Wochenende abzureisen, er habe jedenfalls bislang nichts davon gesagt, dass er heute oder morgen abreisen wolle, oder? Sondern er wollte doch mit den Kindern in den Wald gehen, also, gesagt habe er das jedenfalls?

Scheiße, denkt Gruber, gräbt seine Zehen ins Gras und macht sich im Geiste eine Notiz: Ab nun jeden Morgen die Abreise im Laufe des aktuellen Tages als realistische Möglichkeit formulieren. Nie von Plänen sprechen, schon gar nicht von solchen, die Kinder einbeziehen.

Und er könne ja nun, sagt Kathi, überraschend gut mit den Kindern, selbst Tom habe lobend bemerkt, wie gut er mit den Kindern könne, und die Kinder, die hätten ihn sowieso total lieb gewonnen, jetzt wo er sich so toll, ja richtiggehend idealonkelhaft mit ihnen beschäftige.

Das ist nun stark übertrieben. Gruber hat mit den Kindern herumgealbert, einmal den Kurzen auf der Schaukel gehutscht (was Gruber im Übrigen grauenhaft langweilig fand, der Kurze dagegen hatte gequietscht und höher-höherhöher geschrien, ganz vorschriftsmäßig nach Schaukeljauchzlehrbuch, Kinder überraschen einen eigentlich selten) und zwei Mal mit ihnen und den beiden Bauernkindern von nebenan Fußball gespielt, auf dem frisch gemähten Rasen, seinem Rasen, zwei der Ribisel-Sträucher hatten das Tor markiert. Er hatte die größeren Kinder (die Große, Ida, war gut und spielte offenbar in einem Verein) gnadenlos ausgedribbelt und nur dem plärrenden Kurzen ein paar Mal den Ball zugeschubst und dann vor den Ribiselbüschen einen Schritt zur Seite gemacht (ach nä, jetzt hat doch der fiese Pius ein Tor geschossen, das ist doch!). Und einmal hat er ihnen am Abend, weil Kathi mit dem Einkochen Dutzender Flaschen Holunderblütensaft nicht fertig geworden war, tatsächlich eine Gute-Nacht-Geschichte vorgelesen, etwas sehr modernes, feministisch und pädagogisch Wertvolles von einer, wie Gruber fand, ziemlich brutalen und sehr ungepflegten Prinzessin, die Hexen vermöbelte und einen Prinzen nach dem anderen zum Teufel schickt. Er hatte in der Kinderschlafkiste auf der Matratze der Kinder gesessen, Pius auf seinem Schoß, und der war dann auch prompt an Grubers Brust gelehnt eingeschlafen, na bravo. Gruber hatte nach Kathi brüllen wollen (Kathi! Dein Kind ist auf meinen Knien eingeschlafen! Mach was!), hatte sich dann aber besonnen, sich mit dem Kurzen über der Schulter ächzend hochgestemmt und ihn in sein Gitterbett gelegt. Und gut zugedeckt. Und ihm sein Lieblingskuscheltier vorsichtig neben den Kopf gebettet. Und Kathi hatte genau in diesem Moment gutenachtkussbedingt das Kinderzimmer betreten. Und ihn dabei ertappt. Und jetzt war sie deswegen offensichtlich auf dumme Gedanken gekommen, auf sehr dumme, sehr sauverdammtscheißverfluchtdumme Gedanken.

Also, sagt Kathi, rundheraus, ob sie und Tom also morgen auf diese Hochzeit gehen könnten.

Hm. Wo die denn sei.

Na, in Wien, in einem Wirtshaus, sie würden dann einfach (nein, brüllen Grubers Gedanken, nein, sag es nicht! Bitte verlang das nicht auch noch von mir! Nein! Nein! Nein!), sie würden dann einfach in der Wiener Wohnung übernachten, weil nach einer Hochzeit mit Gesaufe und so noch weit fahren, das wäre ja ein Blödsinn.

Stimmt, das wäre echt ein Blödsinn, sagt Gruber, aber er sei sich wirklich nicht sicher, ob er das könne. Er meine, sie kenne ihn doch! Hallo? Er, Johnny? Der depperte, unzuverlässige kleine Bruder? Habe sie wirklich so viel Vertrauen in ihn, dass sie ihm ihre kostbare Brut anvertraue?

Habe sie.

Aber Tom habe so ein Vertrauen doch ganz gewiss nicht!

Habe er.

Ach so?, Tom? Jetzt ernstlich? Wie jetzt das? Nun, vor allem aber: Die Kinder, ob denn die Kinder, die Kinder, die würden ihn doch nicht so gut kennen, ob denn die damit einverstanden wären, also er glaube nicht, dass denen das gefallen würde.

Würde es, sagt Kathi.

Was, sie habe schon mit den Kindern geredet??

Habe sie. Die Kinder fänden das eine tolle Idee.

Im Ernst? (Erpressung, denkt Gruber, miese, fiese Erpressung.)

Im Ernst, er schaffe das schon, das sei gar nicht so schwierig, sie und Tom würden auch sofort am nächsten Tag in aller Herrgottsfrühe zurückrasen, spätestens um zehn oder elf seien sie wieder da. Ganz bestimmt. Und sie sei sicher, dass er das super checke, mit den Kindern, sie habe in den letzten Tagen das Gefühl, dass er tatsächlich ein bisschen erwachsener geworden sei, auch wenn sie daran eigentlich nicht mehr geglaubt habe. Aber. Aber er könne natürlich nein sagen, es sei überhaupt kein Problem, wenn Gruber sich entschlösse, nein zu sagen, sie wäre ihm nicht böse, wenn er nein sagte, wirklich, ganz ehrlich, überhaupt nicht, sicher nicht, er könne ruhig nein sagen.

Gruber lacht sie mit hochgezogenen Augenbrauen an. Hahaha. Na klar. Überhaupt kein Problem. Einfach nein sagen? Für wie bescheuert hält Kathi ihn? Für wie eingeschränkt hält sie sein Erinnerungsvermögen? Glaubt sie, der Non-Hodgkin hätte auch in seinem Gedächtnis Metastasen gebildet, oder was? Er hat sie damals, vor hundert Jahren, einmal, ein einziges Mal nicht zu ihrem Dealer gefahren. Nein, stimmt nicht, er hatte nur einmal versucht, sie nicht zu ihrem Dealer zu fahren. Er wird das nie vergessen. Meine Herren.

«Nein», sagt Gruber ernst und betrachtet aufmerksam Kathis Gesicht. Ihre Augen bewölken sich. Die Lider werden grau. An ihren Mundwinkeln zeigen sich Gräben. «Nein», sagt Gruber noch einmal und grinst Kathi nieder, bevor es nicht mehr aufzuhalten ist, «nein, ich mach's eh. Mach ich's halt. Sie werden mich schon nicht killen. Sie werden mich nicht killen, oder?» Und Kathi fällt ihm tatsächlich, was Gruber hochunnötig und radikal overacted findet, um den Hals, sodass der Rest des Kaffees aus Grubers *Mutti*-Tasse direkt auf seine Jeans schwappt. Auf seine Acne-Jeans, Himmelherrgott.

«Ich wasche heute eh Dunkles», sagt Kathi.

«Das ist gut», sagt Gruber.

Und dann fahren sie tatsächlich weg, Kathi und der Spießer. Sie fahren, während Gruber mit den Kindern auf dem Rasen Fußball spielt, er hat das mit Kathi so verabredet, wegen dem Kurzen. Besser nicht zum Abschied winken, besser den Kurzen mit vorgelegten Torschüssen von eventuellem Abschiedsschmerz ablenken. Der Spießer hat jedem Kind am Rasenrand noch einen Kuss gegeben, aber Kathi, die sich vorher schon von den dreien verabschiedet hatte, hat ein beiläufiges Tschüss gerufen und ist erstaunlich cool an der Fußballmannschaft vorbei zum Auto marschiert, mit einer Tasche voller schönem Gewand und geilen Schuhen und dem offensichtlichen Willen, sich ohne ihren Nachwuchs ausgesprochen prima zu amüsieren. Ein bisschen sehr cool, findet Gruber. Sollte eine Mutter, eine verantwortungsbewusste Mutter, nicht etwas sorgenvoller sein, wenn sie ihre kleinen Kinder dem ruchlosen, selbstsüchtigen, familientechnisch weitgehend unbeleckten Bruder überlässt?

Gut, sie hat immerhin das Abendessen vorbereitet, eine große, fertig belegte Pizza, die Gruber nur in den Ofen zu schieben braucht, vorheizen, volle Pulle 250 Grad, dann acht bis zehn Minuten backen, schaffst du das? Ja, Mutti, das schaffe ich. Der kleine Teil, auf dem nur Tomatensoße ist, ist für den Kurzen, Ida mag Salami, Egon Schinken und Salami. Für dich ist der Teil mit Oliven, Kapern und Sardellen, du magst das doch immer noch? Ja, er mag das immer noch, er wundert sich nur, dass sie sich das gemerkt hat.

Und nun ist er allein mit den Kindern. Es wird Gruber sehr bewusst, dass er eigentlich noch nie allein mit Kindern war, noch niemals in seinem ganzen Leben, und eine kleine Panik marschiert, ziemlich genau vom Hodgkin weg, durch seinen Körper. Was, wenn? Was, ja was, wenn, wenn?! Nicht mal sein iPhone funktioniert! Wie soll er Hilfe herholen, wenn was ist? Okay, es gibt ein Festnetz, trotzdem.

Es ist dann aber nichts. Gar nichts. Sie spielen Fußball, dann spielen sie nicht mehr Fußball, sie haben Durst (Gruber verdünnt Himbeersirup in einer alten Emaille-Kaffeekanne, die für derlei vorgesehen ist, und tut Eis hinein), sie haben Hunger (Gruber streicht ihnen Nutellabrote), die größeren Kinder verschwinden, Gruber mischt sich in der Küche einen sehr leichten Sommergespritzten und setzt sich damit auf die Veranda, und behält dann dort, rauchend, Beine auf dem Geländer, den Kurzen im Blick, der auf dem sonnenwarmen Pflaster vor der Haustür hockt und konzentriert seine hundert Spielzeugautos in Position bringt. Er hat Gruber ein paar davon vorgeführt. Was früher Matchbox-Autos waren, heißt jetzt Hotwheel. Der Kurze stellt ein Auto hinter das andere, in einer endlosen und, wie Gruber anerkennend konstatiert, schnurgeraden Reihe. Dann nimmt der Kurze eins nach dem anderen wieder weg und stellt sie, leise summend, nebeneinander. Es scheint irgendeine Ordnung zu geben, nach der die Autos gereiht werden, der Kurze tauscht da eins aus und ersetzt dort eins, aber Gruber durchschaut das System nicht. Es sind nicht die Farben und nicht die Marken, muss etwas anderes sein, wahrscheinlich etwas, das nur Menschen unter einszwanzig sehen. Dann drei Reihen nebeneinander, genau gleich lang, exakt parallel. Gutes Kind. Endlich ein Verwandter, der wenigstens ein bisschen was von Gruber hat.

Und ja, Gruber wundert sich selber, warum er noch hier ist. Er schaut auf seine nackten Füße auf dem Geländer, die Zehennägel gehörten geschnitten. Überhaupt wäre eine Pediküre dringlichst vonnöten, das Landleben mag gut fürs Gemüt sein und für den Organismus, für die Füße ist es die ultimative Katastrophe. Grubers Sohlen sind rau und rissig, und die Risse werden allmählich schwarz. Weil er schon so lange hier ist, weil er hier schon so lange mit seinen Zehenschlapfen herumflipfloppt. Er war noch nie so lange hier gewesen, nie länger als eine Nacht. Und er hatte auch diesmal nicht vorgehabt, so lange zu bleiben. Obwohl, stimmt vielleicht gar nicht, vielleicht hatte er es vorgehabt, immerhin hat er sich, wie ihm heute früh auffiel, acht Unterhosen, vier Polos, zwei kurze und zwei lange Hosen eingepackt, wahrscheinlich also hatte er es doch vor. Er kann nur nicht genau sagen, warum. Sein Bedürfnis, sich tagelang mit anderen Menschen in deren Behausung aufzuhalten, war bislang ungeheuer begrenzt, und gerade, was seine Familie anbelangt, hatte Gruber bis zur Stunde stets danach getrachtet, unmittelbar nach Ablauf der zwingenden Mindestaufenthaltsdauer möglichst viele Kilometer zwischen sich und die Verwandten zu legen. Wobei die Anlässe, an denen sich mehr als zwei von ihnen an einem Ort aufzuhalten hatten, glücklicherweise gezählt waren. Gottseidank zog Kathi überdies drei Heiden groß, drei grauenvolle Tauffeiern waren folglich allen erspart geblieben. Seinen Vater hatte er seit dessen siebzigstem Geburtstag überhaupt nicht mehr gesehen und Gruber verspürte kein Bedürfnis, das demnächst zu ändern. Das war jetzt, warte, mehr als vier Jahre her – was allerdings Anlass gab, sich schon einmal vor dem drohenden Fünfundsiebziger zu fürchten. Seine Mutter hatte ihren Siebziger ja letztes Jahr erst in Kroatien gefeiert, was unter den vielen Familienfeierlichkeitsdebakeln immerhin ein minderschweres gewesen war. Bloß hier, jetzt bei Kathi, fühlte sich Familie zum ersten Mal nicht wie ein Straflager an, sondern wie eine Möglichkeit. Also für andere, klar. War als Lebensidee vielleicht gar nicht schlecht, ganz praktikabel, selbstredend nur für Menschen mit einem Talent zur Spießerei, für Gruber also nicht.

In der Nacht wacht Gruber auf, weil jemand an ihm zupft. Der Kurze steht schluchzend mit seinem Kuscheltuch an Grubers Bett. Offenbar kann er schon selber aus seinem Gitterbett kraxeln, und im nächsten Moment wird Gruber auch klar, aus welchem Grund der Kurze das gemacht hat: Ein Leuchten fährt durch Grubers weiße Box, und gleich darauf tut es einen furchtbaren Kracher, der den Kurzen unweigerlich in Grubers Bett fegt, wo er sich laut heulend an Gruber festklammert. Das Gewitter ist offenbar schon länger im Gange und im Moment gerade besonders heftig. Der Kurze gräbt seinen Kopf in Grubers Achsel, Gruber hört jemanden sagen: Ist schon gut, Kleiner, ist alles okay, ich bin ja da. Und stellt fest, dass er das selber sagt. Interessant, er wusste gar nicht, dass er derlei im Repertoire hat, das war offenbar in einer Kiste tief in ihm drin verstaut und springt jetzt, wo er es braucht, einfach aus ihm heraus. Interessant. Alles ist in Ordnung, sagt Gruber und streichelt den Kinderkopf, es kann gar nichts passieren. Aber wenn der Blitz in uns hineinschlägt! ruft der Kurze unter Schluchzern aus seiner Achsel heraus. Der Blitz wird, sagt Gruber, während der Donner drohend über die Landschaft rollt, der Blitz wird nicht in uns einschlagen, weißt du, der Blitz schlägt lieber in große Dinge ein, in Tannen und Seen, nicht in so kleine Häuser wie das hier, alles ist okay, Kleiner, alles ist okay, ich bin ja da. Und er ist, stellt Gruber fest, er ist gern da, mit und für den Kurzen, und er streichelt und tröstet den Kurzen weiter, bis er zu schluchzen aufhört und nur noch mit großen Augen aus Grubers Arm zum Fenster starrt, bis das Gewitter sich verzieht und die Augen des Kurzen einfach zufallen und er in Grubers Arm einschläft. Und da liegt er nun, und Gruber schaut ins Dunkel hinaus, in dem der Himmel sich noch vereinzelt erhellt und manchmal noch ein fernes Grollen zu hören ist. Es regnet stark. Gruber überlegt, ob er den Kurzen, der jetzt gleichmäßig atmet, zurück in sein Bett tragen soll, aber tut es nicht. Er bleibt ganz ruhig liegen und spürt den Atem des Kleinen und es ist, auf völlig unschuldige Weise, ein bisschen wie mit Henry. Näher, schöner und gewöhnlicher, als er sich sowas vorgestellt hat.

Als Gruber aufwacht, fühlt sein Arm sich taub an. Es ist hell, sieht aber aus, als wäre es noch sehr früh. Es muss früh sein, abartig früh, sonst wäre der Kurze nämlich längst wach. Gruber streckt seine Beine aus und beugt sich dann vorsichtig über den Kurzen, der schwer auf seinem Arm liegt. Mit der anderen Hand fischt er nach seinem iPhone. Es ist erst kurz nach sechs. Und er hat eine Nachricht. Eine SMS, er hat tatsächlich eine SMS, das Gewitter hat offenbar das Funkloch aufgerissen und ihm eine hineingelassen, ein Blitz ist in die Verstopfung gefahren, was auch immer. Gruber hat eine SMS. Und die SMS ist von Sarah. Von Sarah. Aber es ist nicht die Antwort auf seine Superduper-SMS, nö, hmh, ist es nicht.

Gruber steht am Gepäckband. Heiliger, das dauert. Dauert das immer so lange? Oder nur hier? Es stehen auch viel zu viele Menschen herum, früher gab es auf Flughäfen nicht so ein Gedränge, früher ging es auf Flughäfen exklusiver zu und flotter, ging es doch, oder. Früher flog nur, wer es sich leisten konnte oder wessen Firma es sich leisten konnte, heute jeder Depp. Tatsächlich hatte Gruber, und er konnte es überhaupt nicht fassen, Landeklatscher im Flieger gehabt, auf einem Kurzstreckenlinienflug bitte! War wohl die Schulklasse gewesen, die hinten die halbe Zeit über gelärmt und gekichert hatte. Fuhren Schulklassen früher nicht in Zügen? Oder in angemieteten Bussen? Gruber glaubt sich zu erinnern, dass es früher spezielle Busunternehmen gab, die überwiegend Schulklassen chauffiert hatten, zu Landschulwochen, Wienwochen, wohin auch immer. Seit wann gab es denn überhaupt Berlinwochen? Und seit wann fliegen Schulklassen? Seit es sich jeder leisten kann, sogar Sozialhilfeempfänger können sich ja heutzutage das Fliegen leisten, und falls nicht, dann nur weil der neue 42-Zoll-Plasma-Bildschirm gerade das Haushaltsbudget von zwei Monaten verschlungen hat. So arm ist ja heutzutage keiner mehr, dass er nicht Minimum ein 120-Zentimeter-Diagonale mit 280 Programmen im versifften Wohnzimmer stehen hat. Zwischen den leeren Bierflaschen, den schimmligen Pizzakartons und den brüllenden Kleinkindern. Sieht man ja ständig, im Unterhosenfernsehen. Nicht, dass Gruber sich sowas ansähe, hat er bloß zufällig mal beim Durchzappen erspäht.

Das Gepäckband läuft noch nicht mal, und es ist heiß hier,

facking heiß und schwitzig. Waren Flughäfen früher nicht klimatisiert, hat man früher nicht immer gefroren auf Flughäfen, hat man sich auf Flughäfen früher nicht ständig erkältet vor lauter Aircondition? Jetzt rinnt einem der Schweiß in den Kragen und in die Augen und man wird, wenn man eine Sekunde nicht aufpasst, von völlig Fremden antranspiriert, es ist komplett ekelhaft. Seit der Krise sparen sie wirklich bei allem. Demnächst wird man sich das Gepäck selber vom Wagen nehmen müssen. Gruber wird langsam unrund. Nicht, dass er Termine hätte, er hat schon länger keine Termine mehr und hier schon gar nicht. Er weiß noch nicht einmal genau, was er hier überhaupt macht und will. Er fand es richtig, herzukommen, nach Sarahs SMS und nach dem Streit, der darauf folgte. Und nachdem Sarah auf seine SMSe und seine Mails nicht mehr antwortete und seine Anrufe nicht annahm, nicht einmal, als er es endlich schaffte, seine Rufnummer zu unterdrücken. Schon merkwürdig. Jetzt kennt er die noch fast gar nicht, und schon hat man eine veritable Krise. Na ja, unter diesen Umständen. Herkommen schien jedenfalls das Beste. Einmal rauskommen war auch nicht schlecht, nach den letzten Wochen. Endlich startet das Gepäckband mit einem hässlichen Sirenenton, Gruber wird von einer Frau in Badeschlapfen beinahe umgerempelt und rempelt grob zurück, was ein großes Keifen zur Folge hat und das übliche Köpfedrehen, plus den Auftritt eines fetten, behaarten Apparats, ebenfalls in Strandpantoffeln. Aber bevor sich Gruber zum zweiten Mal in diesem Jahr die Fresse schiefhauen lässt und noch dazu zum zweiten Mal von so einem Volltrottel, winkt er beschwichtigend ab und stellt sich an einen entfernten Teil des Bandes, in den Familien-und-andere-Loser-Abschnitt, in dem er normal bestimmt nicht stehen würde, ganz gewiss nicht.

Aber er hat dieses Jahr schon genug auf die Schnauze gekriegt, und sicher ist sicher. Und ausnahmsweise meint es das Schicksal gut mit ihm. Sein silberner Samsonite ist unter den ersten Gepäckstücken, die aus dem schwarzen Loch ploppen, und kommt zu ihm gefahren, bevor die Badeschlapfen ihre Penny-Nylonkoffer abgreifen können. Was Gruber die Möglichkeit verschafft, dem lauernden Fettsack im Abgang noch kurz den Mittelfinger zu präsentieren. Mit seinem strahlendsten 32-Zähne-Lächeln. Tschüssikovski, Arschloch, schönen Tag noch, daheim im Plattenbau. Du Trottel.

Gruber hat im Hotel Mandala reserviert, am Potsdamer Platz. Er war schon lange nicht in Berlin gewesen, Philipp hat ihm das empfohlen. Als er sein Zimmer betritt, bereut er, dass er nicht Carmen gefragt hat, wo er in Berlin wohnen soll. Schon schön hier, aber. Ein Tipp von Carmen hätte garantiert mehr Seele gehabt, zu viel Seele vermutlich, carmenmäßige Megaseele, doch es wäre sicher besser gewesen als das hier. Echter. Hier herrscht große, freundliche, bemüht blonde Seelensubstitution. Es gibt einen Fotorahmen mit einer Gebrauchsanweisung («Damit Sie sich auch weit entfernt von Ihren Lieben bei uns zu Hause fühlen, haben wir diesen Bilderrahmen während Ihres Aufenthaltes für Ihr persönliches Photo reserviert»), aber Gruber hat keine Lieben, von denen er in diesem Hotelzimmer angestarrt werden wollte. Noch nicht, jedenfalls. Der Blick in den grünen, offenen Innenhof ist schön. Carmen hätte etwas noch Schöneres gewusst. Aber er hatte Carmen nicht sagen wollen, dass er nach Berlin fliegt, denn er hätte ihr dann auch sagen müssen, warum er nach Berlin fliegt, und Carmen hätte sich nicht, wie Philipp, mit billigem, leicht durchschaubarem Gelüge abspeisen lassen. Philipp hatte etwas von einem Glaskasten in der irgendwelchsten Etage und vom besten Hotelfrühstück der Welt gefaselt, und Gruber war es in dem Moment sowieso wurscht gewesen, wo er in Berlin wohnen würde, Hauptsache zentral. Irgendwo Mitte. Gruber hatte seinem Arzt erzählt, warum er nach Berlin fliegt, beim letzten Gespräch, nach dem neuen Versuch, den Tumor zu erledigen, nach der neuen Chemo, nach der es Gruber sowas von zusammengehauen hatte, aber sowas von.

Es war zuerst alles fast genauso wie immer gewesen, das Krankenhaus, die Liege, das Lächeln der Ärztin, der Plastiksack mit der Flüssigkeit auf dem Baum, die Witze über die Tropfgeschwindigkeit, nur dass die Ärztin diesmal nicht mit sich handeln hatte lassen, 300 Milliliter pro Minute, nicht mehr. Auf dem Platz neben ihm hatte eine junge Frau gelegen, in seinem Alter, mit, wie Gruber erfragte, Brustkrebs, eine Brust war schon weg, hatte gleich nach der Diagnose abgenommen werden müssen, und Gruber hatte versucht, selbst herauszufinden, welche. Es war ihm nicht gelungen, da sie offensichtlich einen ausgestopften BH trug, 80 D, Minimum. Gab es extra BHs für Brustkrebspatientinnen, konnte man die kaufen im Kranken- und Pflegebedarfshandel, ein Körbchen leer, eines gefüllt mit Schaumgummi? Oder gab es passende Schaumgummis zum Körbchen ausstopfen, links oder rechts, je nachdem? Oder mussten sich die Brustkrebspatientinnen ihre BHs selber ausstopfen, mit alten Socken oder Watte oder gesammelten alten Einlagen von Wonderbras (Gruber hatte einmal aus Langeweile bei einer Fickbekanntschaft in der Lade gewühlt und unzählige ellipsenförmige Schaumgummiteile gefunden, schwarze, weiße, pink- und fleischfarbene), oder mit zerknüllten Zeitungen? Nein, Zeitungen vermutlich nicht, wegen Raschelgefahr. Die Frau trug eine Perücke. Glattes, hellbraunes, unecht glänzendes Haar, ein kinnlanger Pagenkopf mit dichten Stirnfransen, die ihr bis fast über die wimpernlosen Augen hingen. Es sah, wenn man etwas ahnte, nicht sehr echt aus. Wenn man nichts ahnte, vielleicht schon echter, dann glaubte man das vermutlich, warum auch nicht. Wer trug schon eine Perücke in dem Alter. Den falschen Busen sah man ja auch nicht. Die Frau war hübsch unter der Perücke, und Gruber fragte sich, wie wohl ihre richtigen Haare waren, wie sie wohl aussah mit echtem, lebendigem, wachsendem Haar. Und wie sie ohne Perücke aussah, ob sie eine totale Glatze hatte. Sie war nicht sehr gesprächig und beantwortete nur, was Gruber sie fragte, und fragte selbst merklich nur aus Höflichkeit zurück und Gruber fragte bald nicht mehr, sondern ließ sie weiterlesen in ihrem dicken Krimi eines skandinavischen Autors, während Flüssigkeit in ihren Arm tropfte. Wie in seinen. Es hatte geregnet, das Wasser war in fetten Schlieren über die Fenster des Krankenhauses geschlatzt und hatte die Aussicht auf die Stadt verschmiert. Gruber hatte sich zunehmend dizzy gefühlt. Nicht direkt schlecht, aber auch nicht gut. Er hatte die Zeitung weggelegt und nur noch in das nasse Fenster geschaut. Nachdem die Ärztin ihm den Zugang entfernt und ihn zum Drücken aufgefordert hatte, war er länger liegen geblieben als notwendig. Als er mit dem Lift nach unten gefahren war, hatte er seinen Magen ungut gespürt. Der Weg durch die Gänge nach draußen, vorbei an den Kapellen, Pizzaläden, Bäckereifilialen und Blumenhandlungen hatte ihn angestrengt. Seine Oberschenkel fühlten sich schwer an, beinahe manövrierunfähig. Gruber ging sehr langsam. Draußen vor den Glastüren rauchte er seine übliche Zigarette an, aber sie schmeckte nicht und verursachte ihm eine leichte Übelkeit, er trat sie nach drei Zügen aus. Er schob sich in ein Taxi und hatte keine Freude an der kurvigen Einbahn, die vom Krankenhaus weg führte. Auch nicht daran, wie der Taxifahrer auf Ampeln zuraste und dann abbremste. Am Lerchenfelder Gürtel ließ er anhalten, in zweiter Spur, der Taxler blieb sofort stehen, als Gruber ihn mit belegter Stimme dazu aufforderte. Entweder weil er die Panik darin gehört hatte oder weil er bei Fahrten vom Krankenhaus weg immer mit dem Schlimmsten rechnete, bremste er ruckartig, hinter ihnen hub wütendes Gehupe an, Gruber stieß die Tür auf, sprang aus dem Wagen und übergab sich zwischen zwei parkenden Autos. Es war ihm völlig egal, ob ihn jemand dabei sah und für einen zur Unzeit Betrunkenen hielt. Der Taxler hatte ihn nur wieder mitgenommen, weil Gruber ihm ein Extratrinkgeld versprach und schwor, die Reinigung des Wagens zu übernehmen, falls. Gruber hatte es bis nach Hause geschafft, hatte aber nicht aufgesperrt, sondern auf die Klingel des Zahnarztes im dritten Stock gedrückt, nach dem Summen und Schlossöffnungsknacken die Tür aufgestoßen und sich dahinter schwer atmend und ohne Rücksicht auf Beinkleidverschmutzung auf die Stiege gesetzt, hatte überlegt, ob der Aufzug nicht zu riskant sei, hatte aber zugleich gewusst, dass er es unter keinen Umständen zu Fuß fünf, nein, faktisch sechs Stockwerke hoch bis in sein Penthouse schaffen würde, hatte sich am Geländer hochgezogen, dann mühsam über die kurze Treppe zum Lift geschleppt, hatte dort tief Luft geholt, war in den Aufzug gestiegen, hatte mit leichter Panik die Türen schließen sehen, hatte sich an die Wand gelehnt und den Gedanken an eine Aufzugsstörung zu verdrängen versucht und dabei langsam und bewusst eingeatmet und ausgeatmet. Und die Stockwerke anhand der LED-Anzeige mitgezählt,

M, im Mezzanin war der Lift doch nicht immer schon so langsam gefahren, so schneckengleich gekrochen, heute war er definitiv langsamer als sonst, ganz zweifellos. Irgendwas stimmt

Etage 1, nicht mit diesem Aufzug, irgendwas ist da kaputt. Wo kommt eigentlich die Luft in so einem Lift her, wird da extra Luft eingeleitet oder,

2, ist das die ganz normale Luft, die halt in so einem Lift steht und immer wieder von den Liftbenutzern durchgeatmet und verbraucht

3, wird und nur beim Öffnen der Lifttüren durch zufällig hereinwehende Frischluft ein wenig erneuert und mit Sauerstoff an-

4, -gereichert wird? Und wie oft war die Lifttüre heute wohl schon aufgegangen, um frische Luft hereinzulassen und würde die Luft im Fall eines Gebrechens und längeren Halts

5 – endlich. Gütiger Gott, danke.

Gruber hatte es geschafft, den Schlüssel aus seiner Tasche zu fingern und die beiden Sicherheitsschlösser seiner Wohnungstür zu treffen und zu öffnen, hatte die Tür aufgemacht und hinter sich zugestoßen und sich dann einfach auf den Boden gesetzt. Und sich vor dem Schuhschrank flach hingelegt. Auf den Rücken. Und geatmet, minutenlang einfach nur geatmet, ein und aus, ein, aus, bis sich, ein, aus, sein Organismus so weit gefangen hatte, dass er sich wieder aufsetzen konnte, mit dem Rücken an die Tür gelehnt, um dort weiterzuatmen. Ein, aus, ein, aus, ein, aus. Um irgendwann vorsichtig aufzustehen und nichts als weiterzuexistieren.

Danach hatte er zwei Tage damit verbracht, sich auf sein Bett zu legen und wieder aufzustehen, um auf dem Klo kotzen zu gehen. Und sich wieder hinzulegen. Und wieder kotzen zu gehen. Und manchmal neben der Schüssel sitzen zu bleiben, die Hände am kühlen Rund, den Kopf gegen die Wand gelehnt. Und zu hoffen, dass es jetzt dann besser würde, dass er sich bald normaler fühlen würde, dass die Übelkeit bittebitte weniger werden würde, jetzt dann gleich. Und dann mit größter Anstrengung den Kübel der Putzfrau zu suchen und nach einer Ewigkeit auch zu finden, den Kübel dann, während er sich zwischendurch einmal zehn Minuten vor die Kloschüssel kniete, sauber auszuwaschen und mit zum Bett zu nehmen. Und dann nur noch nach jeder dritten Speiberei aufzustehen, um den Eimer auszuleeren, kam ja eh nichts mehr, tat nur noch weh, war nur noch grausig. Alles tat ihm weh, alle seine Muskeln, und seine Haut, und das Fleisch darunter. Er sagte sich, dass seine extreme Reaktion auf diese Therapie gewiss ein Hinweis auf ihre Wirksamkeit war, unbedingt sein müsse, weil er bisher ja keine Beschwerden gehabt und der Tumor nicht reagiert hatte. Also. Er überlegte, ob er Kathi anrufen sollte, damit sie ihm etwas Haschisch besorgte, er hatte irgendwo einmal gelesen, THC helfe gegen diese Chemotherapieübelkeit, war es nicht in manchen Ländern deswegen sogar legal? Gab es nicht auch in Österreich Ausnahmen für Krebspatienten? Krebspatient, das Wort erschreckte ihn wieder. Krebspatient. Krebspatient Gruber. Aber allein der Gedanke, das Haschisch dann rauchen zu müssen, vergrößerte die Übelkeit akut ins Unermessliche, außerdem war Kathi aus dem Geschäft schon lange draußen. Und seine Freunde koksten nur.

Am dritten Tag, als Gruber aufwachte, war es ihm besser gegangen. Er hatte durchgeschlafen. Er blieb liegen und checkte sein Befinden. Schien alles gut. Er schwang die Beine aus dem Bett. Gut, immer noch gut. Er trank Wasser aus der Flasche neben seinem Bett, nach wie vor gut. Es war, soweit Gruber das auf die Reihe brachte, Sonntag. Und er hatte Hunger, unvorstellbaren Hunger. Er ging in die Küche und holte aus dem Kühlschrank den Packen Toastbrot, die Butter und ein Glas von Kathis Erdbeermarmelade, er schob zwei Scheiben in den Toaster und aß zwischenzeitlich, während er auf das Toast-ist-fertig-Döng wartete, zwei Scheiben kaltes, labbriges Brot, einfach aus der Packung, ohne was drauf. Stieß das Messer in die Marmelade und steckte es einfach dem Toast hinterher in seinen Mund. Derart hungrig war Gruber, so elementar hungrig. Und er machte sich einen Espresso, zwei Espressi, unvernünftige drei Espressi, während er seine Erdbeermarmeladentoastscheiben aß, sechs Stück hintereinander, immer schon die nächsten beiden toastend, während er zwei noch schmierte und aß, gierig, im Stehen, an seine Kücheninsel gelehnt. Dann ging er ins Bad und putzte sich lange die Zähne und warf sich eiskaltes Wasser ins Gesicht, noch einmal und noch einmal und fühlte sich gut, erstarkt, erfrischt, wiederergrubert, und spritzte sich nochmals Wasser ins Gesicht und fuhr sich durch die Haare und sah im Spiegel, wie seine Haare einfach von seinem Schädel herunterfielen. Seine Hand war voller Haare. Er sah, dass dort, wo er seine Hand über den Kopf geschoben hatte, eine sichtbare Spur zurückgeblieben war, während Haare immer noch über sein Gesicht und seine Ohren und in seinen Nacken rieselten. Und seinen Rücken hinab. Gruber fuhr sich erneut über den Kopf, und es hörte nicht auf. An manchen Stellen hielten seine Haare, von manchen verschwanden sie komplett, es taten sich blanke Hautstellen zwischen dichten Haarbüscheln auf, ohne System, ohne Sinn. Gruber sah sich im Spiegel mit Haaren, die auf seinem nassen Gesicht und in seinem nassen Bart klebten und auf seiner Brust, er sah diese Haaroasen auf seinem Kopf und die lichten Schneisen dazwischen und auch, dass sein bisschen Bart dünner geworden war, und er war schockiert, schockierter als er erwartet hatte, er war bis in die Knochen erschüttert, obwohl er nach der neuen Chemo damit und mit Schlimmem gerechnet hatte und gerade Schlimmes hinter sich und überstanden glaubte. Aber das hier war viel schlimmer. Das hier stellte ihn in Frage, es zerstörte endgültig einen der zentralen, substanziellen Parameter, nach denen Gruber zweifelsfrei Gruber war und sich schon immer, schon seit seiner Mittelschulzeit, als Gruber definiert hatte: Sein tadelloses Aussehen, seine strahlenden, hellen Augen im Kontrast zu seinem tollen, unverwüstlichen, dichten, braunen Haar. Jetzt waren nur noch seine Augen übrig, und die wirkten bizarr ohne den Kontrast der Haare, ohne irgendeine Entsprechung. Gruber wollte wegsehen, weggehen, damit nichts zu tun haben, aber so war es nun eben, so war er nun eben, und er blieb stehen vor dem Spiegel und sah genau hin. Die Verwüstung, die Entmännlichung, die faktische Entgruberung. Die Zerstörung der Gruberschen Grundfesten, der verlässlichen Pfeiler seiner Existenz. Er sah eine bislang eherne Basis seiner Selbstsicherheit zerbröseln. Aber er sah auch, dass er irgendwie trotzdem noch da war. Dass Gruber bestehen blieb, vielleicht deswegen, dass es nun eben so war und so sein musste, weil das, leider genau das, verhinderte, dass sonst auch der Rest von Gruber aus diesem Spiegel verschwinden, für immer aus allen Spiegeln und sonstigen reflektierenden Scheiben und aus der Welt überhaupt weichen würde. So war es nun eben. So sah er nun eben aus. Aber so war er da.

Gruber drehte sich um, ging festen Schritts in die Küche, holte eine Schere, schnitt die Haarbüschel ab, rasierte sein Gesicht und rief schließlich Philipp an, weckte Philipp auf und ließ sich deshalb von Philipp beschimpfen. Aber Philipp kam und klingelte und schritt zur Tür herein und sah Gruber wortlos an und trank zwei Espressi und rasierte Gruber den Kopf mit dem Bartschneider, den Gruber sich bald nach der Nacht mit, hm, Henry, gekauft hatte (wovon Philipp absolut nichts zu wissen brauchte, nie etwas erfahren sollte), und rasierte dann noch einmal mit dem Nassrasierer darüber. Und machte während alledem, kaum dass er sich vom Schock des Gruberschen Anblicks erholt hatte, unablässig so letztklassig schlechte Glatzkopf- und Hautperückenwitze, einen nach dem anderen, dass es weh tat, augenblicklich noch weher als der Umstand, dass Gruber keine Haare mehr am Kopf hatte. Dass er krank, dass er so krank, derart scheißkrank war, dass es jetzt jeder sehen konnte.

Danach hatte sich Gruber seine alte, abgewetzte Adidas-Schirmkappe auf den Kopf gesetzt, jede in der Stadt verfügbare Designer-Kopfbedeckung gekauft, Baseball-Kappen, Schieberkappen, Franzosenmützen, Hauben im Doppelripp-Baumwollstrick und so einen geflochtenen Landhausbesitzerstrohhut, wie ihn der Spießer in einer Lagerhaus-Billigversion immer auf dem Kopf trug. The times, they are a-changing. Als er beim Arzt war, der ihm erklärte, wie es jetzt weitergeht, und dem er einfach ungeniert erzählt hatte, dass er jetzt erst einmal nach Berlin fährt und was der Grund für seine Reise sei, hatte er die Adidas-Kappe getragen. Der Arzt hatte reagiert wie von Gruber erhofft. Erstaunt irgendwie, zuerst. Aber auch beeindruckt, gewissermaßen. Als hätte Gruber, trotz seines malignen Lymphoms, trotz der in ihm wühlenden Krankheit, trotz drohender Metastaseninvasion, trotz der ihn brutal zusammendreschenden Chemotherapien nebenher das Matterhorn erklommen, ohne Sauerstoff. Anerkennung, Herr Gruber, Respekt. Das hatte der

Arzt nicht gesagt, das hatte Gruber ihn nur denken sehen. Hatte er lesen können in des Doktors Gesicht. Zumindest ungefähr.

Wobei Gruber nun, in diesem Hotelzimmer in Berlin, als er die Adidas-Kappe abnimmt, die er seither mit Nikilaudaschem Gleichmut fast immer trägt, das Gefühl hat, dass er das Matterhorn eben gerade erst vor sich sieht, durch das Hotelfenster, wuchtig, mächtig, zum Greifen nah, es zerquetscht den Potsdamer Platz, nein, es hat gesamt Berlin unter sich begraben, und es wirkt augenblicklich extrem eroberungsresistent, absolut unbezwingbar. Unbezwingbarer als alles Bisherige, das zu Gruber nun definitiv mächtig und gemein genug gewesen war. Aber das nun. Das hier jetzt. Boah. Tja. Glatzkopf Gruber momentan: praktisch machtlos.

Das war dann ... das war ein Schock. Ich meine, nachdem es nun endlich gerade richtig passte. Nachdem es nun endlich langsam anfing, schön altmodisch langsam. Zuerst waren wir ja ganz modern im Sprint mitten hinein gesprungen, ging ja auch nur um den Sprung. Man ist ja so, man ist cool, man ist tough, erst der Sex, erst das Vergnügen, dann vielleicht mal die Arbeit, aber eher nicht. Meistens eher nicht. Dann die Vollbremsung, alles komplett abgestoppt, alles abkühlen lassen. Warteposition, ist da was oder ist da nix. Man will ja nichts, nö, man will ja gar nichts. Ist einem alles scheißwurscht, ob was ist oder nicht. Immer schön stabil stehen bleiben, ein bissl wegschauen, tun als wär nichts, sonst glaubt der andere zuletzt noch ... Das Spiel halt. Kennen wir alle. Musst du spielen, sonst trifft dich der tödliche Uncoolitätsverdacht. Und dann sind wir doch langsam wieder gestartet, im Spaziergangstempo, easy, slow. Und nach Wien war dann endlich alles gerade richtig, ganz überraschend richtig, fühlte sich auch richtig an, auch so, als würde es sich für ihn richtig anfühlen, hatte den richtigen Flow, die richtigen Vibes, die passenden Worte, es fühlte sich gemeinsam an. Ein minikleines, fast unsichtbares, labiles Wir, aber doch ein Wir. Es gab so einen Moment, nachdem er mich im Hotel abgeholt hatte und unter dieser Kuppel dort beim, wie heißt das, dort beim Heldenplatz diese merkwürdig peinliche Performance aufgeführt hatte, er pfiff irgendwas, es hallte und echote wie verrückt, die Leute drehten sich um und starrten uns an, es war ziemlich zehennägelaufrollend. Aber danach gingen wir an diesem unglaublich schönen kaiserlichen Gewächshaus vorbei, in dem

jetzt ein Restaurant ist, und dann in der Nähe vom Naschmarkt zu diesem Gasthaus, da gab es zwischen uns so eine
merkwürdige Übereinstimmung. Einen inneren und äuße-
ren Gleichschritt, einen Moment, einen langen Moment
der stillen, wortlosen Harmonie. Die Harmonie war spürbar, ganz weich und geschmeidig. Es war sehr schön. Auch,
dass er endlich mal die Klappe hielt, darin ist der ja nicht so
gut. Und es war angenehm, nicht peinlich oder so. Und in
dem Moment dachte ich: Es könnte vielleicht funktionieren. Es könnte vielleicht tatsächlich funktionieren mit dem,
obwohl der doch ziemlich irre ist. Es hat vielleicht doch
gestimmt, was ich gespürt habe, damals am ersten Tag. Dass
das etwas Wichtiges ist, etwas Schicksalhaftes, etwas Vorbe-
stimmtes, unverhandelbar. Ich glaube ja eigentlich nicht an
so Dreck. Aber bei dem hatte ich so ein Gefühl, das Gefühl
hat mich gepackt und verschwand nicht, gegen alle Wahrscheinlichkeit. Obwohl er sich so lange nicht gemeldet hat
und obwohl sich danach immer mehr zeigte, dass der ganz
anders ist als ich. Zum Beispiel, als der mir beim Essen, ich
weiß gar nicht mehr in welchem Kontext, erzählt hat, dass
er einen Porsche fährt. Ich meine, einen Porsche! John, der
John, in den ich so verschossen bin, fährt Porsche. Und Por-
sche-Fahrer gehen natürlich gar nicht, alle Männer, die Wert
auf ihr Auto legen, gehen eigentlich nicht, und dann auch
noch ein Porsche … Meine Güte. Allenfalls vielleicht Männer, die Volvos fahren, eckige Volvos aus den achtziger Jahren, sowas gefällt mir, moosgrün am besten, weiß auch nicht
warum. Vielleicht weil meine Mutter mich einmal aus so
einem herausgezerrt hat, als ich sechzehn war. Während ich
mit dem Volvobesitzer geknutscht habe. Sie hat mich abge-
passt, war saupeinlich. Damals wollte man ja immer älter
sein, und das zeigte, wie jung man noch war, wenn die Mut-

ter einen aus dem Wagen holen konnte, während der Kerl schon fahren durfte. Peinlich, peinlich. Der war aber orange, der Volvo, das weiß ich noch, aber ich habe keine Ahnung mehr, wie der Kerl hieß, war ein Idiot, soweit ich mich erinnern kann. Jedenfalls habe ich danach nicht mehr mit ihm geknutscht, oder er nicht mehr mit mir, weiß ich nicht mehr. Aber Volvos mag ich seitdem. Felix hat einen Volvo, einen schwarzen, so ein langes Teil, Familienauto. Mag ich auch, hat mir gleich gefallen. Sogar in der Familienversion. Obwohl mir Autos sonst genauso wurscht sind wie Männer, denen Autos nicht wurscht sind. Normalerweise. Ich finde, ein Mann, ein richtiger Mann, sollte seine Energien für etwas Wichtigeres verwenden als ein Auto. Ein Mann, der seine Energien auf ein Auto und die Wahl eines Autos verwendet, kommt mir immer irgendwie, ehrlich gesagt, minderbemittelt vor. Und ein richtiger Mann fährt auch keinen Porsche, nur halbe Männer fahren Porsche, wenn du mich fragst, dann wurde der Porsche überhaupt nur deshalb erfunden, um halbe und viertel Männer zu vervollständigen, ein Porsche ist … Jaja. Ich weiß schon, ich steigere mich da rein. Kennst du schon, den Sermon. Ich weiß. Aber der Porsche hat mich wirklich schockiert, also zuerst. Dabei hat er mich gar nicht überrascht, ich meine, John, seine Schuhe, seine Hemden, seine Haare, das sah alles einwandfrei Porsche-kompatibel aus. Aber dass er dann tatsächlich einen fährt, das war nun irgendwie echt zu viel Klischee. Dass ich das nicht gespürt hatte … Normalerweise spüre ich so was und bin auch schon wieder weg. Bei dem nicht, vielleicht, weil bei dem alles so offensichtlich und da schon wieder echt war. Ganz offensichtlich inkompatibel zu mir, nur dass ich das dann auf einmal interessant fand. Auf so eine Schicksalsdingsweise, blöd, ich weiß schon. Ist jetzt wirklich nicht so, dass ich heimlich auch auf Porsches stehe und sie nur deshalb ablehne, weil ich mir nie einen leisten werde können oder weil sich die Porschefahrer für eine wie mich nie interessiert haben … nein! Sondern weil es für mich ein Signal war, dass diesmal vielleicht alles anders ist. Sogar das scheiß Auto. Wirklich alles ganz anders. So anders, dass es vielleicht, im Unterschied zu allem Bisherigen, wo alles stilmäßig korrekt und porschefrei und ideologisch kompatibel war und trotzdem nicht funktioniert hat, richtig wirkt und eine Zukunft hat. Dass unsere Harmonie vielleicht genau in der Dissonanz liegt, darin, dass wir eben nicht gleich sind. Keine Spiegel, in denen man nur immer sich selber sieht und sehen will. Sondern er. Und ich. Er so und ich so, nicht zu vergleichen. Und, ja, mir ist klar, dass ein Porsche dafür ein sehr, sehr eigenartiges Symbol ist, ich weiß das. Aber es war ja nicht nur das. Es waren auch seine Augen. Er hat diese hellgrauen Augen. So Fenster-Augen. Durch braune Augen sieht man nie durch, man planscht so ein bisschen drin herum, es ist warm und angenehm, aber man kommt nicht durch. Bei John habe ich manchmal das Gefühl, ich sehe durch seine Augen mitten hinein in ihn. Ja, das klingt trivial. Aber er macht sich so auf mit diesen Augen, er schaut dich an mit diesen Augen, und du hast plötzlich das Gefühl einer derartigen Ehrlichkeit, einer totalen Preisgabe, es ist wie … Ich weiß nicht, man hat plötzlich das Gefühl, als habe man Verantwortung für ihn. Es ist fast schmerzhaft. Man wird zum Komplizen, ohne dass man darum gebeten hat, aber man ist es und will es. Man bekommt etwas zu sehen, das einen irgendwie verpflichtet. Dämlich, ich weiß, ich kann das gar nicht richtig erklären. Wahrscheinlich hat es auch mit der Krankheit zu tun, vielleicht ist es, weil ich weiß, wie krank er ist, er hat mir ja an dem Abend alles erzählt, vielleicht, dass ich ihn deshalb halt anders sehe. Unscharf vielleicht. Und dass ich diese Augen anders wahrnehme und falsch interpretiere. Dieses Leuchten. Dieses Brennen. Diese brutale Ungeschütztheit … Das ist vielleicht nur die Krankheit. Ich kenne ihn ja nur krank. Ich weiß auch nicht. Es war jedenfalls extrem verbindlich, irgendwie.

Es ging mir richtig gut, als ich zurückkam. Die Arbeit mit Fehringer war super gelaufen, die Aufnahmen waren klasse geworden und wir hatten genau die gleichen Vorstellungen, wie die Sache klingen soll, da kam unheimlich schnell was Gutes, Unerwartetes heraus. Wir hatten jedenfalls statt einem gleich drei Tracks gebastelt und beschlossen, in Zukunft mehr miteinander zu machen. Wodurch Wien auf einmal ein Ort geworden war, an dem ich etwas hatte, ja, eine ganze Menge hatte, ein Label und einen Lover. Ich bin ja viel unterwegs durch meine Arbeit, und das ist okay, manchmal anstrengend, meistens okay, aber daheim fühle ich mich doch nur in Berlin. Und jetzt fühlte sich Wien auf einmal ein wenig wie ein Zweitdaheim an. Zumindest wie die Möglichkeit für sowas. Ich hatte den Vormittag in der Stadt vertrödelt und mir eine große Ledertasche gekauft – John sagte später, das sei keine Tasche, sondern eine Einraumwohnung zum Umhängen – und dann hatten Fehringer und ich bis in die Nacht gearbeitet. Danach hatte er mich mit ins Anzengruber genommen und mir dort am Stammtisch ein paar Leute vorgestellt, die alle was Kreatives machten, Fotos, Musik, Fernsehen, Bücher, Zeitungen, alles laute, egozentrische, unfassbar trinkfeste Menschen mit einer Neigung zu sehr derben Witzen. Es gefiel mir. Ich unterhielt mich lange mit einem Kerl, der mit einem anderen eine Talkshow hat, er war sehr betrunken, dabei aber merkwürdig intelligent und luzide. Als John irgendwann nach Mitternacht kam, um mich abzuholen, stellte sich heraus, dass meine Nervosität, wenn die jetzt zusammentreffen, ganz unnötig gewesen war. Er kannte ein paar von denen, zumindest vom Sehen, er trinkt ja hier auch öfter einmal, er wohnt ja nicht weit. Ich beobachtete, wie die miteinander redeten, Porschefahrer gegen Kreativwirtschaft, kann leicht schiefgehen. Das kann ja sowas von schiefgehen, ist dazu regelrecht prädestiniert. Er hielt sich erstaunlich gut. Ein paar Mal merkte ich, dass er sich bremsen musste, dass er eigentlich den Impuls hatte, einem von denen übers Maul zu fahren, aber er tat es nicht. Wegen mir nicht, das sah ich daran, wie er zwischendurch zu mir herüberblickte, mit diesen hellen, blitzenden Augen, und sie schauten sehr warm.

Dann war ich zurück in Berlin, und da ging es mir erst recht gut. Dann hab ich ein bisschen abgenommen, machte Schluss mit Felix und fuhr übers Wochenende mit Ruth auf Wellness, irgendwo in der Sächsischen Schweiz, wir ließen uns massieren und einschmieren und abtupfen und peelen und epilieren, flirteten mit allem, was XY war und tranken abends Cocktails, war echt nett. Ich simste und mailte regelmäßig mit John und war schon ziemlich verliebt. Felix war ein wenig nervig, nur ein wenig, und die vielen Rosen machten sich in meiner Bude eigentlich gut. Dann war ich ein bisschen nervös, weil ich ein paar Tage nichts von John hörte. Und dachte, er will mich doch nicht. Ruth meinte: Der kann sich nach dir alle zehn Finger ablecken. Dann dachte ich, ich hab eh was Besseres verdient als einen Porschefahrer. Felix wollte noch einmal mit mir essen gehen, richtig, unversteckt, nur noch einmal über alles reden. Ich machte aus schlechtem Gewissen und Mitleid mit und ging aus schlechtem Gewissen und Mitleid noch einmal mit Felix ins Bett. Danach hatte ich sofort, ach was, noch währenddessen hatte ich ein unfassbar mieses Gewissen wegen und Mitleid mit John, der in Wien litt und in Berlin betrogen wurde. Ich dachte mir zwar, so zusammen sind wir jetzt auch wieder nicht, ja, eigentlich sind wir ja gar nicht zusammen. Dann schickte John mir genau in der Nacht eine SMS, er habe Sehnsucht nach mir, L, John. L! Da hatte ich ein noch viel mieseres Gewissen, aber Ruth sagte: Scheiß dir nix, das kann passieren und ihr seid ja nicht verheiratet, was weißt du, was der in Wien alles macht. Hatte sie schon recht. Dann wusste ich nicht, was ich darauf antworten sollte, und antwortete erst mal nicht, und außerdem schrieb er auf Facebook, dass er in der tiefen Provinz sei und keinen Empfang hat. Ich überlegte die ganze Zeit, ob ich ihm auf Facebook mailen soll, und wenn ja was, aber ich war unfähig dazu, weil ich ja so ein schlechtes Gewissen hatte und dachte, der merkt und spürt das bestimmt sofort. Und ich hab's ja nicht so mit den Wörtern. Und dann wusste ich endlich, was ich schreiben wollte, aber dann kam etwas dazwischen. Dann merkte ich, dass etwas nicht stimmt. Dann merkte ich, was nicht stimmt. Dann war ich schwanger.

Und, nein, nicht von Felix. Felix will definitiv nicht auch noch Kinder von einer anderen Frau, der findet sein Leben schon so stressig genug, und in dieser Hinsicht passt er richtig gut auf. Also von John. Von einem Mann, den ich kaum kannte. Von einem krebskranken Mann, den ich kaum kannte. Von einem krebskranken Mann, den ich kaum kannte und der tausend Kilometer entfernt lebt. Von einem krebskranken Mann, den ich kaum kannte, der tausend Kilometer entfernt lebt und mit dem ich nur ein einziges Mal nicht aufgepasst hatte. Von einem krebskranken Porschefahrer, den ich kaum kannte, der tausend Kilometer weit weg lebt, mit dem ich nur ein einziges Mal nicht aufgepasst hatte und der einmal erwähnt hat, dass er lieber keine Kinder will – ich könnte die Reihe endlos fortsetzen. Und ich wollte ja im Übrigen auch nie welche. Ich habe mich nie mit einem Kind gesehen. Ich war immer stolz darauf, eine Frau zu sein, die kein Kind braucht. Ich machte drei Tests, um das Damoklesschwert über mir zu verjagen, aber sie waren alle einwandfrei positiv. Ruth machte einen Bluttest, positiv. Ich wollte Ruth noch zu einem Ultraschall überreden, um ganz sicherzugehen, aber sie weigerte sich. Sie sagte, die Blutuntersuchung sei unbestechlich, ich sei schwanger. Und sie wollte nicht, dass ich den Herzschlag sehe. Ruth sagte, wenn du den Herzschlag siehst, ist dir alles wurscht, die tausend Kilometer und der Porsche und der Krebs und dass er keine Kinder will, den Herzschlag zeige ich dir sicher nicht. Also, nicht mal Ruth fiel zu diesem Problem etwas ruthmäßig Zündendes ein, selbst Ruth, selbst 3-Kinder-Minimum-Ruth fiel dazu nur die Abtreibungsambulanz ein. Und ich dachte auch, ja klar, weg. Gar nichts sagen, einfach weg, so schnell siehst du den eh nicht wieder, der braucht das nie zu erfahren. Ruth fragte nach meiner letzten Periode, zählte an den Fingern ab und meinte, dass ich noch Zeit hätte, aber ich wollte es so schnell wie möglich hinter mir haben.

Ich rief in der Schwangerschaftsambulanz an, und sie gaben mir trotz Bitten und Betteln erst drei Wochen später einen Termin, sagten mir, ich müsse zum vorgeschriebenen Beratungsgespräch und gaben mir eine Telefonnummer. Wusste ich, war ja nicht das erste Mal. Ich rief bei der blöden Beratungsstelle an und ging zu dieser blöden Beratung, aber die Frau dort war, anders als der Kerl beim letzten Mal, cool und wirkte vernünftig, und der krebskranke Vater, der ging ihr runter wie Öl. Ich hatte befürchtet, sie würde vielleicht ein ärztliches Attest verlangen, einen Beweis für die tödliche Krankheit des Erzeugers, die in der Genetik meines Kindes mit großer Wahrscheinlichkeit eine Disposition zu Krebs hinterlassen würde. Aber sie glaubte mir das. Sie hatte wohl Erfahrung darin, zwischen Wahrheit und Lüge zu unterscheiden, und außerdem wirkte sie nicht wié eine, die eine andere dazu zwingen will, ein Kind zu bekommen, das die auf keinen Fall will.

Die restlichen zwei Wochen versuchte ich nicht daran zu denken, dass ich schwanger bin. Und dachte ununterbrochen bloß, ich bin schwanger, ich bin schwanger. Dass etwas wächst in mir, dass etwas sich entwickelt. Meine Brust spannte. Ich hatte die ganze Zeit das Gefühl: Da entsteht etwas Neues in mir. Ich bin nicht mehr allein. Ich legte ständig die Hand auf meinen Bauch, obwohl er natürlich noch unverändert und obwohl natürlich rein gar nichts zu spüren war. Aber ich meinte dennoch etwas zu spüren. Ich dachte an John, und was er dazu sagen würde, und ich wusste, er würde dasselbe sagen wie ich: Unmöglich. Das ist ganz schlecht jetzt, das geht im Moment gar nicht. Aber irgendwie hatte ich das Gefühl, das ist auch nicht die Wahrheit, also für mich. Ich dachte darüber nach, dass ich siebenunddreißig bin. Und wie es wäre, wenn ich das Kind kriegen, wie ich leben würde. Was John dann sagen würde. Wie ich mit einem dicken Bauch aussehen würde und mit einem Baby, und wie John mit einem Baby aussehen würde. Wie Johns Baby aussehen würde. Wie es wäre, ein Kind auf die Welt zu pressen. Ich sah Frauen mit Bäuchen, Frauen mit Babys, Frauen mit kleinen Kindern, und ich sah mich selbst. Ich dachte an die Filme, in denen die Mütter so furchtbar schrieen und nachher so glücklich waren. Auf einmal konnte ich mich nicht mehr richtig erinnern, warum ich eigentlich nie eins gewollt hatte. Plötzlich war da so ein Gefühl, ich will doch eins, irgendwann. Ich hab gegoogelt, welche Auswirkungen die Krebskrankheit des Vaters auf das Kind und seine Gesundheit haben könnte. Ich weinte viel, ich weiß gar nicht warum, jetzt nicht wegen der Schwangerschaft, sondern wegen irgendeinem Scheiß, weil morgens kein Kaffee mehr da war, weil ich in der Weißwäsche etwas Blaues mitgewaschen hatte, wegen der *Merci*-Werbung im Fernsehen, wo sie sich so umarmen. Echt, wegen solchem Blödsinn. Oder weil mir ein Tubendeckel aus der Hand und auf den Boden gefallen war, deshalb weinte ich, total geistesgestört, weil mir doch ständig Tubendeckel runterfallen, und Deckel von Marmeladengläsern und Schraubverschlüsse von Tetrapacks, ich bück mich praktisch den ganzen Tag lang, um einen Verschluss aufzuheben und abzuspülen und dann gleich nochmal abzuwaschen, weil er mir während des Spülens in den versifften Ausguss gefallen ist, ich habe das in der Genetik, immer schon gehabt und Juli hat das auch, und ich hab mich immer schon gefragt, was eigentlich andere Leute mit der vielen Zeit machen, die sie nicht damit verbringen, Schraubverschlüsse aufzuheben, unter dem Kühlschrank hervorzufitzeln und abzuwaschen … Aber sogar das, so ein vollkommen normal aus meiner Hand rutschender und über den Fußboden hoppelnder Drehverschluss, war jetzt ein Grund zum Heulen, jede Kleinigkeit einfach. Mir war oft nicht gut in der Früh, und manchmal war mir richtig schlecht. Ich versuchte so zu tun, als sei nichts, aber da war was, da war eindeutig was und ich musste immerzu daran denken.

Und das war ganz anders als beim ersten Mal. Beim ersten Mal war ich vierundzwanzig gewesen, hatte noch Medizin studiert oder zumindest so getan als ob, hab dabei schon regelmäßig in einem Club aufgelegt und mich fürchterlich in dessen Besitzer verliebt, so ein gut aussehender Charismatiker, der eine ganze Runde älter war und mich hin und wieder auf dem Ledersofa in seinem Büro vögelte, hauptsächlich, weil ich eben gerade da und so verliebt in ihn war. Er hatte Lippen wie Mick Jagger und war ein furchtbarer Liebhaber. Rammelte wie ein Karnickel. Ich war so verknallt, dass mir das egal war, und ich ließ mir gefallen, dass er mich nachher sofort wieder ignorierte und praktisch permanent auf Koks war, ich nahm ja schon damals keine Drogen außer Alkohol und Zigaretten, habe nie auch nur irgendwas probiert. Ich war total verschossen in den, aber als ich dann von ihm schwanger war, kam ich keine Sekunde auf die Idee, das Kind zu bekommen. Ich war doof, aber so doof auch wieder nicht. Ich machte einen Termin in der Klinik aus, dann erzählte ich es ihm, und alles was er sagte war, ob ich schon einen Termin für den Abbruch hätte und wie viel er zahlen müsse. Ich Idiotin war so nett, ihm nur die Hälfte zu verrechnen, obwohl ich nichts verdiente außer der DJ-Kohle, und das war damals noch nicht viel. Aber ich war zu stolz, um ihm alles aufzubrummen, was ich hätte tun sollen. Lieber aß ich zehn Tage nur Dosenbohnen mit Tomatensoße. Es dauerte fast vier Wochen bis zum Termin, und ich dachte in der Zeit schon gelegentlich daran, wie es wäre, dieses Kind zu bekommen, ein Kind zu haben, aber ich erwog es nie ernsthaft. Der Typ verlor die ganzen Wochen kein Wort darüber. Und ich war ja so cool, ich war derart cool, dass ich am Abend vor der Abtreibung noch auflegte, und genau an dem Abend kam er und fragte nach dem Termin. Voll zugekokst natürlich. Ich sagte: Morgen. Und er sagte: Vielleicht solltest du das Kind doch kriegen. Kann man sich das vorstellen? Völlig geistesgestört. Nachdem er die ganzen Wochen an mir vorbeigeschaut hatte, wenn ich im Club war. Ich war zwar nach wie vor recht verknallt in den, aber ich stiefelte trotzdem am nächsten Nachmittag in die Klinik, ganz allein, und ließ es wegoperieren. Ich weiß noch, wie ich im Wartezimmer saß, wie ich die Narkose bekam und dachte: Wenn ich aufwache, ist alles wieder wie vorher, ist alles wieder normal, ist alles gut. Ruth, mit der ich damals in einer WG mit noch drei anderen wohnte, holte mich ab. Es ging mir derart prima danach, dass wir uns sogar noch in ein Café in der Nähe setzten. Ich weiß noch, dass ich zwei Becher Kakao trank und zwei große Tortenstücke aß, zur Belohnung und weil ich so hungrig war. Ich blutete sechs Wochen und hatte nicht eine Sekunde ein schlechtes Gewissen oder das Gefühl, nicht das Richtige gemacht zu haben. Niemals, bis heute nicht. Ich habe es nie bedauert, dieses Kind nicht gekriegt zu haben und bedauere es auch jetzt nicht.

Doch nun. Nun war alles ungewiss. Ich kriegte die Wochen irgendwie rum. Ich erzählte Juli nichts, obwohl sie öfter anrief als sonst und ständig fragte, wie es mir gehe, das ist diese Zwillingssache, man merkt einfach, wenn mit der anderen etwas nicht stimmt. Ich machte meine Sendungen. Ich legte auf, fuhr mit dem Rad herum und ging viel aus, mit Ruth, mit Prinzessin Florian, der gerade schrecklichen Liebeskummer hatte wegen eines Kerls aus München, mit Leuten aus dem Sender, einmal traf ich Felix auf einen Kaffee und erzählte ihm natürlich nichts. Ich rauchte. Ich trank Wein und Bier und Gin Tonics, und jedes Mal, wenn ich trank, dachte ich an die Sache in mir und sagte mir ausdrücklich, dass es der Sache ganz egal war, was ich trank und wieviel und ob ich rauchte, weil in vierzehn, elf, zehn, acht, sieben, sechs, drei, zwei Tagen würde die Sache eh Geschichte sein, verschwunden, weg, also Prost. An dem Donnerstag, als ich um elf Uhr den Termin hatte, war ich um acht wach, aß und trank nichts, weil ich ja wegen der Narkose nüchtern bleiben musste, zog etwas leicht Aus- und Anziehbares aus dem Schrank, eine alte Unterhose, BH, lockere Jeans, ein Shirt, packte mir dicke Binden in meine Tasche, dann sortierte ich ein paar Platten, räumte die Wohnung auf, putzte den Kühlschrank und dachte an nichts. Versuchte jedenfalls an nichts zu denken. Kurz vor halb elf ging ich runter und hinüber zum Taxistand am Rosenthalerplatz, stieg in den ersten Wagen und nannte die Adresse. Der Taxler assoziierte nichts damit, oder er tat zumindest so. Ich setzte mir einen Kopfhörer auf, ich wollte jetzt bestimmt nicht quatschen. Ich hörte Eels, die alte «Souljacker», hatte ich schon die ganze Zeit gehört, ist immer noch fantastisch. «Woman driving, man sleeping». Wir fuhren, es war grausam heiß, ich kurbelte ein Fenster herunter. Der Wind fuhr mir ins Haar. Ich dachte, dass ich siebenunddreißig bin. Ich dachte an John. Ein paar hundert Meter vor der Ambulanz fuhren wir an dem Café vorbei, in dem ich damals, nach dem letzten Mal, mit Ruth gesessen bin, das gab es also immer noch. Der Taxler hielt an der Ambulanz, ich zahlte elf Euro zwanzig und gab achtzig Cent Trinkgeld. Ich stieg aus und ging zum Eingang, ich sah das Messingschild mit der Aufschrift und die Klingelknöpfe der anderen Wohnungen und Arztpraxen. Es gab einen Dr. Vogel, Hals Nasen Ohren, und ich drehte nach rechts und marschierte in das Café, in dem ich damals mit Ruth gewesen war, und aß zwei große Stücke Sachertorte und trank zwei Tassen Kakao dazu. Und rief dann Ruth an und rief Juli an, und war schwanger und gedachte es zu bleiben, noch ungefähr sieben Monate lang.

Das war ich nicht. Das war ich nicht, hatte Gruber gedacht, nachdem ihm Sarah diese SMS geschickt hatte. «lieber john, es ist so: ich kriege ein kind. also wir. also, je nachdem. kuss aus berlin, sarah.» Das war ich nicht! Nachdem er eine halbe Minute nachgedacht hatte, hatte ihm geschwant: Das konnte er allerdings doch gewesen sein, es hatte da doch seinen stürmischen Auftritt in ihrem Hotelzimmer gegeben, seine super Nachmittagsperformance, tja, da war irgendwie keine Zeit gewesen für Gummierung. Also bitte. Einmal. Das war doch, also das war doch gar nicht möglich, nach den Gesetzen der Wahrscheinlichkeit. Oder. Sowas kam doch gar nicht vor, praktisch nie. Na, so gut wie nie. Das war jetzt. Hm. Scheiße war das, ne.

Und jetzt sitzt er mit Sarah in einem Restaurant in Berlin, und sie führen das Gespräch. DAS Gespräch. Er wäre lieber mit ihr in seinem Hotel. Oder bei ihr daheim. Er würde lieber mit ihr im Bett liegen, nackt, sie in seinem Arm, aber sie will das Gespräch offenbar an einem neutralen Ort führen, bekleidet, mit einem Tisch zwischen sich und Gruber.

«Aber wie stellst du dir das vor?» So ungefähr geht das Gespräch zwischen Sarah und Gruber, die Aussprache zwischen Sarah und Gruber, so voll ins Klischee geht das.

«Wie stellst du dir das bitte vor?»

Es ist Gruber klar, dass die Frage ein wenig, sagen wir, aggressiv klingt. Negativ. Und abweisend. Aber es ist Gruber, er ist ja kein Idiot, im Prinzip schon klar, wie das ausgehen wird, aber das gibt er jetzt sicher noch nicht zu. Das braucht Sarah jetzt definitiv noch nicht zu wissen. So billig kriegt sie es auch wieder nicht, auch wenn, tja, wenn er sich vielleicht ein wenig sehr viel Zeit gelassen hat für dieses Gespräch, vier, fast fünf Wochen? Bitte, er ist krank. Und das Kranksein hat bitte in den letzten Wochen echt was hergemacht. Und ihn, sagen wir, von anderen Dingen ein wenig abgelenkt. Ihn vielleicht andere Dinge ein bisschen verdrängen lassen, könnte man auch sagen.

Und angefangen hat das Gespräch natürlich anders. Angefangen hat es damit, dass sie ziemlich stark fremdelten, beide, angefangen hat es mit nervösen Höflichkeiten und Verlegenheiten, mit einem scheuen Bussibussi, freundlichem Geplänkel, mit einem beiderseitig sehr zurückhaltenden Wie-geht-es-dir, auf das man, bittebitte, jetzt keinesfalls sofort eine ehrliche Antwort will, später gern, aber nicht jetzt auf der Stelle, jetzt erst mal nur anfangen. Das geht ihr wohl ähnlich wie ihm. Sie sah auf seinen kahlen, heute von einer schicken, beige-blau karierten Mühlbauer-Schirmkappe bedeckten Schädel, er schielte auf ihre Körpermitte, an der allerdings keine auffällige Ausbuchtung zu erkennen war, obwohl sie schmale Jeans trägt und ihre Bluse in den Bund gesteckt hat. Vielleicht hat sie ein bisschen zugenommen, Gruber kann es nicht genau sagen, ein kleines bisschen vielleicht. Grün. Die Bluse ist satt grasgrün. Steht ihr gut. Passt zu diesen Haaren, die aussehen, als würden sie nach Heu riechen. Gruber hätte gern geraucht, hätte gern die Hände ein wenig beschäftigt, es fühlte sich für Gruber an wie eine der Standardsituationen, in denen er unbedingt rauchen sollte. Aber Sarah raucht natürlich nicht mehr, machen Schwangere nicht, es ist nicht mehr wie in «Mad Men», wo die Schwangeren mit dem Whiskyglas im Kinderzimmer stehen und rauchen. Raucht er halt auch nicht. Es passt zu der allgemeinen Zurückhaltung, in der man sich gerade übt, gruber- wie sarahseits, man kann, man will ja nicht so umstandslos in solche Wichtig-, ja,

Lebenswichtigkeiten hinköpfeln. Man muss sich erst abkühlen oder aufwärmen oder was auch immer. Man sitzt übrigens im Kuchi, also, vor dem Kuchi, der Abend ist warm, es ist lauschig. Gruber ist, hört hört, mit dem Rad gekommen, einem Rad, das er sich in seinem Hotel ausgeliehen hat. Hier in Berlin, hat Gruber vom Taxi aus festgestellt, ist das Radfahren irgendwie schicker als in Wien, das Radfahren sieht an den Menschen in Berlin wesentlich besser aus, es sitzen in Berlin auch viel coolere Menschen auf Rädern als anderswo, und viel schönere Frauen. Gruber fand, er sollte das auch einmal ausprobieren und merkte dann gleich, holla, das geht erstens noch, es stimmt tatsächlich, dass man das Radfahren nicht verlernt, auch wenn man die letzten fünfzehn Jahre ausschließlich auf Hometrainern fuhr. Und zweitens passt es gut zur Schirmmütze, irgendwie. Auch wenn das Rad in einem dummen Gelb lackiert ist. Und nicht annähernd so schick wie andere Räder, die er gesehen hatte. So eins von denen, so eins hätte er direkt gern. Vielleicht kauft er sich so eins. Obwohl: Berlin ist flach, Wien nicht.

Den Innenhof, in dem sie jetzt sitzen, teilen sich zwei Asiaten, und Gruber ist froh, dass Sarah denjenigen ausgesucht hat, der sich Sessel mit Lehnen daran leistet. Drüben im Cocolo sitzen sie auf Bierbänken. Gruber hasst Bierbänke. Haben sie aber in Berlin überall, selbst vor den schickeren, teuren Läden, hat Gruber beim Vorbeiradeln schon bemerkt. Findet Gruber nicht gut. Findet Gruber eigentlich eine Sauerei. Man zahlt ja schließlich nicht nur für das Essen, man zahlt auch für den Sessel und dafür, dass man sich an- und zurücklehnen kann beim Essen. Oder beim Reden, besonders, wenn man ein schwieriges Gespräch führen muss, und das hier, so viel steht fest, ist ein schwieriges Gespräch, eines, das gelegentliches Zurücklehnen unbedingt erfordert. Gut also, dass Gruber eine Lehne hat. Gruber ist darüber gerade sehr froh, und um das zu zelebrieren, lehnt er sich einmal vor, neigt sich Sarah zu, wie stellst du dir das bitte vor?, und lässt sich dann langsam nach hinten in seinen Sessel zurückkippen. Gut so. Sehr gut.

Sarah blickt ihn mit einem Anflug von Irritation an, und Gruber ist sich nicht sicher, ob das an seiner Frage liegt oder ob sie die Inszenierung durchschaut hat und sich jetzt wundert, wie einer, dem man gerade verklickern will, dass an seiner Vaterwerdung kein Weg mehr vorbeiführt, sich um seine geschissene Sessellehne kümmern kann und den positiven Einfluss dieser Lehne auf seine aktuelle Performance. Nein. Hat sie nicht gemerkt. Gruber lässt sich wieder nach vorne kippen, nimmt einen Schluck von seinem Bier und zwickt sich ein Thunfisch-Sushi zwischen seine Stäbchen, wobei er Sarah immer anschaut, es soll ja nicht so wirken, als sei ihm die Nahrungsaufnahme akut wichtiger als das Gespräch. Sarah hat sich Hühner-Teriaki bestellt und grünen Tee: Schwangere dürfen kein Sushi essen, weil sich im rohen Fisch böse Keime verstecken können. Hat Gruber bislang auch nicht gewusst. Wollte er eigentlich auch nicht wissen, gehörte nicht zu den Dingen, die Gruber in seinem Wissenskatalog verzeichnet haben musste. Und Gruber fürchtet, dass der Katalog bald noch dicker wird und er bald noch mehr wissen wird, was er bis anhin weder gewusst hat noch je wissen wollte.

Für Krebspatienten sind die bösen Keime harmlos, soweit Gruber weiß, er stopft sich das Sushi in den Mund. An dem Haus vis-à-vis hängt eine riesige KINO-Leuchtschrift. Gruber ist hungrig. Obwohl es vielleicht unpassend ist, in diesem Moment zu kauen. Ist es unpassend, zu kauen, während Sarah sagt:

«Ich denke es mir so, dass ich das Kind kriege und groß-ziehe. Was ich mir noch nicht denken kann ist, wie weit du dich an diesem Vorgang beteiligen kannst. Oder willst. Ob du der Vater bist oder nur der Samenspender.»

Was war da jetzt? Hat er richtig gehört? Ja, hallo. Jetzt aber. Allerdings wirkt es ein bisschen einstudiert und aufge-sagt, was sie da von sich gibt. Jetzt bemerkt Gruber, wie blass sie ist und dass ihre Hand mit den Stäbchen zittert. Ziemlich tüchtig zittert. Sie hat noch kein einziges Mal gegrinst heute, nur schüchtern gelächelt. Und sie hat noch gar nichts geges-sen von ihrem knusprigen Huhn, sie hält nur die Stäbchen in der Hand. Vielleicht hat sie das vorher mit einer Freun-din geübt? Machen Frauen sowas nicht? Doch, Gruber ist sich sicher: Sowas machen Frauen. Oder mit ihrer Zwil-lingsschwester! Sie hat doch eine Zwillingsschwester, hat sie ihm mal erzählt. Zwillinge, totale Symbiose, weiß man doch. Zwillingsschwestern machen sowas hundertprozentig.

«Hörst du mir zu, John?», sagt Sarah. «Hast du gehört, was ich gesagt habe?»

«Ja, hab ich.»

Ja, hat er. Und er weiß es eh. Und er weiß es nicht. Er hat darüber nachgedacht, nein, er hat immer und immer wie-der angefangen, darüber nachzudenken, es sich vorzustel-len, und er ist nie weiter gekommen, als bis zu dieser Stelle, an der er Sarah klarmacht, dass es undenkbar ist. Er konnte und kann es sich einfach nicht vorstellen, nichts davon. Nicht die schwangere Sarah, nicht die Sarah mit dem Kind, nicht sich selbst mit dem Kind. Nicht Sarah und sich als Eltern eines Kindes. Nicht sich als Vater. Papi John. John Gruber, Vater. Vater Gruber. Grauenhaft. Das war es: Was immer er sich vorstellt, es endet immer grauenhaft. Unmög-lich, undenkbar, geht gar nicht. Gruber im Kreissaal oder vor dem Kreissaal: bizarr. Gruber in dieser Elternwelt, Gruber mit einem Kinderwagen, Gruber mit so einem Babysack vorm Bauch, Gruber am Spielplatz, Kindersitz im Porsche ... Geht! Alles! Nicht! Passt nicht zusammen, Gruber und das alles! Und vor allem: Wie soll denn das gehen, wirklich jetzt, ganz konkret? Er in Wien, sie und das Kind in Berlin? Er, falls er das überhaupt noch erlebt, so als Geschenke-Papi, der alle paar Wochen vorbeischaut und mit dem Kind in den Berliner Zoo geht, da schau, Mausi, die Pinguine, da, schau, Zwergl, die Giraffen, magst du ein Eis? Und später, wenn das Kind ein wenig größer ist, hängt man ihm so ein eingeschweißtes Infoblatt um den Hals, übergibt es einer Stewardess und setzt es ins Flugzeug, damit es mit dem halbfremden Wiener Vater in den Tiergarten Schönbrunn gehen kann, da schau, die Elefanten? So wie sein Vater ihn und seine Geschwister an sonntäglichen Vormittagen in den Tiergarten geschleppt hatte, völlig gelangweilt, weil Väter das halt so tun, vor allem Väter, die die ganze Woche damit beschäftigt sind, die Welt zu retten, was natürlich unendlich viel wichtiger ist als die eigenen Kinder, weshalb Gruber seinen Vater unter der Woche relativ selten zu Gesicht bekommen hatte. Unter der Woche hatte der Vater praktisch in der Redaktion gewohnt, wo er zwischen seinen Preisen und Urkunden bewegende Reportagen recherchierte, schrieb, aß, soff und die jungen Kolleginnen vögelte. Er hatte gelebt in der Redaktion und in den angrenzenden Lokalen, von denen wenigstens zwei ihre Existenz Grubers Vater schlicht verdankten. An den Wochenenden war er von seiner anstrengenden Arbeit meistens völlig erledigt gewesen und hatte seine Familie in teure Restaurants geschleppt, in denen sich Kathi, Ben und er fürchterlich langweilten und die Mutter gestresst war, weil sie es als ihre Aufgabe erachtete, die gelangweilten Kinder zu kalmieren, während der Vater mit den Köchen über den ultimativen Tafelspitz schwafelte – das hatte Gruber wohl geerbt – und mit den Sommeliers über den Wein. Und sonntags dann Zoo. Sein Vater schrieb jetzt, soweit Gruber wusste, fast nur noch Fress- und Wein-Kolumnen, aber das hinderte ihn, nach allem was Gruber von Kathi hörte, nicht daran, seine neue Familie genauso zu vernachlässigen wie seine alte. Immerhin, er lebte noch. Er war existent für seine Kinder, irgendwie. Und da stieß Gruber eben an die Sache, über die er eigentlich nicht nachdenken möchte: Dass er selbst das vielleicht nicht sein würde: existent. Sondern der fremde Vater, der dem Kind dann auch einfach noch wegstirbt … Verdammte Scheiße, nein. Es geht nicht. Er weiß, er weiß ja schon, dass es passieren wird, so oder anders, aber es ist und bleibt unvorstellbar. Es. Geht. Nicht.

«Weißt du», sagt Gruber, «ich kann es mir einfach nicht vorstellen.»

«Es gibt …», sagt Sarah. «Nein, warte!», sagt John. «Ich kann es mir einfach tatsächlich nicht vorstellen. Buchstäblich nicht. Ich bin nicht in der Lage, mich mit dem Kind vorzustellen. Kannst du? Siehst du dich mit dem Kind? Wie siehst du dich? Und wie siehst du mich mit dem Kind? Ich meine: Ich und ein Kind, stell dir das bitte vor! Und wo wirst du wohnen und das Kind? Und wo werde ich sein? Wo werde ich sein? Einmal abgesehen davon, dass ich vielleicht gar nirgends sein werde, sondern tot. Tot, Sarah.»

Jetzt lehnt Sarah sich zurück, schon wieder gut, dass man Lehnen hat. Sie ist offenbar verblüfft, ja erschrocken darüber, dass Gruber gleich an die Substanz geht, und darauf ist Gruber jetzt, obwohl oder weil ihn seine Ansprache selber etwas mitgenommen hat, sogar ziemlich mitgenommen hat, auch ein bisschen stolz. Achtung, nichts anmerken lassen! Würde alles ruinieren! Andererseits es ist ja wirklich scheiße ernst. Er meint es ja wirklich so, selbst wenn er sich dabei beobachtet, wie er wirkt, wenn er davon redet. Er spürt den Schmerz, auch wenn er es nicht lassen kann, die Wirkung seiner Worte zu erkunden. Es ist, wie wenn sich einer aus Interesse selber den Handrücken blutig kratzt, da muss der auch hinschauen. Und er kann nun mal nicht anders, entweder man ist ein selbstbeobachtender Kontrollfreak oder man ist es nicht, und Gruber ist nun mal einer, und trotzdem meint er es wirklich so. Wirklich.

Und Sarah, wie Gruber jetzt sehen kann, Sarah kapiert das. Sarah sagt:

«Nein, ich kann mir das auch nicht vorstellen. Ich kann mir das Baby nicht vorstellen. Ich kann mir das Leben mit dem Baby nicht vorstellen. Ich kann mir nicht vorstellen, wie es ist, Mutter zu sein. Aber weißt du was? Soviel ich weiß und soweit ich gehört habe, kann das niemand.» Genau, denkt Gruber, und wie es ist, tot zu sein, das kann auch niemand. Und man ist es trotzdem, früher oder später.

Sarah beißt jetzt doch in so ein frittiertes Hühnerteil, sieht aber nicht aus, als täte sie es mit Appetit. Eher, als täte sie es, weil es eben gerade da ist. Oder weil sie eine kleine Pause oder Ablenkung braucht. Sie beißt, kaut, schluckt, und dann ist die Pause vorbei, denn sie sagt: «Niemand kann das, nach allem, was mir meine Freundinnen erzählen. Und meine Schwester. Niemand. Auch die nicht, die darauf vorbereitet sind und schon immer ein Kind gewollt haben.»

Das hat Gruber auch schon gehört. Er dachte bislang nur nicht, dass es ihn etwas angeht, dass es etwas mit ihm zu tun habe oder je haben werde. Hat sich jetzt wohl geändert. Sich etwas nicht vorstellen zu können, ist nun eben einmal nicht

Grunds genug, um davon verschont zu bleiben. Und, weil er gerade bei den Unvorstellbarkeiten im Allgemeinen und Speziellen ist: Krebs zu haben, das konnte er sich eigentlich auch nie vorstellen. Keine Haare zu haben ebenfalls nicht. Ist jetzt aber beides der Fall. Jetzt kriegt er zu all diesen real und fühlbar und lebbar gewordenen Unvorstellbarkeiten halt offenbar auch noch ein unvorstellbares Kind dazu. Danke, Schicksal. Hat wohl noch nicht gereicht, die Scheißgasse, durch die er eh schon watet bis Oberkante Unterlippe. Gehört offenbar auch noch ein Balg dazu, gratis, Dankeschön, Top Extrabonus, im Scheißpreis inbegriffen.

«Ist mir klar», sagt Gruber.

Und, das weiß Gruber gar nicht so weit hinten in seinem Kopf durchaus schon, das wird er jetzt eben auch lernen müssen. Leben müssen. Er will es nicht, aber er weiß es schon. Er will immer noch, dass es nicht passiert, dass es weggeht. Er will das Kind nicht. Aber er wird es wollen müssen. Er spürt es schon. Weil, wie er längst gespürt hat, Sarah das unbedingt leben will. Die will das wissen. Fährt die Eisenbahn drüber, hat Gruber gleich gewusst. Hat sie ja auch gleich klargemacht, mit ihrer SMS. Das war ja eben nicht so eine Ich-bin-schwanger-hilfe-bitte-rette-mich-SMS. In der SMS war ja schon alles fix, die ließ Gruber ja eh keine Wahl. Und er weiß schon, dass er hier praktisch nur pro forma sitzt, und Sarah weiß es sowieso, und zwar schon deshalb, weil er sich, seien wir uns ehrlich, doch tüchtig Zeit gelassen hat mit dem Herkommen, um bei einer Sache mitentscheiden zu wollen, bei der Zeit ein nicht gerade unentscheidender Faktor ist. Aber er hat bitte auch einen starken Willen, und den wird er hier und heute vorführen, vielleicht ist es ja noch nicht zu spät. Er wird zumindest in aller Deutlichkeit klarmachen, dass er es und wie sehr er es nicht will, er wird auf jeden Fall versuchen, es abzuwenden. Sie tun jetzt beide so, als wüsste es Gruber nicht, dass er sowieso verliert, sehr wahrscheinlich schon verloren hat. Als wäre die Sache nicht längst gegessen, sonnenklar, was immer. Gruber hat in seinem Leben genug Verhandlungen geführt um zu wissen, dass es auch bei dieser hier nur noch um Details und Logistik und einen Abschlag da und einen geänderten Passus dort geht, auch wenn alle so tun, als sei noch alles komplett offen. Obwohl alle sehen, dass der eine die Kröte längst im Maul hat und jetzt nur noch an den Beilagen und am Dessert herumlamentiert, und der mit der Kröte, das ist nun eben Gruber. Weiß er, ja. Er kann im Prinzip gar nichts machen. Er kann sie ja zu nichts zwingen und sie zu nichts überreden. Versuchen ja, aber die Sinnlosigkeit dieses Versuchs hat er schon begriffen. Er hat das Unvermeidliche, er ist ja ein braver und mittlerweile erfahrener Leidensmann, längst akzeptiert, er hat diesmal drei der fünf Patientenstufen, Verdrängung, Wut, Feilschen, gleich übersprungen und ist jetzt ziemlich genau zwischen Depression und Annehmen, und dabei auch schon ein bisschen näher an der Akzeptanz. Braucht Sarah jetzt aber noch nicht zu wissen. Er wird jetzt mal ein bisschen Muskeln zeigen, sonst glaubt die noch, er ist ein totales Lulu. Da, guckstu, fühlstu, dicke Muckis, eisenhart. Ja, genau.

Und ja, er findet es tatsächlich nicht richtig. Dass sie das Kind kriegen will und dass er in dieser Sache ganz offensichtlich nichts mitzureden und nur noch fixfertige Entscheidungen zu akzeptieren hat. Scheiße findet er das. Aber. Aber er will sie endlich wieder grinsen sehen. Und er wird. Aber heute muss sie sich ihr eigenes Grinsen erst verdienen, ja, Sakrament, so billig gibt es das heute nicht. Er kriegt schließlich auch nichts umsonst derzeit, gar nichts kriegt er, immer nur noch eine Fuhre Mist auf den großen Misthaufen geschaufelt, immer noch mehr Scheiße auf die Scheiße drauf.

«Ich weiß eh, dass es für dich ein eher äh schwieriger Zeitpunkt ist», sagt Sarah. «Wie geht es dir denn überhaupt?»

«Siehst du ja», sagt Gruber. «Neue Chemo, neue Wirkung. Die erste hat's nicht ganz gebracht. Und es lässt sich noch nicht sagen, ob die jetzt mehr bringt als diese schicke neue Hautperücke.»

Da! Da ist es! Das Sarah-Vogel-Grinsen, Kleinformat. Ihr Breitband-Grinsen traut sie sich noch nicht, erscheint ihr wohl unangemessen, und sie packt auch das kleine gleich wieder weg. Ernstes Gespräch, das, erfordert ernsthafte Mimik.

«Oh», sagt sie. «Hast du noch viel vor dir?»

«Einmal Chemo, dann noch Bestrahlung», sagt Gruber. «Danach weiß man dann mehr.»

«War es sehr schlimm bis jetzt?»

«Geht so», sagt Gruber, «geht so.»

Glatte Lüge. Riesengroße, totale Super-Mega-Lüge. Es ging eigentlich gar nicht. Es war bei der zweiten Chemo dasselbe gewesen wie beim ersten Mal, wenn nicht schlimmer. Mit dem Unterschied, dass es ein paar Stunden, nachdem er begonnen hatte, seine Innereien in einen Kübel neben seinem Bett zu reihern, an seiner Tür zu läuten anfing, und geläutet und geläutet und geläutet und mit dem Läuten nicht mehr aufgehört hatte, bis Gruber seinen zentnerschweren Leib würgend und mit schmerzbrüllender Muskulatur endlich zur Tür geschoben und in die Fernsprechanlage gekeucht hatte: WAS! Mach auf, hatte seine Mutter gesagt. Nein. Nicht jetzt. Bitte, Gott, ich leide doch eh schon so. Mutter, hatte Gruber mit seiner festest möglichen Stimme gesagt, es passt grad nicht so gut, Mutter. Sollte sie ruhig glauben, dass sie ihn beim Vögeln gestört hat. Wurscht was, Hauptsache, sie machte einen Abgang. Mach auf, Johannes, hatte seine Mutter gesagt. Ob sie nicht bitte ein anderes Mal wiederkommen könne, hatte Gruber, schon wieder kurz vorm Speiben, mit entschieden weniger fester Stimme gesagt, es gehe ihm grad nicht so. Ich weiß, Johannes, hatte seine Mutter gesagt, also mach auf, und aus ihrer Stimme hatte Gruber jetzt trotz der elektronischen Verzerrung herausgehört, dass sie tatsächlich wusste. Gottverdammt. Seine Mutter konnte er jetzt brauchen wie einen Ausschlag am Hintern. Aber genau wie ein Ausschlag würde seine Mutter auch so schnell nicht weggehen, er hatte also besiegt auf den Summer gedrückt und die Wohnungstür entsperrt. Dann hatte er sich wieder hingelegt. Er hatte gehört, wie sie zur Tür hereinkam und etwas in die Küche stellte. Dann war sie in sein Schlafzimmer gekommen, hatte sich an sein Bett gesetzt, ihm über den haarlosen Kopf gestreichelt und ihn auf die Stirn geküsst. Wie siehst du denn aus. Warum hast du nicht angerufen. Dummkopf. Ich bin deine Mutter. Ich bin Ärztin. Warum hast du nicht gleich. Warum? Dummerchen. WEIL du meine Mutter bist, Mutter, hatte Gruber matt gesagt, und WEIL du Ärztin bist, deshalb. Hatte dann aber brav und ohne lang zu fragen die drei Tabletten geschluckt, die sie ihm in der hohlen Hand hingehalten hatte. Hatte ergeben die Zunge herausgestreckt, damit sie irgendwelche Globuli darauf verteilen konnte, nicht schlucken, langsam unter der Zunge zergehen lassen. Und hatte dann sogar den chinesischen Tee getrunken, der, wie seine Mutter versicherte, gegen die Übelkeit helfen werde, wenngleich Gruber seiner Mutter unter Würgen versicherte, dass jede Art von Tee seine Übelkeit zuverlässig maximiere. Hatte tatsächlich nur noch zwei Mal gekotzt, weniger schlimm als vorher, und die Übelkeit war tatsächlich weniger geworden. Und hatte seiner Mutter, die sich unter Grubers schreckgeweitetem Blick einen seiner Fauteuils ins Schlafzimmer gezogen hatte (der Boden, Mutter, pass auf, bitte!) endlich alles über seinen Zustand erzählt, obwohl sie offenbar eh schon das meiste wusste. Hatte Kathi verflucht, die ganz augenscheinlich nicht dichtgehalten und trotz grausamster Gruberscher Drohungen alles an die Mutter weitergeplaudert hatte. Und hatte dann acht oder neun Stunden durchgeschlafen. War aufgewacht und hatte sie in der Küche fuhrwerken gehört. Hatte sich, obwohl er sich deutlich erfrischt fühlte, noch ein wenig totgestellt, vielleicht würde sie ja doch verschwinden. Schließlich hatte er eingesehen, dass das nicht geschehen würde, war aufgestanden und hatte die Suppe gegessen, die sie ihm in der Zwischenzeit gekocht hatte. Suppe zum Frühstück, Mutter? Warum nicht, essen sie in Asien ja auch. Sie hatte offenbar auf dem Sofa geschlafen, auf dem Sofa mit dem Bierfleck, das Kathi dann trotzdem nicht gewollt hatte, kein Platz, kein Bedarf, aber danke, sehr lieb. Doch immerhin gab es jetzt Suppe, in seiner Küche, tatsächlich, unglaublich, es war ja natürlich nie etwas geworden aus seinem nächtlichen Suppenplan, obwohl Kathi ihm schon am nächsten Tag ein Rezept von Johanna Maier (zwei Sterne) gemailt hatte, das so klang oder von Kathi so runtergebrochen worden war, dass es auch ein Kochdepp wie Gruber hinkriegen konnte. Allerdings hatte seine Mutter keine Rindssuppe gekocht, sondern eine chinesische mit Huhn und Pilzen darin und irgendetwas Zerkochtem. Nach dem Rezept einer befreundeten chinesischen Ärztin. Denn sie beschäftige sich in letzter Zeit sehr mit traditioneller chinesischer Medizin, sie fände, das mache Sinn. Und sie hatte versucht, ihm zu erklären, wieso, während er in karierten

Pyjamahosen und einem frischen, weißen T-Shirt auf einem Barhocker an seiner Kücheninsel saß und wie ein folgsamer Schulbub seine Suppe löffelte. Diese Suppe, hatte seine Mutter gesagt, gebe Kraft und stärke seine Abwehr. Aha. Gruber stand ja auf Kriegsfuß mit derartigem küchenesoterischem Geblubber, war das nicht auch einer der Gründe gewesen, seinen Zustand vor seiner Mutter zu verheimlichen? Neben der Tatsache, dass sie, nach einer gewissen, eher kurzen Zeit, es fing gerade schon wieder an, ihn einfach nervte mit ihrer Angewohnheit, ihn ungerührt wie ein Kleinkind zu behandeln. War ein Grund gewesen, auch. Allerdings war er präsuppal zu müde, zu hungrig und zu kraftlos gewesen, um sich gegen die maternale Esoterik-Attacke zu wehren, und danach (war gar nicht so schlecht gewesen, die Zaubersuppe, hatte ganz gut geschmeckt, tatsächlich, kochen konnte sie ja) fühlte er sich augenblicklich so viel besser, dass er, falls die Suppe am Ende tatsächlich dafür verantwortlich war, diese nicht gleich mit dem schlechten Karma seines Argwohns beleidigen wollte. Oder so ähnlich, an Karma glaubte er selbstverständlich nicht. Aber seine Mutter glaubte daran offenbar, wie er ihren begeistert sprudelnden Worten entnahm. Er musste sie dringend wieder aus seiner Wohnung bekommen, sonst rafften die unweigerlichen Kopfschmerzen ob ihres Geplappers die Wirkung der Suppe sofort dahin. Ihre einst schulterlangen schwarzen Haare waren jetzt kurz und silbrig. Sie sah deutsch aus, irgendwie. Aufgeräumter als früher. Auf eine cleane Weise protestantisch; es passte zu ihrem klaren, missionarischen Charakter. Sarah hatte das auch, so einen klaren Charakter, aber zum Glück ohne das Missionarische. Jedenfalls, soweit Gruber das beurteilen konnte. Und sie hatte glücklicherweise ganz andere Haare.

«Sarah», sagt Gruber, «Sarah, abgesehen davon, dass ich

im Moment einfach nicht die Kraft habe, mich mit so etwas wie Kinderkriegen zu beschäftigen: Ich weiß ja nicht einmal, wie das ausgeht.»

«Ich weiß», sagt Sarah.

«Willst du das wirklich riskieren?», sagt Gruber, «ist dir das wirklich wurscht? Willst du das deinem Kind wirklich antun, dass es vielleicht, wahrscheinlich keinen Vater hat?»

Gruber schaut Sarah an und dann hinunter auf seinen Teller. Und willst du, denkt Gruber und fällt schlagartig zurück in die Depressionsstufe, willst du es mir wirklich antun, dass ich ein Kind haben werde, das ich vielleicht nie richtig kennenlernen kann? Fünf California-Maki liegen noch auf seinem Teller. Ein Kind, das ich vielleicht nicht aufwachsen sehe? Und ein paar Sushi, zweimal Lachs, einmal Butterfisch. Von dem ich nur so ein kleines Stück erlebe, und das Stück finde ich dann unglaublich toll und das Gehen wird vielleicht noch schwerer? Einmal Tuna, einmal Aal, einmal Eierstich. Ihm ist es nicht wurscht. Und das Surimi. Es ist ihm gar nicht wurscht. Er will auch nicht über das Sterben nachdenken oder darüber, was er dabei verliert. Das Surimi hebt er sich immer bis zum Schluss auf, das Surimi isst er immer zuletzt. Er vermeidet das normalerweise, ans Sterben zu denken, und jetzt zwingt sie ihn dazu.

«John.»

Sarah schaut ihm sehr gerade ins Gesicht jetzt. Sie hat darüber nachgedacht.

«Ich habe darüber nachgedacht, John. Aber erstens», sagt Sarah, und ihre Stäbchen zittern jetzt nicht mehr, «erstens, glaube ich nicht, dass du stirbst, John». Sie sieht ihn immer noch an. «John, ich glaube, du bleibst mir. Ich habe das im Gespür, dass du mir bleibst. Aus dem Sterben wird nichts. Und ich will, dass du mir bleibst, nicht nur wegen dem Kind.

Ich will, dass du bleibst. Und du willst auch bleiben, vielleicht nicht bei mir, aber du willst bleiben. Und du wirst bleiben.»

Gruber weicht ihrem Blick aus. Isst ein Maki und noch ein Maki. Das ist ihm jetzt. Das ist irgendwie too much jetzt. Und isst ein Sushi. Und trinkt Bier. Lehnt sich wieder zurück. Das geht ihm irgendwie zu schnell. Und zu weit. Gruber mag das nicht, wenn andere weiter denken als er, sich alles schon ausgedacht und vorausgeplant haben, speziell nicht, wenn er darin vorkommt. Er gabelt sich das Stück mit dem Aal und widmet ihm ein wenig Aufmerksamkeit. Er findet das. Also.

«Zweitens», sagt Sarah. «Vielleicht ist das Kind kein Zufall, John? Du musst nicht glauben, dass ich mir das nicht alles auch überlegt habe. Ich habe. Ich war bei der Abtreibungsklinik. Ich hatte einen Termin. Aber ich habe …»

«Du hattest einen Termin in einer Abtreibungsklinik?»

«Ja.»

«Und du warst dort?» Gruber schaut Sarah an.

«Ja. Bis vor der Tür. Dann …»

«Bevor oder nachdem du mir die SMS geschickt hast, dass du schwanger bist?»

«Davor. Ich …»

«Du wolltest es einfach wegmachen lassen, ohne mir etwas davon zu sagen? Mein Kind?»

Und das ist der Punkt. Sein Kind. Das ist jetzt der Punkt, an dem sich alles umdreht, an dem Gruber wirklich die Fassung verliert. In seinem Kopf schleudert was. Es ist der Punkt, an dem es schlagartig nicht mehr darum geht, was er sich vorstellen kann und was nicht. Und was ja im Prinzip eh egal ist, weil man sich doch naturgemäß bis zum Moment der Wirklichwerdung egal welcher Sache und Angelegenheit gar nichts vorstellen kann. Nicht wie man sich in einem maßgeschneiderten Savile Row Bespoke Suit fühlt, nicht wie es ist, eine Frau mit Intimpiercing zu vögeln, nicht wie es sich in einem Kerl anfühlt, nicht, wie es sein wird, wenn man dieses E jetzt schluckt, nicht wie es sich anfühlt, Krebs zu haben, nicht, wie furchtbar man sich nach einer Chemo fühlt und nicht, wie es ist, wenn man jemanden verliert, nicht wie weh es tut, wenn man sich einen Finger abschneidet und nicht, wie man ein Kind hat. Und nicht wie man plötzlich eine konkrete Zukunftsaussicht hat, die man beinahe verloren hätte. Es ist der Moment, in dem Gruber plötzlich begreift. Dass er beinahe, wie um seine sture, vertrottelte Vorstellungs-Resistenz zu verhöhnen, gar nicht in die Verlegenheit gekommen wäre, sich das Kind vorstellen zu müssen, vorstellen zu können: Weil Sarah ums Haar einfach selbst getan hätte, was er glaubte, ihr vorschlagen zu wollen, wozu er glaubte, sie überreden zu müssen. Und das kippt Gruber buchstäblich aus den Schuhen. Dass sie ihm das nehmen hatte wollen, dass sie ihm, bei allem, was ihm eh schon genommen wird, auch das noch hatte nehmen wollen, ohne ihn zu fragen. Er starrt auf das Leuchtschild an der Feuermauer. KINO. Dazu ein Pfeil, der nach unten zeigt.

«Ja, Sarah», sagt Gruber, «ja. Ich respektiere das alles. Irgendwie. Aber es geht trotzdem nicht. Es tut mir leid, Sarah. Es geht nicht. Es ist nicht okay, dass du mich nicht mitentscheiden hast lassen. Es ist nicht okay, dass du mich nicht gefragt hast, ob ich das will und ob ich kann. Und es ist nicht okay, dass du mein Kind abtreiben lassen wolltest, ohne es mir auch nur zu sagen. Und ich kann das nicht. Ich kann das jetzt nicht mit dir … Ich kann jetzt nicht weiter mit dir reden. Ich kann nicht.» Gruber steht auf und schiebt seinen Sessel zurück und schaut sie an. Sie ist sehr blass. Sie versucht zu lächeln, es ist ein verheerender, herzzerreißender Misserfolg.

«Es tut mir leid, Sarah, aber ich kann das jetzt nicht.»

Sie weint nicht, sie wirkt überrascht, ja erschüttert, aber irgendwie doch auch gefasst. Gruber sieht, dass das Surimi noch auf seinem Teller liegt, er hat das Surimi nicht bekommen und er hat das Grinsen nicht gekriegt, aber Gruber muss jetzt gehen, und Gruber dreht sich um, und Gruber geht jetzt.

Und was, wenn es doch noch nicht zu spät ist? Gruber sitzt vor dem Galão auf einem dieser furchtbaren Ikea-Plastikmonoblock-Fauteuils, den *FAZ*-Wirtschaftsteil auf den Knien, den Rest hat er gleich weggeschmissen, einen Espresso neben sich auf der Mauer. Was, wenn sie es sich nach seinem dramatischen Abgang doch noch einmal überlegt? Er sollte sie anrufen. Später. Jetzt hat er noch einen zu dicken Schädel. Hat sich gestern noch weggebügelt, nachdem er aus dem Kuchi weg ist, sowas von weggebügelt, drei Ibuprofen hat er heute gebraucht, bis er halbwegs in der Lage war, sein Hotel zu verlassen, etappenweise. Erst raus aus dem Zimmer, dann zwei Espressi und die zweite Ibuprofen in dem tatsächlich sehr idyllischen Frühstückssaal, in den grün gefilterte Sonne tröpfelte, dann hinaus auf den Potsdamer Platz und in ein Taxi. Mit so einem Schädelweh. Im Taxi noch eine Ibuprofen, die er cool ohne Wasser zerkaut hat, Gregory-House-Schule, schmeckte grauslich und klebte lang an seinem Gaumen. Soweit er sich an gestern Nacht noch erinnern kann, hat er jetzt ein paar neue Freunde in Berlin. Und es gibt, wie er sich weiters erinnert, auf der Welt zu all den Kellnern, die ihn hassen, jetzt noch ein paar neue dazu, die ihn für eine absolute Pestilenz halten, zum Beispiel die aus dem Soho House, wohin ihn einer seiner neuen Freunde dankenswerterweise mitgenommen hat und wo er sich, wie Gruber findet, als eines derartigen Etablissements durchaus würdig erwiesen hat. Dafür sind solche Etablissements doch da, dafür zahlt man doch die überteuerten Getränke in den, Gruber konnte es erst nicht fassen, Plastikgläsern, dafür erträgt man doch die grauenvollen geblümten Fake-Chippendale-Sessel, dass man sich da dann die eine oder andere soziale Auffälligkeit leisten darf. Die im akuten Gruberschen Fall darin bestand, einen schwulen, migräneerregend quäkenden Designer gegen dessen Willen über die Mängel seiner aktuellen Kollektion aufzuklären und des Weiteren persönlich und eigenhändig herauszufinden, dass die Kunststoffgläser einen höheren Zweck haben, nämlich den, dass sie, wenn man sie spätnachts im Taumel akuter, multitoxischer Lebensfreude (Gruber hatte, in alphabetischer Reihenfolge, Bier, Champagner, Gin Tonic, Kokain, Marihuana, Weißwein und Vodka Gimlets) von der Dachterrasse in die grandiose Aussicht hineinwirft, keinen gröberen Schaden anrichten. Wieder was gelernt! Und diesmal etwas direkt Sinnvolles, jetzt einmal im Vergleich zu den Nahrungsmittelunverträglichkeiten von Schwangeren. Immerhin war er, nach dem Aggregatzustand seiner Kleider zu schließen, nicht in den blau strahlenden Pool gefallen und hatte, soweit seine Erinnerungen beieinander waren, auch niemanden in den Pool gestoßen, oder? Nein, hat er nicht. Leider konnte Gruber danach, das muss gegen halb vier in der Früh gewesen sein, das Mietrad nicht mehr finden, er konnte sich partout nicht mehr erinnern, wann und wo er es zuletzt gehabt und abgestellt hatte, zwischen welchen zwei Lokalen ihm die Fortbewegung per Rad zu anstrengend und uncool geworden und er auf Taxis umgestiegen war.

Was ihn jetzt überhaupt erst ins Galão geführt hat, denn er glaubt, dass er irgendwo hier in der Gegend, ja in exakt dieser Straße das Rad vor einer dieser Saufhütten abgestellt hat. Er suchte, na ja, eine Zeitlang danach und fand das Unternehmen extrem erschwert durch den Umstand, dass er sich nicht mehr genau erinnern kann, wie das Rad ausgesehen hat. Er weiß eigentlich überhaupt nicht mehr, wie es ausgesehen hat, er weiß nur noch, dass der Sattel zu niedrig und hodenwärts extrem unbequem war. Aber er kann sich jetzt ja hier schlecht auf jedes Rad setzen, um dessen Wirkung auf seine Eier auszutesten, Himmel. Nach fünf Minuten erfolglosen Suchens brauchte Gruber jedenfalls dringend eine kleine Pause und wählte dafür das Galão. Scheißidee, das mit dem Rad, wie ist er bloß auf diese bobomäßige Drecksidee gekommen. Eine Stärkung könnte auch nicht schaden; die Sandwiches in der Vitrine sahen, als er um den Kaffee angestanden war, ganz lecker aus. Die Mädels dahinter auch. Das Lokal allerdings. So Middäh, Oida. Derlei würde in Wien oder anderswo keine zwei Wochen überstehen, und mit Recht, weil in Wien und anderswo die Gäste derart Luxusverwöhnt sind, dass sie bei der Nahrungsaufnahme ihre Teller und Gläser gerne mal auf einen Tisch stellen. Haben sie hier nicht, Tische. Die Leute platzieren ihre Sandwiches und Getränke auf dem Boden oder der Bank neben sich, als wäre etwas technisch derart Elaboriertes wie der Tisch noch gar nicht erfunden. Sollte man denen mal sagen, vielleicht. Gruber war noch keine drei Minuten angestanden, da hatte schon einer mit dem Fuß sein Kaffeeglas umgeschmissen und dann, heilige Scheiße, die Scherben eigenhändig zusammengekehrt. Darfjanichtwahrsein. Wie weit sich die Leute erniedrigen, nur um lieb und lässig zu wirken. Genau an solchen beschämenden Beispielen, findet Gruber, zeigt sich doch die Pervertiertheit und komplette Eierlosigkeit des Bobo-Lebensstils. Muss er Kathi erzählen. Und Carmen, denn die hat ihm das Lokal natürlich empfohlen, musst unbedingt im Galão frühstücken, wenn du in Berlin bist, hatte Carmen gesagt. Davon, dass es hier keine Tische gibt und kein Klo und die Gäste zu Putzdiensten genötigt werden, davon hatte sie nichts gesagt. Er wär ja eh nicht extra

hergekommen, wenn er nicht im Zuge seiner fahrradfahnde-
rischen Ermittlungen zufällig daran vorbeigelaufen wäre, ah,
Galão, hatte nicht Carmen? Und zufällig fühlt er sich in dem
Moment einfach zu schwach, um sich ein menschenwürdi-
ges Lokal zu suchen, zum Beispiel eines, in dem man bedient
wird. Allerdings ist der Kaffee gut, der Kaffee ist für deutsche Verhältnisse geradezu sensationell, er will noch einen
Kaffee, und diesmal so einen, wie der Kerl, der seinen umgeschmissen und dann neu bestellt hat. Gruber geht in das
Lokal hinein (ganz hübsch eigentlich, diese blauen und weißen Fliesen, war wohl früher einmal eine Fleischerei) und
darf, Glück gehabt, gleich seine Bestellung aufgeben. Bitte
so einen Kaffee im Glas. Einen Galão?, fragt das Mausi hinter der Vitrine, ja, sagt Gruber, wird wohl ein Galão sein,
und einen Gemüsesaft, Gruber fühlt, dass ihm so eine Vita-
minbombe akut extrem gut tun wird. Äh, Moment, Orange,
Rote Beete und Karotte, groß, bitte, und dann noch so ein
Panino. Das da, mit Prosciutto und Käse und Rucola und
der grünen Soße, genau das. Das Mausi tippt alles in den
Computer, sagt: zehnvierzig, und dass sie es rausbringt,
wenn es fertig ist. Den Kaffee hat das andere Mausi in der
Zwischenzeit schon aus der Maschine gelassen. Sie ist, stellt
Gruber fest, sehr hübsch, trägt aber merkwürdige Kleidung,
nein, umgekehrt, sie trägt eigenartige Kleider, ist aber sehr
hübsch, auch wenn man in den eigenartigen Kleidern kaum
sehen kann, wie gut ihr Arsch ist. Und das kann Gruber einfach überhaupt nicht verstehen, warum eine Frau, wenn sie
einen guten Arsch hat, den so versteckt.

Es ist allerdings, das hat Gruber schon bemerkt, in dieser
Gegend von Berlin vollkommen üblich, merkwürdig beklei-
det zu sein, also, wenn man eine Frau ist. Oder besser, ein
Mädchen. Obwohl hier auch die erwachsenen Frauen Mäd-

chen sind, sie ziehen sich jedenfalls so an. Gruber findet, als er seinen Kaffee, seinen Galão, aus dem Galão hinaus balanciert, seine Befürchtungen eingetroffen, nämlich seinen Platz und offensichtlich auch seine *FAZ* von einer rotlockigen Blassheit in einem kurzen Sackkleid besetzt, die unter der Linde (oder was das ist) eifrig mit dem Herrn am Nebensessel züngelt. Gruber überlegt sich kurz, ob er den Gottseibeiuns geben soll, fühlt sich dafür aber augenblicklich zu kraftlos. Die Frau wirkt auch etwas gefährlich, wie eine, die leicht krallig und bissig wird, wenn man sie bei ihren Intimitäten stört, lieber nicht, denkt Gruber, jetzt lieber nicht. Außerdem ist vis-à-vis ein besserer Platz frei geworden, vor dem Schaufenster des Galão, mit guter Übersicht über die Straße, leider mit dem sich weiterhin engagiert abschleckenden Liebespaar sehr störend im Zentrum seines Blickfelds. Es graust Gruber ein wenig. Suchts euch eine Wohnung! Es ist heiß. Gruber schwitzt unter seiner Adidaskappe, hoffentlich rinnt ihm der Schweiß nicht darunter hervor. Übrigens kommt ihm die Frau bekannt vor, aus dem Fernsehen vermutlich; in Berlin trifft man ja permanent auf Promis. Lieber wäre ihm, er erspähte von hier aus sein Rad. Hellbraun ist es, oder schmutziggelb, oder orange oder so. Und hat hinten so einen blöden Korb drauf, der beim lässig Aufschwingen stört, einmal hat es ihn gestern fast auf die Pappn gehaut, weil er mit der Hose am Korb hängengeblieben ist. Was passiert eigentlich, wenn man so ein Rad verliert? Ist das versicherungsmäßig gedeckt? Das ist doch bestimmt von einer Versicherung gedeckt; wurscht, Gruber wird sich später darum kümmern, zumal nun das Vitrinen-Mausi mit einem Glas und einem Teller am Eingang des Galão erscheint und zwei Wörter in die Menge ruft, denen Gruber seine Bestellung zuordnet. Hier!, sagt Gruber, steht auf und geht dem

Mausi entgegen, mit seinem besten Ich-bin-nämlich-ein-sehr-respektvoller-Gast-Lächeln, man weiß ja nie. Das Mausi lächelt professionell zurück. Das heiße Sandwich sieht nach maximaler Kaloriendichte aus, riecht aber gut. Gruber hätte jetzt wirklich gern einen Tisch. Er stellt das Glas mit dem Gemüsesaft hinter sich auf den Fenstervorsprung und balanciert den warmen Teller auf den Knien. Die dünne Serviette klebt am Käse, klebt am Brot, Gruber fitzelt sie herunter und verbrennt sich dabei die Finger. Die Frauen haben hier alle flache Schuhe an, ausnahmslos flache Schuhe, Frauen in hochhackigen Schuhen gelten hier offenbar als Aliens. Vielleicht ist das Tragen von High Heels hier ja verboten, weiß man's? Aber sie tragen auch sehr gerne kurze Röcke und Hotpants, das findet Gruber wiederum gut. Und es gibt sehr viele junge Eltern hier, ständig gehen Jungfamilien an ihm vorbei, mit Kindern in bunten, hochtechnisch aussehenden Buggys (Gruber sucht sich schon mal einen aus, so einen schicken champagnerfarbenen mit schwarzen Akzenten, wie den da drüben, so einen will er) mit Kindern auf Bäuche, Rücken und Fahrräder geschnallt. Die Mütter sind, so kommt es Gruber vor, hier alle viel jünger als in Wien und deshalb auch viel schöner. Muss an der Krise liegen und daran, dass hier alle keine gescheiten Jobs haben. Gruber hatte immer gedacht, in Wien säße man viel herum, aber was hier tagsüber so herumgesessen und lustig gar nichts getan wird, das schlägt jeden Wiener Rekord. Und da denkt man sich beim Herumsitzen und Nichtstun vielleicht: So ein Kind wär jetzt okay, da wäre das Herumsitzen nicht so fad, man hat ja sonst nichts zu tun, kann man doch gleich auch ein Kind machen und großziehen. Denkt Gruber. Und deshalb kriegen die Weiber hier offenbar viel früher Kinder als die in Wien, wo alle Frauen, die Gruber kennt, einen Fulltimejob haben, jetzt außer der Herzog, die braucht keinen. Und deshalb denken die wohl auch erst viel später ans Kinderkriegen, weil denen auch so nicht fad ist. Aber so ein Kind sieht an einer frischen, knackigen Achtundzwanzigjährigen nun einmal besser aus als einer angemüdeten, abgebrühten, bitteren Vierzigjährigen, das liegt nun mal in der Natur der Sache. Wie alt ist Sarah eigentlich? Gruber wird klar, dass er nicht einmal weiß, wie alt Sarah ist. Er sollte unbedingt Sarah anrufen. Während er sein Sandwich verspeist, schiebt prompt so eine junge Mutter ihren Buggy vor ihn hin, legt eine Wickeltasche auf den Platz neben ihn, hebt dann das Kind heraus, von dem Gruber nicht sagen kann, ob es männlich oder weiblich ist, und das, schätzt Gruber, der sich damit nicht auskennt, so vielleicht ein paar Jahre alt sein wird. Kathis Kurzer ist um die vier, dann könnte das hier ungefähr zwei sein. Oder eins. Gruber erinnert sich daran, wie der Kurze in seinem Arm geschlafen hat, der Arm schmerzte danach den ganzen Tag, trotzdem hatte Gruber es eine, na ja, interessante Erfahrung gefunden. Okay, eine nette; er denkt hin und wieder daran. Die Frau geht mit dem Kind auf dem Arm ins Lokal. Kommt wieder zurück und setzt das Kind in den Buggy. Und sich selbst auf den Platz neben Gruber. Sie hat schöne Beine und ein weiches, rundes Gesicht mit roten Backen und langweiligen blonden Haaren rundherum. Das Baby greint, und sie packt Gläschen und Fläschchen und Lätzchen und Löffelchen und Tüchlein aus ihrer Riesentasche und fängt dann an, während sie mit einer hohen Stimme leise auf das Kind einsingsangt, es zu füttern.

Gruber schaut ihr aus dem Augenwinkel zu. Das Baby ist, ja doch, ein vergleichsweise putziges Baby. Es gibt ja auch so brechhässliche Babys, also eigentlich sind die meisten Babys zum Wegschauen missgestaltet, aber dieses hier ist einigermaßen hübsch. Gruber fragt sich, ob sein Baby auch hübsch wird. Mein Baby, denkt Gruber. Mein Baby wird garantiert hübsch. Und wenn nicht? Ein ungutes Gefühl krabbelt über Grubers Nacken, ein Angstgefühl. Er sollte Sarah anrufen.

Gruber dreht sich zu der fütternden Frau hin.

«Entschuldigung. Wie ist das genau, wenn man ein Baby hat?», fragt Gruber.

Die Frau sieht Gruber befremdet an.

«Hm», sagt sie, «man hat zum Beispiel weniger Zeit, sich von fremden Kerlen anbaggern zu lassen.»

«Ich mein das ernst», sagt Gruber.

«Ich auch», sagt die Frau und wendet sich wieder ihrem Kind zu.

Ph, dumme deutsche Fut. Gruber hätte jetzt gern seinen Wirtschaftsteil wieder, aber den liest gerade die Rothaarige, wofür sie eigens eine Knutschpause eingelegt hat. Allerdings hat sie dabei das Knie des Liebhabers fest im Griff, offenbar hat sie Angst, dass er wegläuft, wenn sie ihn auch nur einen Moment von der Kette lässt. Weiber. Gruber holt sein iPhone raus, er sollte sowieso endlich wieder mal einen neuen Facebook-Status dichten. Er loggt sich ein und überfliegt schnell alles Neue. Nur Blödsinn, wie immer, er überlegt kurz und tippt dann neben seinen Namen: «wird in Berlin schon vormittags von geilen Weibern angebaggert», löscht es sofort wieder – Sarah könnte es lesen, das käme im Moment eventuell nicht so gut, und schreibt: «sitzt im Galão und trinkt einen Galão. Bald werden sie auch in Berlin-Mitte den Tisch erfinden. Btw, hat jemand mein Rad gesehen?» Die Frau neben ihm hat das Kleine fertig gefüttert, hebt es aus dem Kinderwagen und stellt es auf den Gehsteig, woraufhin es auf der Stelle ziemlich schnell davonrennt. Ach, das kann schon laufen, das Baby. Wie alt ist ein

Kind, das schon so schnell laufen kann? Gruber sichtet weiter die Facebook-Kommentare und wartet, dass er selber einen kriegt. Da schau, Fräulein Blauensteiner gefällt das. Recht so. Philipp, wie immer online, gefällt das auch, plus, er will wissen, seit wann Gruber bitteschön ein RAD hat. Und dann gleich, ob Gruber überhaupt noch fahren kann. Hahaha. Lustig. Die Mutter läuft hinter dem Kind her, fängt es ein und trägt es dann unter dem Arm zurück. Das Kind zappelt und quietscht. Die Frau tadelt das Kind, doch ihre Stimme klingt dabei fröhlich, und sie lacht. Das Kind lacht auch. Was, wenn Sarah doch noch Zeit hat, und was wenn sie von Grubers gestrigem Auftritt so geschockt ist, dass sie diese Zeit gegen ihre bisherige Überzeugung doch noch nutzt? Er will, wird Gruber schlagartig klar, er will nicht, dass sie die Zeit nutzt. Er will sein Kind davonrennen sehen, will seinem Kind nachlaufen, will sein Kind unter seinen Arm packen. Er will von seinem Kind angelacht werden. Er will spüren, wie sein Kind in seinem Arm schläft und atmet. Er will das Kind. Vielleicht braucht er das Kind. Um seine Zukunft heranzulocken, so ein Kind ist für eine Zukunft und ihre Heranlockung definitiv besser als ein Sofa. Abgesehen davon, dass es zuverlässig weniger schmerzhaft ist, ein Sofa zurückzulassen als ein Kind. Auch für das Sofa. Trotzdem, er will das Kind. Er braucht das Kind. Und er kann sich sein Kind jetzt vorstellen. Es wird seine Augen haben und Sarahs Haare. Es wird sehr süß sein. Er muss Sarah anrufen. Er muss bloß vorher nur noch dieses Rad finden, dieses Scheißrad, dieses verfickte Arschlochscheißrad, Kruzitürken.

Ich kannte einmal einen, der ist am Fluss aufgewachsen. Der hat mir erzählt, wie der Fluss immer gerauscht hat. Das Rauschen des Flusses war immer da, bei Tag und Nacht, im Sommer und im Winter. Und ganz hinten in diesem Rauschen drin hörte er, hat er mir erzählt, immer auch ein drohendes Mantra: Irgendwann komme ich. Irgendwann hole ich dich. Irgendwann nehme ich dich mit. Es war, hat er mir erzählt, als spräche der Fluss zu ihm. Sein Großvater hatte ihm wieder und wieder vom Jahrhunderthochwasser erzählt, von der großen Flut, von den toten Menschen und den toten Tieren. Tote Kühe, Schweine, Ziegen, tote Schafe und tote Hunde, die den Fluss hinabtrieben, mit den Bäuchen nach oben. Er hat mir erzählt, wie er als Kind in der Nacht zitternd in seinem Bett gelegen und dem Fluss zugehört hat, wie der ihm zumurmelte, dass er bald kommen und ihn auch holen werde. Später, als er größer wurde, habe er, hat er erzählt, irgendwann einfach nicht mehr darauf geachtet, er habe es einfach ignoriert und ausgeblendet, was der Fluss murmelte, er habe sich klargemacht, dass ein Fluss keine Worte hat, ein Fluss rausche nur, und das Rauschen werde von den meisten Menschen als beruhigend empfunden. Schließlich sei es ihm auch gelungen, in dem Flussrauschen nur noch ein beruhigendes, meditatives Geräusch zu hören, nur das Rauschen strömenden Wassers, nichts als ein Rauschen. Nur in ganz, ganz finsteren, schlimmen, sternenlosen Nächten habe die Rede des Flusses sein Bewusstsein wieder erreicht, habe er die Stimme wieder gehört, sein Mantra, ich komme, ich hole dich, irgendwann nehme ich dich mit. Er sei siebzehn gewesen, als das große Hochwasser kam, als der Fluss fett und fetter wurde und dann sein Bett verließ und das Ufer überspülte und in das Haus trat, und die Küche und das Wohnzimmer bis knapp unter die Decke füllte, die Türen zerschlug, Stahltüren verbog, die Fenster hinausdrückte, die Möbel aus dem Haus schwemmte. Und dann auch ihn aus dem Haus riss, als er versuchte, irgendein lächerliches, unwichtiges Ding zu retten – er hat mir gesagt, was, aber ich hab es vergessen –, und ihn fortnahm im braunen Wasser. Und er habe ganz deutlich den Fluss flüstern gehört: Jetzt bin ich da, jetzt nehme ich dich mit, jetzt hab ich dich. Und dann habe es ihn mitgerissen wie einen morschen Stock, und irgendwann, als er sich schon nicht mehr gewehrt habe gegen den Fluss und seine Kälte und seine Kraft, als er sich schon kaum mehr lebendig fühlte, habe es ihn gegen eine Weide geschleudert, deren Äste ins Wasser hingen. Und irgendwie habe er sich daran festklammern können, mit Armen und Beinen. Die Feuerwehr habe ihn nach einer Endlosigkeit gefunden und herausgefischt. Danach habe der Fluss nie mehr mit ihm gesprochen. Aber er sei bis heute nicht gern in der Nähe von Flüssen, er fürchte permanent, dass sie zu murmeln und zu flüstern beginnen und ihm drohen und ihn mitnehmen wollen.

Und nach diesem Abend, als ich mit John redete und als John einfach wegging, hatte ich das Gefühl, als holte auch mich ein Fluss, ein roter Fluss, als hörte ich etwas, das immer unbemerkt neben und unter mir dahingeflossen war, plötzlich murmeln und flüstern, gurgeln, rauschen, anschwellen und wild werden, und es war, als schöbe es sich plötzlich aus seinem Bett und über sein Ufer und in mein Haus und nehme mich einfach mit. Und ich konnte nichts dagegen tun und es trieb mich einfach ganz allein dahin in riesigem roten Gerausche und Gebrüll, in fremder, bedrohlicher, kalter

Materie. Und nirgends eine Weide, die ins Wasser hing. Es würde mich vielleicht irgendwann wieder freigeben, wieder ausspucken, und irgendwo am Ufer des roten Flusses würde ich angeschwemmt werden, aber ich wusste nicht wann, und ich wusste nicht wo und nicht wie und ob überhaupt.

Und mir wurde erst da bewusst, dass ich mir halt doch das große, kitschige Happy End gewünscht hatte. Dummes kleines Mädchen. Also, ich wollte jetzt nicht, dass John dort mit dem kleinen roten Schachterl und einem glücklichen Idiotengrinsen auf mich wartet mit Kniefall und dem ganzen Märchendingeling, obwohl man so einen fantasielosen Pretty-Woman-Schmonz von einem Porschefahrer wahrscheinlich durchaus erwarten konnte. Aber ich hatte mir wohl doch sein Commitment erhofft, obwohl ich mir natürlich immer vorgesagt habe, dass es egal ist, wie er reagiert, dass es keine große Bedeutung hat, was er jetzt tut. Weil ich erstens das Kind hatte, so oder so hatte, und weil es zweitens mit ihm irgendwann gut werden würde: Wieder dieses bescheuerte Bestimmungsding, klar, das lässt sich nicht belegen, aber ich weiß es halt. Bei manchen Sachen weiß ich es einfach: Als ich mir in Berlin die Wohnung suchen musste, und jeden Tag die Zeitungsinserate studierte und mir ein mieses Loch nach dem anderen anschaute und dann die Annonce von meiner jetzigen Wohnung sah, da wusste ich auch gleich: Das ist sie, ich krieg sie und sie ist perfekt, und genau so war es. Und mit John ist das auch so, dass ich es weiß; dass ich weiß, der ist es, egal, ob er meinem Typ entspricht und was für ein Auto er fährt, egal, ob er ein Trottel ist oder ein Feigling oder schon halbtot, das ist alles wie: nicht verhandelbar. Ist einfach so. War von Anfang an so, diese Sache mit dem Brief vom Krankenhaus, alles, ich bin mir jetzt ganz sicher, dass das einfach so sein musste. Das

Problem ist nur, dass er das halt nicht so wusste. Oder nicht so sehen konnte. Eben ein Kerl. Aber ich war und bin mir sicher, dass er irgendwann dort ankommt, wo ich schon bin.

Nur dauert das halt oft, und manchmal ziemlich lang. Und manchmal zieht es sich derart, dass ich nicht die Zeit zum Warten habe, und jetzt fürchte ich, dass die Distanz zwischen mir und John dann zu groß wird und schließlich unüberbrückbar. Und ich hatte eben halt doch gehofft, er würde schneller dahin kommen, wo ich bin, im Idealfall sofort, auch weil ich mir für ihn wünschte, dass er nichts verpasst und nichts versäumt. Und dann war's halt nicht so, und ich saß da, allein. War allein mit dem Kind, und mit meinem Leben und mit dem Leben von dem Kind und würde es erst mal bleiben. Ich saß da und sah ihm nach, wie er ging, sah seinen nackten Schädel mit der Kappe, wie er aus dem Innenhof ins Restaurant ging und an der Bar bezahlte, ich sah ihm nach, und er drehte sich nicht noch einmal um. Und dann starrte ich ein bisschen auf meine Knie. Und schielte rundherum, ob jemand bemerkt hatte, dass ich eben verlassen worden war, also faktisch, ob alle schon sehen konnten, dass ich jetzt ganz allein bin. Und ob man mir die Einsamkeit wohl schon anmerkt. Weil, ich war schockiert, wie allein ich mich fühlte und wie einsam. Ja, schlagartig, einsam. Dabei war ich immer allein gewesen, aber eigentlich selten einsam. Ich war gern allein gewesen. Autonom, eigenständig, unabhängig. Es hatte sich immer gut und richtig angefühlt. Ich war eigentlich nicht so sehr darauf aus gewesen, nicht mehr allein zu sein, es war nicht wie bei Ruth, die keinesfalls allein sein will und richtig darum kämpft, die das Ende des Alleinseins schmerzhaft herbeisehnt. War bei mir nicht so gewesen. Ich hatte Männer immer gern gehabt, aber wenn möglich, nicht ständig um mich. Jetzt fühlte sich das Alleinsein mit einem Mal völlig anders an. Die Hormone vermutlich, das war mir auch bewusst, aber ich fand es dennoch dramatisch. Es gibt in «Heat», den hab ich ungefähr zwölf Mal gesehen, diese Stelle, wo Amy Brenneman und Robert DeNiro sich in einer Buchhandlung in Los Angeles kennenlernen, und dann trinken sie was zusammen und sie erzählt ihm, dass sie Grafikerin ist und CD-Cover designt, und wie sie lebt und dass sie allein in einem kleinen Haus wohnt und arbeitet. Und er fragt sie, ob sie einsam ist. Und sie sagt: Ja, sehr einsam. Mit diesem tapferen Lächeln. Genau so fühlte ich mich. Sehr einsam. Und sehr tapfer dabei. Ich versuchte auch so zu lächeln, aber es ging nicht. Stattdessen starrte ich blöde vor mich hin, auf mein Essen und auf sein Essen, von dem noch etwas übrig war. Das Surimi-Sushi lag noch auf seinem Teller, dieses rosafarbene, gefärbte Zeug, der Fleischkäse unter den Fischen, der Fake-Fisch, wahrscheinlich verschmäht ein Porschefahrer sowas Unechtes, Unedles aus Prinzip. Ich hätte es gern gegessen, ich mag das Zeug, und vermutlich hätte ich es sogar essen dürfen, weil es ja kein richtiger roher Fisch ist. Aber ich aß langsam mein Terijaki-Huhn auf und trank meinen Tee und blieb noch eine Minute sitzen und ging dann. Und sagte mir, dass nicht ich gehe, sondern wir, dass ich nicht allein bin, sondern zu zweit. Aber es funktionierte irgendwie nicht. Ich war allein und überlegte, was ich fortan alles allein tun und allein besorgen und allein aussuchen und allein entscheiden würde müssen. Allein entscheiden, das vor allem. Es war alles meine Entscheidung ab jetzt, zum Beispiel, wie das Kind heißen würde. Es würde immerhin nicht Gruber heißen, so viel war jetzt sicher.

Und dann, nach all dem Kotzen und Würgen, und nachdem Gruber tagelang mit einer Eddingmarkierung auf dem Bauch herumgelaufen und sein Körper wieder und wieder von einer riesigen, todbringend aussehenden Maschine mit Lichtstrahlen zerteilt worden war, nach all dem Geglatze und Geglänze, nach der Angst und der Hoffnung und dem Rückfall und der Depression und der Angst und der Angst und der Angst: Da war Gruber zur Untersuchung gegangen, und es zeigte sich, dass der Tumor endlich reagiert hatte. Endlich so reagiert hatte, wie es sein Arzt vom Tumor erwartete, nämlich kleiner geworden und schließlich ganz verschwunden war, wie es sich gehörte und wie Gruber es erhofft hatte. Trotz der Coolness, mit der er auf seinem Patientenstuhl gesessen hatte, in so einer Haut-mich-bestimmt-nicht-um-Haltung, egal was kommt, haut mich, Gruber, nicht um. Als hätte er sich vorübergehend in ein gruberförmiges Stück Nussbaumholz verwandelt, sehr hart, ein unkaputtbarer Holzklotz in einer Hedi-Slimane-Anzughose mit steingrauem Hemd und den frisch polierten Chelsea-Boots und einer karierten britischen Schirmmütze auf dem Holzkopf, dem glänzenden, kahlen Holzkopf, ein Trumm Holz mit Holzhänden, die aus aufgekrempelten Hemdsärmel lugten und lässig auf die Armlehnen des Patientensessels geschraubt waren. Über dem Kragen ein geschnitztes Lächeln, stabile, unzerstörbare Gelassenheit, egal was jetzt gleich auf Gruber treffen und, wenn nötig, an Gruber abprallen würde. Aber der Tumor hatte reagiert und war so verschwunden, wie der Arzt es vorgesehen und Gruber in Aussicht gestellt hatte. Und das Holzige war aus Gruber gewichen, der Holzbrocken hatte Farben angenommen und Elastizität und sich in Gruber zurückverwandelt. Und innerhalb dieses nun wieder weichen, beweglichen Gruber verrutschte etwas. Rutschte in Position. Rastete ein. War wieder dort, wo es hingehörte, und Gruber, nachdem die Lächelstarre aus seinem Antlitz geflohen und der normalen Gruberschen Mimik Platz gemacht hatte, war wieder Gruber, oder würde zumindest wieder Gruber werden, oder wenigstens so etwas Ähnliches.

In mir löste sich etwas. Etwas ließ einfach irgendwie los. Es war kein großer Schmerz, eigentlich gar kein Schmerz, es war nur … Ich kann es nicht beschreiben. Es war, als würde Luft aus mir weichen. Ich fühlte eine schlagartige, brutale, gewaltige Leere, als würde sich ein schwarzes Loch in mir auftun. Etwas rutschte weg. Und dann kam das Blut. Nicht so ein bisschen Blut, ungeheuer viel Blut. Meine Jeans waren plötzlich voller Blut. Ich rannte ins Bad, aufs Klo und das Blut schoss einfach so aus mir heraus und in die Schüssel. Das Blut, das Ausmaß des Blutes, es gab keinen Zweifel, was das bedeutete, aber ich dachte erst mal nur an das Blut und wie viel Blut man verlieren konnte, bevor man ohnmächtig wird. Ich strampelte die Jeans runter und knüllte mir eine halbe Rolle Klopapier zwischen die Beine und rief Ruth an. Ruth war im Krankenhaus und nahm erst beim achten oder neunten Klingeln ab und sagte, sie schickt mir sofort einen Rettungswagen. Das Blut floss weiter, ich erwischte meinen Bademantel und zog ihn mir über meine Bluse und meinen nackten Hintern, ich bin prüde, ich will nicht, dass fremde Männer meinen Arsch sehen. Ich klemmte mir ein Badetuch zwischen die Beine und kroch ins Wohnzimmer und legte mich auf den Boden, ich wollte mein Sofa nicht ruinieren, ich wollte nicht für immer die Spuren dieses Tages, dieser Katastrophe auf meinem Sofa haben. Es war kein Handtuch, es war ein richtig großes, dickes Badetuch, grün-weiß gestreift, ich habe es mir vor Jahren an der Algarve gekauft, wo Juli und ich mit unseren ersten festen Freunden Urlaub machten, Juli kaufte dasselbe, bloß mit blauen Streifen. Ich weiß nicht, ob sie es auch noch hat. Ich habe danach überlegt, ob ich es wegwerfen soll, aber ich hab es gewaschen, weil ich mich gern an diesen Urlaub erinnere. Das Blut ging ganz raus, aber es erinnert mich jetzt trotzdem daran, ich glaube, ich werde es doch wegwerfen. Dann läutete der Notarzt, ich hievte mich hoch und machte auf und setzte mich neben die offene Tür. Die Sanitäter sagten nicht viel, sie maßen nur meinen Blutdruck und fragten, wie es mir geht. Ruth hatte offensichtlich Druck gemacht, sie waren sehr lieb. Sie setzten mich in so einen Sessel mit vier Griffen und trugen mich die Treppe hinunter und in den Krankenwagen. Dann fuhren wir mit Blaulicht und Tatütata los, das fand ich ein bisschen übertrieben, merkwürdig und etwas beängstigend, schrieb es aber Ruth zu. Ich dachte in dem Moment gar nicht groß darüber nach, was da passierte, ich wusste nur, dass etwas vorbei war, aber ich fühlte mich auch sicher und aufgehoben, in diesem Rettungswagen. Als mich die Sanitäter im Krankenhaus abgaben, war das Badetuch praktisch vollgesogen mit Blut. Sie schoben mich durch Gänge in die gynäkologische Ambulanz. Ruth war da, und ein anderer Arzt. Ich kam in so eine Kabine, Ruth half mir aus dem Bademantel, zog mir vorsichtig das Handtuch zwischen den Beinen heraus und führte mich zu einer Liege. Ich blutete den Kabinenboden voll und dann praktisch den halben Raum. Erst als ich das viele Blut auf den weißen Fliesen sah, und wie es aus mir heraus und über diese Fliesen floss, fing ich an zu weinen, obwohl ich schon längst wusste, dass alles vorbei, dass das Kind verloren war. Ruth redete leise auf mich ein und hielt meine Hand. Sie und der Arzt schauten in mich hinein, sie machten einen Ultraschall, der Arzt sagte, es tue ihm leid, da sei kein Herzschlag mehr. Ruth umarmte mich, so gut das irgendwie ging, ich da auf dieser Liege mit den gespreizten Beinen, zwischen denen es heraustropfte. Ich sah, dass sie fast weinte. Der Arzt wollte wissen, wann ich zuletzt was gegessen und getrunken hatte, aber ich war so durcheinander, ich glaube, ich brauchte Minuten, um mich an den Kaffee zu erinnern, den ich mir um halb zehn herum gemacht hatte. Der Arzt fragte, ob es nur der Kaffee gewesen sei, ob ich nichts gegessen habe. Nein, ich hatte noch nichts gegessen heute. Ich esse nie in der Früh und seit mir morgens jetzt immer ein bisschen schlecht ist, schon gar nicht, obwohl Ruth immer gesagt hat, iss was, iss ein paar … Schlecht *war*, in der Früh immer schlecht *war*. Mir ist jetzt nicht mehr schlecht in der Früh, obwohl mir danach tatsächlich noch zwei Tage übel war, bis mein Organismus endlich begriffen hatte, dass er keine Schwangerschaftshormone mehr zu produzieren braucht. Ruth wischte mich ab und tröstete mich, während der Arzt telefonierte. Ich dachte nur daran, was ich jetzt alles nicht brauchte, keinen Kinderwagen, kein Kinderbett, keine größere Wohnung. Kein Babyphon und keinen Wickeltisch. Keinen Kindsvater. Ich dachte daran, wie traurig Juli sein würde. Ich versuchte, nicht an John zu denken. Der Arzt war ziemlich klein, sein Haar war zu schwarz und er hatte so ein merkwürdiges Clark-Gable-Bärtchen, und als er fertig telefoniert hatte, erklärte er mir, was jetzt geschehen würde. Ruth packte das Badetuch und den Bademantel in eine Tüte. Sie legte ein Tuch über meinen Bauch und meine Beine. Ein Pfleger kam, mit einem Rollbett. Er legte so ein dickes Vlies auf das Bett, mit einer Plastikfolie auf der Unterseite. Der Arzt und Ruth halfen mir, in das Bett zu klettern, Ruth deckte mich mit einem weißen Leintuch zu. Der Pfleger fuhr mich durch die Gänge und in einen Aufzug und in der anderen Etage weiter bis in einen Raum voller technischer Gerätschaften, Ruth lief die ganze Zeit neben dem Bett her und hielt meine Hand. Dann half mir eine Schwester beim Ausziehen und zog mir so ein Krankenhausnachthemdchen an, so ein schreckliches, operationssaalgrünes, hinten offenes Ding. Die Schwester wusch mich mit einem warmen, feuchten Lappen. Ich bekam eine knisternde, hellblaue Plastikhaube über meinen Kopf. Ruth umarmte mich noch mal, küsste mich und sagte, alles werde gut, ja, alles werde gut, ich könne jederzeit wieder ein Kind haben, noch viele Kinder, ich würde bestimmt bald ein Kind haben, alles werde gut. Ein Mann kam, der Anästhesist, er fragte mich aus, ob ich Medikamente nähme oder Allergien hatte oder Krankheiten. Nein, nein, nein. Er trug alles in einen Zettel auf einem Klemmbrett ein, den ich dann unterschreiben musste. Dann legte er einen Zugang und plauderte freundlich mit mir. Ich dachte an John und musste wieder heulen. Eine Ärztin stellte sich mir vor. Sie werde mich operieren. Sie streichelte mein Gesicht und meinte auch: Alles wird gut, Sie werden wieder ein Kind haben, das sollte es einfach nicht sein, aber es wird wieder gut. Der Anästhesist legte mir eine Maske aufs Gesicht und sagte, es sei bald überstanden, ich solle einfach von zehn zurückzählen. Ich glaube, ich kam bis acht. Als ich wieder aufwachte, war alles vorbei. Alles war vorbei. Ich war nicht mehr schwanger, ich war keine Mutter mehr. Es wäre ein Mädchen geworden, Ruth hat es mir dann doch erzählt, aber es war nicht mehr, alles weg, alles vorbei.

Diesmal wartet Gruber vor dem Hotel. Steht vor ihrem Hotel und tritt von einem Bein auf das andere. Es ist saukalt. Es ist so kalt, dass vereinzelt Schneeflocken fallen, aber es sind zu wenige, es wird keine Schneeschicht daraus. Obwohl es derart schweinearschkalt ist. Aber Gruber will nicht reingehen. Er will hier draußen in der Kälte auf sie warten, auch wenn sie jetzt schon acht, nein, neun Minuten zu spät ist und er allmählich seine Zehen nicht mehr spürt, und ihm langsam – und da sieht er sie durch die Glastüre, sie nickt dem Portier zu und zieht sich eine Wollhaube über die Heuhaare. Die sind jetzt länger, die Heuhaare, und sie leuchten unter der Mütze heraus. Sie hat ihn noch nicht gesehen, aber jetzt sieht sie ihn und lächelt, und jetzt drückt sie die Glastüre auf und kommt heraus, und jetzt steht sie vor ihm, und jetzt schaut sie ihn an mit so einem neugierigen Was-ist-jetzt-Blick. Was wird das jetzt. Und sie wollen sich eigentlich beide nicht küssen, nicht richtig, nach all dem Scheiß, der geschehen ist. Nach allem, was sie durchgemacht haben, jeder von ihnen und beide zusammen und doch wieder jeder für sich, nach all dem erscheint so ein oberflächliches Geküsse und Gebussel irgendwie unpassend, oder. Aber sie sagen hei, hei du, und schauen sich an und lächeln und grinsen und strecken die Hände nacheinander aus und küssen sich doch. Küssen sich mehr, als sie vorgehabt haben, nein, sie küssen sich mehr, als Sarah vorgehabt und mehr, als Gruber gehofft hat. Gruber hat, um ehrlich zu sein, schon auf ein bisschen Geküsse gehofft. Auf ein nettes oberflächliches Geknutsche hat er gehofft, auf ein Knutschen, das so tut, als finde es statt zwischen zwei Menschen, von denen nicht der eine Krebs hatte

234

und nicht der andere das gemeinsame Kind verlor. Das Kind verlor, gerade als der, der nun keinen Krebs mehr hatte, bereit gewesen war, es zu akzeptieren und darauf zuzugehen, ganz kurz nachdem er gerade innerlich ein bisschen Vater geworden war, und das endlich auch zugeben hatte können, vor der, die das Kind dann verloren hat. Ein ganz leichtes, lastenfreies, unbeschwertes Studentenpartygeschmuse zwischen zwei unverletzten, unvernarbten Menschen, das hätte sich Gruber gewünscht, so ein Schaumermal-Küssen, wie es zweien, die sich trotz alldem tatsächlich erst so kurz, so wenig kennen wie Sarah und Gruber, eigentlich ansteht. So ein Küssen ist es nicht. So ein Küssen ist es natürlich nicht. So ein Küssen geht nach solchen Geschichten nicht, unmöglich. So leicht, so schwebend geht das nicht mehr, es ist viel schwerer. Aber sie küssen. Sie küssen sich. Küssen sich wie zwei, die schon etwas zusammen hatten und es weggeschmissen oder verloren oder aus Zorn in den Kübel getreten oder übersehen oder verdrängt oder verschoben oder vergraben oder von sich geschoben haben. Aber jetzt sind sie beieinander und müssen herausfinden, ob von dem, was sie zusammen hatten, noch ein Rest übrig ist und ob er ausreicht, um etwas Neues daraus zu machen. Und ob sie das wollen. Ein Kuss ist eine ganz gute Möglichkeit, das herauszufinden. Vielleicht die beste. Sie küssen sich also, und es gilt in einem Fall wie dem vorliegenden als gutes Zeichen, wenn die Beteiligten den Kuss noch anderswo spüren als nur im unmittelbar vom Küssen betroffenen Bereich. Das geschieht.

Es ist so dermaßen kalt. Sarah trägt dunkelgrüne Stiefel über schwarzen Jeans und eine ziemlich unförmige grüne Daunenjacke. Schal und Pudelhaube und Handschuhe trägt sie auch. Gruber hat seine geilen J. M.-Weston Chelseas an und den grauen Dries-Van-Noten-Winter-Trench, Kragen aufgestellt, darunter, das kann Sarah jetzt nicht sehen, einen von dem Dutzend Uniqlo Kaschmir-Pullis, die er sich vor zwei Wochen am Broadway gekauft hat. Keine Haube, obwohl er dort im Uniqlo-Shop auch zwei, drei sehr schöne Winterhauben erstanden hat. Aber er ist jetzt lange genug mit Kopfbedeckungen herumgelaufen, damit ist es nun erst mal vorbei. Er hat wieder Haare, und die sind schon tüchtig lang, vergleichsweise. Also verglichen mit seinen Ex-Haaren. Diese Haare werden vorerst garantiert nicht mehr abgeschnitten, dafür hat Gruber sie zu sehr vermisst. Diese Haare sollen jetzt wachsen; auch wenn sie irgendwie anders wachsen als vorher, dicht und kräftig zwar, aber anders. Ist Gruber egal, nur wachsen sollen sie, mögen sie wachsen wie sie wollen, mögen sie sprießen und sich mehren und zahlreich sein. Sarah hat, nachdem sie Gruber fertig geküsst hatte, einen Blick auf seine Haare geworfen, ist ihm mit der wollenen Fingerhandschuhhand hineingefahren, hat nur gegrinst, nichts gesagt. Sie gehen über den Graben und dann den Kohlmarkt entlang. Ihr Atem weht vor ihnen her. Gruber spürt seine Ohren. Sarah erzählt ihm von der Arbeit mit Fehringer, sie ist hier, um mit Fehringer wieder ein paar Tracks zusammenzubauen, und morgen legt sie im Flex auf. Gruber erzählt ihr, dass er immerhin schon darüber nachdenkt, wieder arbeiten zu gehen.

«Tu es nicht», sagt Sarah.

«Was?», sagt Gruber, «ich soll nicht wieder arbeiten gehen? Warum nicht?» Er ist stehengeblieben. Sie stehen unter der Kuppel der Hofburg, Gruber blickt hinauf in die von einem Taubenschutzgitter gerasterte Stuckdecke.

«Tu. Es. Nicht. Bitte.», sagt Sarah flehentlich. Na gut, pfeift Gruber diesmal nicht «Blowin' in the Wind». Ihr zuliebe. Er pfeift, während Sarah ihr Gesicht in ihren Handschuhhänden parkt, «My Back Pages»: Ah, but I was so much older then, I'm younger than that now. Alle Leute drehen sich nach Gruber und Sarah um.

«Du bist kein guter Mensch», sagt Sarah.

«Und du bist für einen DJ ziemlich unmusikalisch», sagt Gruber, «hättest du mal lieber dein Medizinstudium abgeschlossen.»

«Ja, dann könnte ich dich jetzt heilen.»

«Bin schon heil», sagt Gruber.

«Kann ich nicht bestätigen», sagt Sarah.

Sie gehen weiter, und Gruber erzählt von New York, obwohl es über fünf Tage New York, in denen er praktisch nur amokgeshoppt und auf die eine und andere Weise sein neues, sein zurückgefangenes Leben zelebriert hat, nicht allzu viel zu berichten gibt. Also, es gäbe schon einiges, aber das meiste davon will man einer Frau, die eine gute oder zumindest nicht so schlechte Meinung von einem haben soll, lieber nicht erzählen. (Gruber erwähnt zum Beispiel nicht, dass er mit Henry dort war.)

Und später sitzen sie in diesem Fischladen am Naschmarkt, und Sarah kann wieder Austern essen und Champagner trinken. Sie kann auch wieder rauchen und sie kann ihm jetzt alles erzählen. Nicht im Detail, aber so überschlagsmäßig. Nach dem zweiten Glas erzählt sie ihm dann doch ein bisschen mehr. Und nach dem dritten erzählt sie es ihm.

«Und ich denke mir immer wieder: Was, wenn es das war? Wenn das mein Kind war und ich kriege jetzt keins mehr? Und das ist, hm, das ist … so quälend, weil ich nie eins wollte, weil es überhaupt nicht passte, und danach, als ich das, das ich nie wollte und das nie passte, nicht kriegte, hatte ich so ein … ein massives Gefühl des Verlustes. Eines brutalen, unersetzlichen Verlustes.»

«Weißt du was», sagt Gruber und schenkt sich sein Glas ein viertes Mal mit Schampus voll und Sarah gleich auch, «weißt du, das glaubst du mir jetzt nicht, aber es ging mir auch so ähnlich. Ein bisschen. Und ich wollte das Kind wirklich nicht. Wirklich, wirklich, wirklich, wirklich, wirklich, wirklich …»

«Tschohoon!», sagt Sarah. «Ich hab's kapiert. Ich glaube, du willst mir sagen, dass du das Kind eigentlich nicht wolltest.»

«… wirklich, wirklich und noch hundert Mal wirklich nicht», sagt Gruber. «Bist du mir erzählt hast. Und dann. Ja, äh. Eben. Und.»

«Und vielleicht bekomme ich jetzt einfach keins mehr», sagt Sarah. «Vielleicht ergibt es sich tatsächlich nicht mehr. Vielleicht kommt auch einfach nie der Kerl daher, mit dem das passt.»

Das ignoriert Gruber jetzt einmal. «Und jetzt bist du dir sicher, dass du eins willst? Also, dann?»

«Mhm», sagt Sarah. «Ja. Dann. Ja. Ja. Sicher. Auch wenn es natürlich immer noch nicht passt. Es wird vermutlich nie passen.»

«De-fi-ni-tiv nie», sagt Gruber und schüttet seinen Champagner in einem Zug hinunter, «wurscht. Gehn wir.»

Sarah grinst.

«Deine neuen Haare sind übrigens, äh, lustig. Du siehst jetzt aus wie der junge Bob Dylan. Hat dir schon jemand gesagt, dass du jetzt aussiehst wie der junge Bob Dylan?»

«Gemma!, hab ich gesagt», sagt Gruber, «der junge Dylan macht dir jetzt dieses verflixte Kind.»

«Aber klar», sagt Sarah.

Großer Dank an all meine Freundinnen und Freunde, die mich großzügig mit Informationen versorgten und mich in ihre Leben schauen ließen: auch dahin, wo es weh tat.